八閩文庫

八閩文庫 要籍選刊 64

閩詩錄

下

[清]鄭杰 原輯
陳衍 補訂
陳叔倜 點校

海峽出版發行集團
THE STRAITS PUBLISHING & DISTRIBUTING GROUP
福建人民出版社

閩詩錄　丙集卷九

侯官　鄭　杰原輯
　　　陳　衍補訂

黄本仁

本仁，字延任，光澤人。紹興十八年進士，歷守真、化、雷三州。

七臺山

登陟最高頂，四圍山盡低。星辰可手掬，杉檜與天齊。只覺風生腋，恍如雲作梯。何當謝塵事，來此共幽棲。邵武府志。

陳　光補。

光，字世德，永春州人。紹興十八年進士。

和朱晦翁作

去年渭北望卿頻，今日深山屐齒新。珠樹香沾千澗雨，蓮峰翠滴四時春。漁郎有意休相問，樵子無心可與親。石榻盤旋忘歲月，瓶罍羞罄故人貧。永春州志。

蔣雝補。

雝，字元肅，仙遊人。紹興二十年進士，知通州。將除贛州，爲執政所沮。著有樸齋文稿。

句

入寺門圍玉帶水。龍華寺前有玉帶溝。

曾慥補。

慥，字端伯，晉江人，孝寬曾孫，丞相懷之從兄。官尚書郎、直寶文閣。奉祠閑居銀峰，集百家類說凡六百二十餘種。自號至游居士。

題蘇養直詞翰軸後

元祐文章絶代無，爲主盟者眉山蘇。舊聞宗匠爲詩匠，今見東湖説後湖。原注：徐師川號東湖居士。寂寞香山老居士，浩蕩煙波古釣徒。瀾翻翰墨驚人眼，一段清冰在玉壺。鐵網珊瑚。

方豐之補。

豐之，字德亨，莆田人，監豐國鎮。及與呂紫薇游，陸放翁序其詩。

歷崎道中

漠漠春陰接海低，濛濛晚雨傍山飛。半皷古埭無人過，時有村童護鴨歸。後村詩話。

章　淵補。

淵，字伯淵，惇之後。用蔭入仕，不就，卜居長興之若溪。有槁簡贅筆。

子夜吴歌并序。

齊梁以來，江南樂府詞多采方言，用之穩帖，不覺爲俗語。吴中下里之曲有云：「消梨應郎心上冷，甘蔗應郎心上甜。」又云：「羅裙十二褶，小妻也是妾。」皆有類樂府詞。余因爲子夜吴歌二章云。

消梨得能冷，甘蔗復能甜。總應郎心上，爲儂素比縑。
桃根復桃葉，羅裙十二褶。阿郎歡自濃，小妻也是妾。槁簡贅筆。

妙庭觀

桃花流水小橋斜，古觀臨溪翠竹遮。聞道雙成有遺迹，欲求金鼎看丹砂。杭州府志。

蕭德藻補。

德藻，字東夫，閩人。紹興二十五年進士，嘗令烏程，後遂家焉。所居屏山，自號千巖老人。有巖擇稾。

楊誠齋序云：近世詩人若范石湖之清新，尤梁溪之平澹，陸放翁之敷腴，蕭千巖之工致，皆余所畏也。

采蓮曲

清曉去采蓮，蓮花帶露鮮。溪長須急槳，不是趁前船。
相隨不覺遠，直到暮煙中。恐嗔歸得晚，今日打頭風。後村詩話。

古梅二首

湘妃危立凍蛟脊，海月冷挂珊瑚枝。醜怪驚人能嫵媚，斷魂只有曉寒知。
百千年蘚著枯樹，三兩點春供老枝。絶壁笛聲那得到，只愁斜日凍蜂知。

詠虞美人草

魯公死後一抔荒，誰與竿頭薦一觴。妾願得生墳土上，日翻舞袖向君王。以上全芳備祖。

呂公洞

復此經過三十年，唯應巖谷故依然。城南老樹朽爲土，簷外稚松青拂天。枕上功名秖擾擾，指端變化又玄玄。刀圭乞與起衰病，稽首秋空一劍仙。賓退錄。

次韻傅惟肖

竹根蟋蟀太多事，喚得秋來籬落閒。又過暑天如許久，未償詩債若爲顔。肝腸與世苦相反，巖壑嗔人不早還。八月放船飛様去，蘆花叢外數青山。

登岳陽樓

不作蒼茫去，真成浪蕩遊。三年夜郎客，一柁洞庭秋。得句鷺飛處，看山天盡頭。猶嫌未奇絶，更上岳陽樓。以上瀛奎律髓。

句

乾坤生長我，貧病怨尤誰。

秋浩蕩中遥指點，一螺許是定王城。

稚子推窗窺過雁，數峰乘隙入西窗。

秋陽直爲田家計，饒得漁村一抹紅。後村詩話。

陳景肅

景肅，字和仲，漳浦人，元光裔孫。紹興二十一年進士。官南恩知州，知制誥。卒謚「廉獻」。有石屏拮翠集。

懷高東溪二首

鑿泉莫太深，太深井難汲。登山莫太高，太高頂難立。山頂仰可觀，井淵俯可挹。那知鴻鵠飛，梅杏無消息。

諤諤東溪士，吹簫澗谷春。一别阻雲水，相思勞夢魂。五湖秋夜月，三島春空雲。璚標月下見，玉唾雲間聞。何當一返駕，吟弄終乾坤。案：見漳浦縣志。

黄　芻

芻，字季野，莆田人。紹興二十一年進士，官懷安主簿。

蘭陔詩話云：公爲文節高弟，志行高古，學術精醇，惜不永年，著作鮮傳。此詩刻石在李氏祠內，録之以存豹斑。

挽李制幹

先生雲卧在梅峰，胸飽珠璣貌自豐。端坐渾如喬嶽象，傳經足並化工同。門前桃李春長在，身後勳名遠更通。見説義兵扶社稷，千年國史紀元功。

林　桷補。

桷，字子長，一字景長，安溪人。紹興二十一年進士。秦熺之壻，官右司郎中。有横堂小集。

太白五松書院

翰林最愛五松山，嘗説千年未擬還。而我抗塵良自媿，來遊秖得片時閑。池州府志。

陳居仁補。

居仁，字安行，莆田人，家明州。紹興二十一年進士。孝宗朝累官中書舍人、華文殿直學士，提舉太平興國宫。卒謚「文懿」。

西湖感舊

蘇公隄畔采蓮船，蘸碧樓臺動管弦。山色湖光宛如昔，心情不似十年前。咸淳臨安志。

宋　翔補。

翔，字子飛，建陽人。紹興二十一年進士。官湖南安撫參議。有梅谷集。

紹興樂府時韋太后歸慈寧宮。

天意回，皇母歸。戢烽燧，敞宮闈。朝陽赫奕明鞠衣。惟皇之孝，惟母之慈。陳仙仗，薦壽巵，從之家后與庶妃。奏之一作「以」。九成與咸池。沓珍瑞，駢福祺，山陬水裔咸熙熙。惟天之相，與帝之宜。千萬年，無窮期。建陽縣志。

林之奇補。

之奇，字少穎，福州侯官人。紹興二十一年進士。尉長汀，召爲校書郎，終朝奉郎。有拙齋集。

新晴山月宋文鑑作「文同」。

高松漏疎月，落影如畫地。徘徊愛其下，夜久不能寐。怯風池荷卷，病雨山果墜。誰伴余苦吟，滿林啼絡緯。

江月圖

冥冥一月輪，不知水與天。獨于顥氣中，仰見素璧圓。超然狂道士，起視清夜闌。自拈白玉笛，吹此江月寒。想當萬籟息，逸響流空煙。我從江海來，形留意先還。何當買漁篷，追此水月仙。以上拙齋集。

廖挺補。

挺，南劍人。紹興二十一年進士。乾道初建昌軍學教授。

句

餘波下作雙溪水，衹欠休文八詠樓。雙溪閣。見輿地紀勝。

余鳳

鳳，字季鸞，莆田人。紹興二十一年進士，官吉州通判。

胡澹庵招宴

稱藩割地竟何如，抗疏孤臣只索居。萬死不回三寸舌，千金空募一封書。醉中益抱蒙塵恨，夢裏猶呼和議愚。長脚老奸今已朽，請君努力上安車。

魏吉甫

吉甫，字元嘉，莆田人。紹興二十四年進士。官大理評事，累遷户部侍郎。

蚤朝

鳴珂曉入奉天門，仰見宸居氣象尊。斗轉星回新歲月，龍盤虎踞舊乾坤。國威震疊邊陲肅，帝澤汪洋浪井溫。雒邑鎬京相對峙，萬年周業付神孫。

柯　岳

岳，字剛中，莆田人。紹興二十七年進士，官兩淮轉運使。

贈賈司教

春風桃李絳帳，朝日苜蓿空盤。王公不志溫飽，鄭老豈爲飢寒。

黃維之補。

維之，字叔張，永春人。紹興二十七年進士。孝宗時除大理丞，差知邵武軍，嘗與朱子論學。有竹坡居士集。

句

九日溪頭携酒去，萬安橋上折花歸。洛陽橋。輿地紀勝。

李　明補。

明，一作汝明，長汀人，貫山東濟南府，字吉甫。紹興二十七年進士。官連州司法參軍。

遊樵嵐

禪林晝靜寶坊新，花木陰深别樣春。不是紅塵飛不到，只應無處着紅塵。邵武府志。

趙善俊補。

善俊，字俊臣，簡王元份六世孫，邵武人。紹興二十七年進士。官至秘閣修撰，知鎮江府。

虎邱寺

我有家山與茂林，閉門肯復事幽尋。偶來千古雲巖寺，洗盡三生宦海心。竹緶不停泉溜響，苔花難掩劍痕深。秋晴借得重陽意，領客登高共醉吟。虎邱志。

黄掄補。

掄，字公擇，羅源人。紹興二十七年進士。知海鹽縣，禁戢豪宗，境内肅然。累官右正言，封羅源縣開國男，官至秘閣修撰。卒贈少師。

元日待漏院會宰詩

喜陪仙仗禁門前，餞臘賓春啓玳筵。共聽金雞報新歲，忽聞玉漏惜殘年。故鄉此去三千里，丹扆相違咫尺天。待罪諫垣無補報，惟輸朴直體蕃宣。羅源縣志。

黃　瑀補。

瑀，字德藻，閩縣人。進士。紹興中知永春。

欒山禱雨

直上雲峰表，雲間謁洞天。自慚無善政，來此乞豐年。永春州志。

謝　洪

洪，字範卿，莆田人。紹興三十年進士，授海豐主簿，調永豐縣丞。

賦梅補。

朔吹飀飀著古梅，寒枝冷落俟春回。可憐雪萼無人問，乞借陽和早放開。

興化府志云：謝洪，來蘇里人。父穆，號鰲軒主人，力學教子，人目爲書笥。洪聰悟絶人，童丱時已有文名。鰲軒嘗以事忤縣令，洪亟走救之，令指庭中梅謂曰：「能賦此乎？」洪操筆立就云云。令異之。

梁克家補。

克家，字叔予，晉江人。紹興三十年進士第一。累遷中書舍人。孝宗朝拜右丞相，封儀國公。卒贈少師，謚「文靖」。知福州時，嘗修三山志。

賦九月梅花

老菊枯殘九月霜，誰將先煖入東堂。不因造物于人厚，肯放南枝特地香。九鼎燮調端有待，百花羞澀敢言芳。看來冰玉輝相應，好取龍吟播樂章。

梅磵詩話云：梁鄭公克家未第時，爲潮州揭陽宰館客，寓縣治東齋，齋前有梅一株，忽于九月中盛開。嶺外梅著花固早于江浙間，必至冬方有之，邑人殊以爲異。邑士多賦詩，往往諂令君。梁公亦賦一篇云云。明年廷對，魁天下。

次陳休應烹茗廓然亭見送韻

已行更爲玉泉留，好景煩公傑句收。紫帽峰前雙鷺下，幾多清興滿滄洲。南安縣志。

林　外補。

外，字豈塵，晉江人。紹興三十年進士。官興化令。有𡡉窠類稿。

題西湖酒家壁

藥爐丹竈舊生涯，白雲深處是吾家。江城戀酒不歸去，老卻碧桃無限花。

齊東野語云：林外詞翰瀟爽，詼譎不羈，飲酒無算。在上庠，暇日獨遊西湖幽寂處，得小旗亭飲焉。外美風姿，角巾羽氅，飄飄然神仙中人也。豫市虎皮錢篋數枚藏腰間，每出其一，入酒家保，傾倒使視其數，酬酒直，即藏去。酒且盡，復出一篋，傾倒如初。逮暮，所飲幾斗餘，不醉，而篋中錢若循環無窮者，人皆驚異之。都下甚傳其酒家有神仙至云。

馬曰璐云：庚溪詩話亦載此詩，以爲必神仙語，不知爲外詩也。陶宗儀又以爲龍川藍喬作，只數字不同。西溪叢話則以爲終南仵磐監青州酒稅，題酒樓所作。一詩互異如此。

黄銖補。

銖，字子厚，號穀城翁，建安人。少師事劉屏山，與朱子爲同門友。有穀城集。其母孫夫人道絢，號冲虚居士，能文有詞。

鐵笛亭

一聲蒼壁裂，再奏蛟龍悲。事往迹猶在，山空人不歸。

梅花

玉簫吹徹北樓寒，野月峥嶸動萬山。一夜霜清不成夢，起來春意滿人間。

秋日

曉日初浮萬里暉，西風摇蕩送秋歸。冥鴻直上三千丈，社燕春鶯不敢飛。以上詩人玉屑。

送仲晦

靡靡歲時晏，亂山紅葉稀。端居已無悰，況與親故違。駕言臨廣路，惜此須臾期。祖燕未云洽，雞鳴促再馳。晨裝儼然隊，天澹風凄凄。迤邐征人行，悵惘離言悲。令德本高世，誠思開聖微。虎豹文采異，幾年丹詔垂。眷兹皇華寄，那得淹遲躋。君王久延佇，去矣翔天墀。顧我抱幽獨，已爲清世遺。冥鴻聿高舉，蜩鷽何由追。縈縈西郊道，晻晻朝陽暉。出處自殊迹，操袪胡不怡。明當逐雲月，依舊東岡陂。翰墨大全。

陳元老補。

元老，福安人。有城山集。

寒　食

至後百五日，春光無火晨。金鈿沽酒妾，羅韈弄毬人。鶯語如留意，花枝不賣貧。東園舊桃李，紅白盡成塵。合璧事類前集。

陳翔

翔，字子飛，建陽人。紹興中童子科，登進士。國子監簿。

全閩詩話云：陳翔，紹興中由童選進士，累官國子監簿。時韋太后既歸慈寧宫，祥瑞交至，因獻十二章云云。

案：此紹興樂府，已見本卷「宋翔」下，是。建陽縣志以爲「宋翔作」，全閩詩話又以爲「陳翔作」矣。但兩人均建陽人，均字子飛，均紹興間人。而宋翔登進士，官至安撫參議，並有梅谷集；陳翔則中童子科，官國子監簿。又另有七歲時所作之詩。未能遽定其爲一人，與其姓之爲宋、爲陳，今仍分存其名，以紹興樂府屬宋翔，以詠燈詩屬陳翔，以俟再考。

又案詩話，此詩爲樂府十二章之一，其十一章不傳矣。

詠燈

耿耿照幽房，熒熒鶴焰長。昔年江上女，曾向乞餘光。

全閩詩話云：陳翔七歲時，劉子翬命賦燈詩，援筆立成云云。

方希覺補。

希覺，字民先，莆田人。紹興間知英州軍州事，嘗築衆樂亭于南山。李修有衆樂亭記，董粹有湞陽太守遊記，刻于碧落洞。

希覺到官，郡□之餘即新衆樂亭，爲州人遊觀之所，因成拙句。

重尋佳景冠南州，南山之景，唐賢遊迹。天與邦人作勝遊。百尺臺成偏得月，四時花放不知秋。當軒疊嶂高還下，傍檻長溪咽復流。只道使君能共樂，有誰能會使君憂。

希覺及瓜將行留别南山

南山陳迹偏搜尋，好景森羅直萬金。别後不知誰念我，經營偏費主人心。廣東通志。

張　登補。

登，福唐人。紹興中左朝請郎，知南恩州。

留題熙春亭

熙春亭建爲民安，要識熙熙本不難。一日但能先克復，百年雖久亦勝殘。滿城和氣薰天地，終歲長春忘暑寒。斯道古今無異路，留題詩與後賢看。廣東通志。

黄朴補。

朴，字文卿，龍溪人。以蔭入仕，宰安溪，崇學校，課農桑。紹興中通判福州。

玉泉

水性能方圓，泉色常珪璧。雲山静有輝，瓊液來無迹。泉上修禪人，曹溪分一滴。鑑止更澄源，紛紛萬緣息。宋詩拾遺。

顔師魯補。

師魯，字幾聖，龍溪人。紹興進士，官至龍圖閣直學士，知泉州。卒謚「定肅」。宋史有傳。

第一山

聞説淮南第一山，老來方此凭欄干。孤城不隔長安望，落日空悲汴水寒。輿地紀勝。

牟孔錫補。

孔錫，紹興時人，官叙州别駕。李流謙澹齋集有送孔錫之官叙南二首。詩有「蟾窟聲名早，鼇峰氣象尊」，當是閩人而曾納舉者。

句

天池十里如鑑湖，荷花可折魚可鱠。天池。

輿地紀勝云：天池在州治之西二十里，池有二。後池長五里，前池半之，蓮荷菱芡彌望。别駕牟孔錫有詩云云。

鄭暉老補。

暉老，紹興中福建人。

賀鄭簿生孫

望及清秋到眼明，建溪溪上現長庚。雲間鸑鷟人間見，天上麒麟地上行。釋氏抱來真傑特，寶公摩後必奇英。傳家已有今衣鉢，會見公侯衮衮生。截江網。

傅　汶

汶，字元魯，仙遊人。以父佇蔭補官，紹興末通判廣州，官至廣西提舉。

留題雙清閣

森森古木藏黌舍，閣瞰長江景倍清。疊障望中供遠翠，小灘耳畔碎寒聲。輿地紀勝。

陳　讜

讜，字仲甫，莆田人。隆興元年進士。累官兵部侍郎，乞補外。以集英殿修撰知寧國府，再乞致仕，封清源郡侯。

蘭陔詩話云：正仲書法遒勁，頗類君謨。淹貫群籍，詩文不作險語，而雅有典則。

過溪南韓氏宅

曾覽溪南勝，重來四十年。樹如人老矣，山共水依然。香玉紛堆案，晴虹對跨川。吾廬今咫尺，乘興且盤旋。莆陽文獻。

十洲亭

東塘昔號神仙景，亭以洲名世亦稀。山擁髻鬟臨水鑑，花鋪雲錦出天機。好風入座清如濯，古木分行翠欲圍。每到憑欄會心處，不知香氣襲人衣。

白牡丹

玉色天然賽渥丹，亭亭並立倚朱欄。正緣不語偏含思，若使能行卻厭看。曉來玉露浥香腮，雪態雲裳妙剪裁。不比世情隨冷煖，此花端爲老人開。

句

竹密不知雲欲雨，山高盡見水朝宗。

案四朝聞見録云：莆陽陳讜，文人也，刻金字于靈壁石以壽韓侂胄，至稱曰「我王」。韓敗，遂爲言者所彈。陳留題吳山三茅觀梅亭句云云。至是，猶未有和者。

林光朝

光朝，字謙之，莆田人。隆興元年進士。以名儒召對，改左承奉郎，知永福縣。召試館職，除秘書省正字，累官朝散郎，充集英殿修撰，出知婺州。請祠，提舉太平興國宮。卒謚「文節」。有艾軒集。蘭陔詩話云：公理學大儒，而詞翰極工。陳復齋稱其「森嚴奥美，上參經訓，下視騷辭」，劉後村亦謂其文「高處逼檀弓、穀梁，平處猶與韓並驅」，非虚譽也。

案宋詩鈔小傳云：光朝學於陸子正，子正學於尹焞。而光朝之學一傳爲林亦之，再傳爲陳藻，三傳爲林希逸。其師友之際如此。林俊曰：「艾翁不但道學倡莆，詩亦莆之祖，用字命意無及者。後村雖工，其深厚未至也。」

上何著作晉之

曾向東南識大名，幾年懷想浙濤聲。衆人欲殺定誰惜，與世不諧空自清。浩氣養成天地小，宦情都付羽毛輕。三山依約誅茅日，頭白歸來笑李生。

送別湖北漕李秘監仁甫補。

文字眇煙雲，過眼徒浩浩。所有未見書，惜哉吾已老。子雲客長安，陳迹如一掃。同叔向來人，我生苦不早。亦聞青城山，斯翁爲有道。瞿塘不可上，秋夢長顛倒。白日來西崑，一見自應好。縱譚百代前，至境非枯槁。多爲開口笑，明月生懷抱。黄鶴有高樓，恍如事幽討。攬轡逢道州，聽書下下考。周南勿留滯，掇拾供史稿。分手重酸辛，璠璵衆所寶。十日不得面，何爲太草草。

送别姚國博知處州，分韻得緑字補。

銅盤白露下，松桂淨如沐。變彼菊花團，西風吹醽醁。長安多别離，此别苦不足。人物如使君，容易等潘陸。一自海東頭，清飈起謠俗。館下欲何言，聯翩如破竹。功名不徒爾，無乃相迫逐。雙日訪延英，行矣公勿卜。括蒼煙雨前，寒光貫巖腹。大叫出銀甖，邂逅聚百族。要携三月糧，所厭惟一匊。幸心忽開張，何曾畏笑僇。單父勿長吁，來者猶可續。道旁有抵璧，天下輕結緑。一夕洲渚言，令我沈心曲。

代陳季若上倉補。

大塊始開鑿，媧皇爲補天。天平雷雨正，后稷誨之田。大浸十二歲，流金復七年。幸哉堯湯民，以手摩撫然。徂丘虐焰起，秦俗相焚煎。官租奪以半，飽食何夤緣。自從漢道昌，敦朴乃其先。初開常平議，聚粟如源泉。年登穀價賤，散以大農錢。旱潦或艱食，用之如轉圜。悠悠百王心，皎皎三代前。井田日以壞，此法當磨鐫。公侯希世珍，秀色媚長川。官學有根株，誦詩三百篇。風土無隱情，是爲大夫賢。摶飯哺赤子，當食長爾憐。江東百萬户，彫俗生春妍。持節閩嶺初，有如病者痊。劉晏取予術，夷吾輕重權。義倉有粟腐，物價敢喧闐。斯助阜民政，南風吹五絃。晝日公侯門，客車動百千。下吏走塵土，從容愧執鞭。豈不隨吹噓，譬彼乘風船。長技非卓魯，主德奚由宣。松竹伴孤吟，敢懷歲月遷。終酬國士知，未甘長棄捐。

石渠行送別福建參議李著作器之補。

我來石渠五十六，雙髩如蓬腰未曲。豈爲健筆有徐庾，自數來時六十五。誰解辛苦續子虛，長安有客四十餘。已老成翁不肯去，青藜當户夜讀書。東觀丈人起遐想，無爲歲月空踟躕。去作諸侯老賓客，可無綠水兼紅蕖。我家東下纔百里，釣螺一曲清無滓。草堂爲築荔枝斜，濯錦江頭有如是。子思子方道爲尊，南國佳人如秋雲。不知公侯有朱箔，要問常州李著作。

資中行奉寄臨邛守宇文郎中

銅駝陌上生秋草，前者刻石今如掃。儋邊半紙半模糊，下牀三日成悲惱。蒼史萌芽何可見，要從筆意生秦漢。欲將奇字問何人，所守一家如小篆。是中變幻隨形模，鐘鎛鼎鬲匜盤盂。如何兩京到魏晉，搜盡蒼崖惟此書。即今原隸見顛末，仍於畫上分錙銖。燕然有年固可紀，筆勢豈得先黄初。中郎袖手欲無作，正始不逮況其餘。幸哉一見俱抵掌，翩翩如反古石渠。且説金陵佛屋何年燈，晉分隋張猶青熒。忽聽荒雞還自起，資中之刻不徒爾。

吏部尚書林公梅卿挽詞補。

百紙梅花賦，聲名出渚東。向來惟李賀，勝處是楊雄。遶屋看書帶，逢人説刺桐。尚書舊時履，只合步春風。

次韻呈胡侍郎邦衡并引。補。

某竊覩侍講侍郎先生大書著作之庭，其形摹濫觴，發於小篆，豈八分未出已有此書？又蒙傳示銀杏兼簡之什，謹次韻奉和。

聲教從今已遠覃，翩翩作者問誰堪。石經猶有中郎蔡，金匱曾誇太史談。至竟銀鈎並鐵畫，相傳海北到天南。諸生考古頭渾白，禹穴何時更許探。

送別傅郎中安道持節閩中補。

忽然鄉思若爲收，莫到三茅最上頭。二月東甌看負弩，一天南蕩想行舟。過家上冢從今數，落絮飛花合晝遊。料得甘泉來奏記，定應前席莫遲留。

閏月九日登越王臺，次韻經略敷文所寄詩補。

閑陪小隊出山椒，爲有吳歌雜楚謠。縱道菊花如昨日，要看湯餅作三朝。千重嶺海共橫槊，一帶風煙聽采樵。憑仗折衝如此好，不應東去更乘軺。

枕疾逾旬，蒙丞相訪問，仍辱寵示名篇，輒搜枯腸，次嚴韻以塞來使補。

丞相嚴裝似燕居，爲憐消渴到相如。病多得艾三年遠，歌雜成琴十日餘。綠野忽傳春草句，白頭還對朵雲書。若爲追逐園林勝，百轉愁腸亦少舒。

送别陳侍郎應求知泉州并引。補。

某竊覩蔡公侍郎嘗大書於洛陽橋之上，侍郎過洛陽，當摩挲此石，彷彿爲同日事也。某送别到惠安，道中因以賦詩云。

百片牙旗水面長，蔡邕題在刺桐鄉。十年杯酒開雲榭，一様官銜過洛陽。我亦携家緣送客，誰能掃地自焚香。野橋衝臘寒梅白，莫要登臨憶侍郎。

傳使君安道再有治莆之命，取道城外還泉南，得來書云已出十里補。

何事風流舊使君，江邊聽説下朱幡。逢迎要問平津邸，準擬來呼埕澤門。竹馬已喧明月浦，藍輿卻出杏花村。不知錦瑟流傳徧，欲愈頭風好細論。

挽李制幹子誠補。

千金治産似孫吴，珠箔銀觥只自如。問我長風當夕起，數他極浦落帆初。自知汗簡今千軸，更説生犀有幾株。赤壁當年過黄蓋，周郎何惜借吹噓。

文字紛紛更問兵，秋燈束髮尚青熒。便令三子成門户，卻許諸孫説典刑。隔水忽傳朝露曲，行人長數夕陽亭。河東健筆惟諸薛，梅子岡邊爲勒銘。

奉題游洋張明府流香亭，時以薦章數下，涉秋月，馬首且欲西矣，因以寄意云補。

封題青李數緋桃，處分園林意自豪。旋出篇章陪樂府，更憑花木續離騷。酴醿架下提春榼，簷蔔林中滴夜槽。卻是秋風生馬耳，未應老大笑牛刀。以上艾軒集。

傅伯壽補。

伯壽，字景仁，晉江人。隆興元年進士，紹熙中官浙西提刑。

一段奇軒在西湖淨相院。

門外紅塵走利名，庵中白髮任浮生。羨師法窟能深入，厭我詩壇已屢盟。渺渺水光簾萬疊，離離梅影雪三更。何人薦取真消息，試鼓瑤琴一再行。咸淳臨安志。

一眺石

一眺人間事已非，海鷗山鳥便忘機。林端髣髴見帆影，知有扁舟天際歸。南安縣志。

傅伯成補。

伯成，字景初，其先濟原人，祖忠肅公察、父自得，避地居泉州，爲晉江人。隆興元年與兄伯壽同舉進士。理宗朝官至寶文閣學士，提舉佑神觀。卒謚「忠簡」。有竹隱集。

素馨花自注：素馨，南漢宮女名。

昔日雲鬟鎖翠屏，秪今煙冢伴荒城。香魂斷絶無人問，空有幽花獨擅名。全芳備祖。

袁樞補。

樞，字機仲，建安人。隆興元年進士，累官國子祭酒，擢右文殿修撰，知江陵府。奉祠歸。

武夷九詠存三。

仁智堂

此身本無累，動靜隨所寓。結廬在巖谷，自適山水趣。朝來挹雲氣，日夕沐風露。坐觀天地心，詎忘仁智慮。

寒棲館

巖前風入松，谷口泉漱石。寫之五弦琴，聲在函丈席。竹間有餘地，營館招羽客。静夜緪高弦，待月寒林隙。

晚對亭

落日鬱蒼煙，空山轉寒碧。石屏倚天立，端峭一千尺。無言獨與對，足以終日夕。何用向時流，抵掌恣談劇。武夷山志。

袁説友補。

説友，字起巖，建安人。隆興元年進士。嘉泰中同知樞密院，參知政事。爲四川安撫時，輯漢以下迄宋淳熙蜀中詩文，釐爲五十卷目，曰成都文類。

巫山十二峰二十五韻

平生磊塊山林姿，一丘一壑貪成癡。寸峰拳石瞥眼過，張皇攫覓惟憂遲。東南佳山多秀麗，就中所欠雄與奇。飽開巫山冠巴峽，奇峰十二相參差。昔年圖畫嘗一見，欲見此山無路之。扁舟西泝上三峽，千巖萬壑爭追隨。終朝應接已不暇，心目洞駭俱忘疲。驀然鐘鼓高唐上，峰巒二六排旌旗。一峰霞彩迥在望，一峰展翠開屏帷。（望霞峰、翠屏峰。）無心出岫雲吐色，偃蓋平巒松並枝。（朝雲峰、松巒峰。）仙蹤鶴駕羽衣近，壇石瑤臺閶闔低。（集仙峰、聚鶴峰、淨壇峰、上昇峰。）白雲一起鳳皇下，清泉四合蛟龍嬉。（起雲峰、聖泉峰、棲鳳峰、登龍峰。）群峰角立變態異，一一大巧乾坤爲。外堪擊拊試聲律，中含造化分四時。天下名山亦多矣，未有列岫奇如茲。九華一景固天巧，惜與江流相背馳。南北兩峰喧衆口，妝抹卻恨同西施。何如此峰無限好，行行列列横江湄。煙雲漠漠出寸碧，風雨時時横黛眉。舟人漁子漫回首，騷士墨客勞支頤。我來穿水入天去，貂裘章甫生塵緇。昂頭見此大奇特，躋攀不上空嗟嘻。吾將欲訪三島登九嶷，上蓬萊道山之壁，絶泰華終南之嵋。飛鳬去舃嘯滄海，卻來巫峽溫前詩。（全蜀藝文志。）

題米敷文瀟湘圖卷

水際天低岸遠，山腰霧卷雲舒。擬喚松江小艇，歸來好趁蓴鱸。郁氏書畫題跋記。

楊　方補。

方，字子直，長汀人，自號淡軒老叟。隆興元年進士，受業于朱子，仕至直寶謨閣、廣西提刑。

案：武寧縣志誤作「楊芳，字子長」。

趙南塘跋云：公暮年詩，精清簡遠，與俗異畛。

淳熙辛丑自武寧丞攝靖安作

毛竹山頭雲雨昏，靖安橋下小谿渾。高陂約水歸田急，不管湍聲入縣門。

堂上官人似野人，村甿相見可相親。開門坐對臨溪樹，故是水邊林下身。

案：武寧縣志誤合前首後兩句及此首前兩句爲一首，而「野」字作「散」，「甿」字作「人」，「可」字作「且」。

對縣誰家數畝園，竹亭茅宇雜花繁。同官不可無兼局，通管溪南水竹村。

題武寧丞廳

暮年叢薄寄鷦鷯，搔首巡簷歲月銷。留與後人還要否，一軒松竹冷蕭蕭。

館中簡張約齋

書生賦分合窮愁，官與休辰不肯休。清曉犯寒開省户，誰家見雪似瀛洲。爛銀宫闕雲中見，素柰園林月下遊。説與南湖張秘閣，速來同直道山頭。以上後村詩話。

張體仁補。

體仁，字元善，浦城人，本姓詹，初嗣其舅張，後復本姓。隆興元年進士。累官江南提舉常平。宋史有傳，失載復姓事。

呈提刑郎中起巖年兄

秋鴻社燕巧相違，從古交遊會合稀。海内弟兄今有幾，吳中賢士得相依。已消桃李爭春意，且向桑榆共夕暉。回首慈恩舊題處，年華心事逐雲飛。石刻。

章　澥補。

澥，字仲濟，浦城人，吴縣籍。隆興元年進士。

姑蘇臺會同年次袁説友韻

咫尺天顔祗蹔違，兩臺聯桂世誠稀。共觀鵬運垂雲舉，還幸魚寒密藻依。賦政將明仲山甫，登樓吟咏謝玄暉。要津自足升英俊，六鷁毋令恨退飛。石刻。

句

度險聊憑九節杖，凌虚來謁三花巖。輿地紀勝。

黄　適補。

適，字景聲，邵武人。隆興元年進士。不附韓侂胄，出爲江西提刑，請老歸。自號熙堂野老。

武夷

閑將緑綺弄清音，招得青山作故人。煙靄謾呈千様巧，松篁長貢四時新。輿地紀勝。

劉天麟補。

天麟，晉江人。隆興元年進士。

題黄子中南陂集

自歎苦吟詩不老，羨君詞氣凛横秋。争如兀坐茅簷下，得見凌雲五鳳樓。泉州府志。

詹羽補。

羽，字翔父，寧德人。隆興元年特奏名，官主簿。

西陂

野渡扁舟自在浮，慣來江上不驚鷗。一竿釣破滄浪月，唤入蘆花暗點頭。寧德志。

張　維補。

維，字仲欽，延平人。隆興中通判建康府事，乾道中廣西經略安撫使。

留守舍人張公安國聞維築亭，爲題其榜曰朝陽。既去，而亭成，復賦詩。次韻

日邊清切以文鳴，立對朝陽欲問程。筆落春生變寒谷，詩來將喜破愁城。簷前水到乘槎便，天際山横與檻平。準擬公歸道過此，小留觴詠集簪纓。景定建康志。

題張公洞

年來行樂與民同，探穴追蹤太史公。幽洞初開名易著，蒼崖新刻句難工。風驅俗駕松扉外，雲鎖仙丹石室中。付與山僧司管鑰，勿教勝地草蒙茙。桂勝。

陳　璉補。

璉，莆陽人，讜次子。

七星山

六丁何年開翠岑，穹窿石室高千尋。煙生丹竈人常在，花落碧桃春又深。倚巖懷古成浩歎，掃壁題詩還獨吟。日華月華去已遠，玉笛誰能傳妙音。廣西通志。

閩詩録　丙集卷十

侯官　鄭　杰原輯
　　　陳　衍補訂

蔡　勘補。

勘，字定夫，莆田人，襄之後。乾道二年進士，除祕書省正字，知江陰軍。

題盱眙

自古東南第一山，于今無異玉門關。亂雲衰草蒼茫外，赤縣神州指顧閒。擊楫何人酬壯志，凭闌終日慘愁顔。中原父老應遺恨，秖見氊車歲往還。錦繡萬花谷。

曾　懷補。

懷，字欽道，晉江人，孝寬曾孫。建炎初爲金壇簿，知真州。乾道初賜同進士出身，參知政事，拜右丞相，封魯國公，奉祠，卒。

恭和御製玉津園宴射

名園佳氣靄非煙，冠佩朝宗似百川。五品並令陪宴射，四鍭端欲序賓賢。恩涵春意魚翻藻，威入秋聲雁落弦。竣事更容窺典雅，宸章應陋柏梁篇。

夢粱錄云：城南玉津園在嘉會門外四里。紹興四年，北使來賀天申節，遂宴射其中。孝廟常臨幸，命皇太子、宰執、親王、侍從、五品以上官及管軍官講宴射禮。孝廟御製詩，宰臣曾懷恭和云云。

俞豐補。

豐，字應南，建寧人。乾道二年進士。官至吏部侍郎，號雲谷。著有雲谷集。

鳳山

老樹蕭蕭吹古風，滿階落葉鳴寒蛩。插天殿閣雲不鎖，挺柱石筍擎太空。鳳去臺空秋寂寂，瑤草離離自青碧。玉簫吹徹渺遺音，十二闌干空月色。邵武府志。

蕭國梁補。

國梁，字挺之，永福人。乾道二年進士第一。著有集句詩。

句

名傳玉陛星辰曉，澤霈金枝雨露春。

宋稗類鈔云：聃峰蕭公登科歲，第一人本丞相忠定趙公。故事：設科以待草茅士，凡豫屬籍挂仕版者，法當遜避。唱名日，遂陞蕭爲榜首。故蕭對御吟云云。其謝啓云：「預飛龍之選，淮安論次以當先；無汗馬之勞，酇侯何功而居上。」蓋用宗室及蕭氏事，人多稱之。

黄鵬舉補。

鵬舉，福清人。乾道二年進士。

黄漿山

清泉澈底瑩無泥，喚作黄漿恐未宜。若見洞仙還寄語，佳名當喚碧琉璃。新江西通志。

林宗臣補。

宗臣，字實夫，龍溪人，乾道二年進士，終主簿。

丹霞峰

笑憑詩句説丹霞，城郭人民數萬家。里接紫陽風俗厚，學傳鄒魯道源賒。福建通志。

林　彖

彖，字商卿，號萍齋，仙遊人。乾道四年特賜同進士出身，授興化軍教授。有萍齋集。

案徐興公筆精云：林彖工詩，乾道間詔舉遺逸，起家爲迪功郎。仙遊法華庵是其隱處。

案宋詩紀事補遺小傳云：僑居真州，得事劉安世、陳瓘、任伯雨諸公。紹興初奉母歸閩，終母喪，不謀婚娶，寓迹法華庵。所居軒曰聽雨，小園曰意足。孝宗初兩召不赴。

九座閒咏

短短桃花點綠莎，輕輕白鳥下晴波。宛然西塞江邊路，不見詩人張志和。

龍華晚望

喜鵲寒鴉噪晚田，山前茅舍起炊煙。小橋敗葉風頻掃，斜月平蕪犢自眠。

三會閒行二首

風搖麥隴東西浪，春入郊原遠近花。閒趁溪流到村曲，斷垣古木兩三家。
溪上橫岡一徑斜，成行鴛鷺落平沙。竹籬茅舍林中見，彷彿孤山處士家。

鄭僑

僑，字惠叔，莆田人。乾道五年賜進士第一。官至參知政事，進知樞密院事，求退。除資政殿大學士，知福州，以太師、郇國公致仕。謚「忠惠」。

蘭陔詩話云：公居二府，端重清靜，不市恩，不植黨，不私好惡。使金時，值金主寢疾，館伴趣令就東上閤門進書。公捧書屹立，扼守不可。乃傳命遣回。可謂不辱君命矣。

題夾漈草堂

杪秋尋遠山，幽懷鬱沖仲。草堂跨層崖，夕陽山影空。高人辭天祿，結交杖藜翁。遊氛暗九土，歲晚余曷從。泠泠夾漈水，謖謖長松風。思之不可見，淚落秋雲中。

黄景説補。

景説，字巖老，號白石，閩人。乾道五年進士。嘉定中直祕閣、知静江府。有白石丁稿。鶴林玉露云：姜白石、黄巖老學詩于蕭千巖。巖老亦號白石，詩亦工。時人號「雙白石」云。

梨嶺遇雨

黑風吹雨又黄昏，雞犬數聲何處村。身在嶺雲飛處溼，不關别淚濺成痕。詩人玉屑。

許　巽補。

巽，字少陽，莆田人。乾道五年進士。知歸善縣，遷祕書郎。

梅　峰

一峰突兀倚天際，千嶂蘢蔥在眼中。宇宙自偏人世遠，塵埃不到佛樓空。主公真得庵居相，俗子那容綫路通。山北道人如□市，雲門臨濟各家風。興化府志。

王　撲補。

撲，尤溪人。乾道五年進士。

遊黄山留題

地靈山秀景清虚，健羡游人興有餘。黄葉盡時分疊嶂，白雲深處見精廬。去同靈運低前屐，回與浮邱攬右裾。自歎塵勞羈鞅甚，林泉高趣若相踈。黄山志。

黄　艾

艾，字伯者，莆田人。乾道八年賜進士第二。累官中書舍人，刑部侍郎，終待制。有止堂集。

九鯉湖

九鯉山頭爽氣芬，潺湲九漈隔溪聞。青嶂高障海東日，碧溪流穿湖曲雲。坐聽猿聲憐草閣，夜深月色度松門。無緣能結茅齋宿，綠水丹山欲共分。

陳士楚

士楚，字英仲，莆田人。乾道八年進士。官至宗正丞兼嘉王府直講，除侍講。蘭陔詩話云：公爲文節高弟。林希逸守莆，祠文節于穀城山，以公侑享云。

和林艾軒國清塘韻

山光一洗紅塵眼，長松夾道摇青繖。回頭下瞰百川溶，亭皋小立凌剛風。傑閣玲瓏朱緑户，何年蓬萊移左股。山僧見客不斂眉，梵唄琅琅應魚鼓。欲携三尺彈龜山，淳風一去不復還。仞牆草長章逢少，幾百年來風月閒。嗟哉賢聖遠復遠，天高地下日易晚。興化府志。

劉爚補。

爚，字晦伯，建陽人。受學晦翁、東萊之門，乾道八年第進士。寧宗朝累遷國子司業，奏乞罷僞學之禁，擢權工部尚書兼太子右庶子。卒謚「文簡」。有雲莊外集。

金國賀正旦使人到闕，紫宸殿宴

榆關玉塞静無塵，嘉定于今第四春。兩國交馳通好使，八方同作太平人。翠鼉鼓奏娱嘉客，白獸樽浮賞諫臣。聖曆欲兹天共遠，年年玉帛會楓宸。

瑞慶聖節集英殿宴

皇家卜世過周唐，天啓真人應運翔。抱日預占恭邸夢，飛龍曾報皖山祥。翠雲影外來金母，紅霧香中擁玉皇。樂府賦工無以祝，願將金鑑代珠囊。

皇帝閣春帖子

東風昨夜入簾帷，便覺深宮漏影遲。一曲涼州花盡放，不須更作報春詩。以上雲莊外集。

歐陽光祖補。

光祖，字慶嗣，崇安人。乾道八年登第。後爲江西轉運，歸休松坡之上。

贈篆書吴全仲古風

鄉友吴全仲讀書之暇，工大小篆。一日别予遊江右。於其行，歌以贈之。

黄帝史倉初作書，依類象形書亦疎。獸蹄鳥迹頗奇怪，乾端坤倪微發舒。周籀大篆十五篇，體製漸與蒼史殊。秦兼七國有天下，混一土宇同書車。趙高爰歷競新作，胡毋博學誇宏槪。是時小篆方挺出，蒼籀字畫勤芟除。雲陽繫囚變隸體，程邈。世喜簡便爭奔趨。人文日巧僞日勝，古意自此皆荒蕪。嶧山野火惟焦蘇，苦縣光和碑亦無。宣王石鼓後來出，真贋莫訂徒嗟吁。陽冰凛凛及前輩，字骨瘦硬中敷腴。潮乎下筆亦清切，杜陵謂與李蔡俱。寂寥恍已隔千載，遊心藝苑惟長驅。我朝巨筆惟章徐，武夷近數延陵吴。吴君心近覷天巧，瘦不露骨肥不臃。小字銀鈎鐵畫如，大字龍蛇相鬱紆。上窮羲黄下秦漢，掎摭彝鼎并盤盂。知音惜無浣花老，侯門欲曳鄒陽裾。勸君行矣勿留滯，識真四海多通儒。莫學婦人寫陰符，莫作奇字索酒沽。摩崖他日頌功德，大字深刻真良圖。截江網。

句

白髮鬖鬖吾老矣，名場從此欲投簪。贈朱元晦。見崇安縣志。

廖德明補。

德明，字子晦，南劍人，受業朱子之門，登乾道進士，歷官吏部左選郎官，奉祠。有槎溪集。

鬱林郡城

荒煙漠漠雙江上，往事悠悠野戍孤。春到偏臨青草渡，夢中猶記白鷗湖。粵西詩載。

林　淳補。

淳，三山人。乾道八年，以嘉議郎爲涇縣令，修復古塘。民多稱之。

琴　溪

湛湛長溪水，飛橋遠近通。客喧墟市合，仙去釣臺空。欲辨磨崖字，忽聞遵渚鴻。僧無贊公趣，誰與論崖中。寧國府志。

方信孺

信孺，字孚若，號柴帽山人，莆田人。乾道中以父廕授官，累遷淮南轉運判官兼提刑，知真州。建言，奪三秩，奉祠，卒。有桂林甲乙丙三集、擊缶編、壽湖稿、淮南稿、南海百咏、南冠萃稿、南轅拾稿、曲江嘯咏、詩境集、九疑漫編。

劉後村序云：公詩文操簡立成，宫羽協諧，經緯麗密。

桂勝略云：信孺大節在宋史。自道州擢爲轉運判官。父崧卿先爲運判，甚有治聲，桂人祠之。及信孺至，大爲增繕，請吴獵紀其事，莆田柯夢得撰迎送神曲。其褒揚先漕如不及。人以爲篤孝。他日，于西山擇最勝處創起館宇，期欲奉母偕隱，名所營曰碧桂山林，自爲之銘。其文今尚在山中。又愛琴潭水石，題以示志曰：「吾何得此爲菟裘之地。」乃灕山雲崖。則親築軒于崖之陽，乘興獨往，往則必留。曾語守軒僧了真曰：「先祠在永寧，此去不遠，庶幾神靈謂不肖孤在近，或喜得暫依也。」閒屏騶從，小休軒下，伸紙濡毫，有所撰述。不多時草具。當其得意處，望崖而嘆曰：「平生方提刑以好山水聞，孰信兹山寓筆硯哉？」

蘭陔詩話云：公少有雋才，爲周益公、楊誠齋所器。性豪爽，揮金如糞土。所至，賓客滿其後車。年三十，使金，以口舌折强敵。既齟齬歸，築室巖竇，自放于詩酒。著作等身，今已少流傳。莆陽全書僅載三律。予購得南海百咏一帙，字迹半已漫滅。録其可辨識者，得十餘首以傳。

水簾洞

碧澗東西春水添，四時疎雨落晴簷。珠宫貝闕無尋處，空見重重挂玉簾。

鶴舒臺安期飛昇處。

危臺老石倚層巔，鶴駕逢迎不記年。今日歸來應一笑，山川城郭尚依然。

流杯池

白石參差水曲流，飛觴寂寞幾春秋。山陰千古誇陳迹，此地何人記舊遊。

劉王墓（劉鋹。）

黿趺無處問行蹤，惆悵連江荔子紅。鐵鑄崔嵬真大錯，驪山銅柱久成空。

甘溪陸公亭（吳判史陸胤建。）

甘溪依約舊城東，陵谷遷移一夢中。春盡踏青人不見，桄榔老大木棉紅。

花塢（僞劉建。）

綠陰到處小舟藏，淺水漂紅五里香。不見芳華舊亭院，桃花應解笑劉郎。

石屏堂（僞劉時，端午令宮人競渡其下。）

月峽旁通玉液池，綵舟爭勝出宮闈。荒臺今日人相問，野草無言日自西。

花田（劉鋹葬宫人處。）

千年玉骨掩塵沙，空有餘香入此花。何似原頭美人草，尊前猶作舞腰斜。

題龍隱巖

春波飽微緑，斗柄函空明。方舟貫巖腹，鵾鸛相酬鳴。俯窺穹窿頂，宛轉百怪呈。僅餘鱗甲碎，不見頭角獰。下闖清泠淵，演迆萬頃澄。但同魚鳥參，勿遣蛟龍驚。抉苔撫奇篆，倚棹看題名。三將標殊勳，自與山不傾。誰歟贅小築，政恐山靈嗔。南澗更幽絶，仙佛依崢嶸。太虚可爲室，豈復資欒楹。乳泉助茗椀，中有冰雪清。何須驂鸞去，此即白玉京。鼎來不速客，抱琴忽遲迎。愛此無絃曲，巖溜同一聲。爲君洗塵耳，喚我詩魂醒。祇愁白衣到，好句無由成。

桂州黄潭舜祠

西風攪桂樹，落日明楓林。遊子懷歸期，余悲渺登臨。虞山一何高，湘水一何深。英皇僅枯冢，寂寞薰兮琴。我欲奏古曲，俗耳更洼滛。古器不可見，聊作相思吟。相思長相思，相思無古今。一歌衆鳥聽，再歌萬籟音。推手君勿歌，有酒且孤斟。落落此時意，寥寥千載心。五絃毋庸絶，四海誰知音。案以上曹氏歷代詩選。

題雲巖軒

不用窮探費杖藜，隱然林壑挾城陴。曾遵月洞千巖上，更著雲巖一段奇。拂拭軒窗容俎豆，發揮泉石借聲詩。瞿曇頗似知人意，已約梅花帶雪移。

玩珠巖

歸舟多載小江春，重訪東巖舊履痕。插水峭崖猶有路，垂天怪石本無根。金華仙伯真知己，薏苡將軍足斷魂。安得北山公可作，倩渠移取向家園。

方士繇

士繇，字伯謨，號遠菴，莆田人。乾道中布衣。有遠庵類稿。

蘭陔詩話云：遠菴從朱文公遊，年甚少，學甚敏，不數年遂爲高第。紹熙間，文公門人有至行在者，公卿延致恐後。遠菴聞之，嘆曰：「異時必爲學者禍。」未幾，學禁果作。其先見如此。不甚學詩，閒有所作，寄情蕭散。

武夷丹崖

丹崖石氣凝高秋，碧溪上引天河流。金堂石室不可到，玉館莓苔生古愁。仙人昔乘紫雲氣，白馬瑤鞭在何處。茫茫塵世那得知，幔亭空記當年事。君不見茂陵松柏已蕭疏，乾魚猶祭洞亭祠。

寒棲館

蒼崖淩紫霄，横席坐高迥。清夜有吹簫，山空月華冷。

昇山即事

一徑西風裏，閑房客未歸。砌苔侵野屐，林葉上秋衣。黄卷經心嬾，青綸入夢稀。還書報妻子，莫厭故山薇。詩林萬選。

林亦之補。

亦之，字學可，福清人，自號網山山人，月魚一作「漁」。氏。從學艾軒林光朝之門。趙汝愚帥閩，嘗以亦之行業上於朝。景定間贈迪功郎。私謚「文介先生」。

劉後村跋云：網山律詩，高妙者絶類唐人。

宋百家詩存小傳云：初艾軒講學於蒲之紅泉，學者常數百人，稱高弟必曰網山。艾軒卒，網山繼其席，從遊之衆，無異艾軒也。淳熙十二年卒。子名簡，字伯綺，客死。其後遂絶。網山月魚集三卷，肅翁林希逸爲序云：「月魚據槁梧，吟空山，生無一事如其意，年才五十死。死未五十年，而子孫缾盎不守，松楸且幾禿，亦可悲矣。」

和李監倉謂欲遊龍臥山，以海風大作不果

枉蒙龍臥篇，如睹藤蘿境。十年招隱士，欲到此山頂。坐石誦離騷，匊水弄清影。無人同荷鉏，長愧林下景。昨者逢李侯，一笑便歡領。爲言有明月，公事且暫屏。騎驢學賈島，捫虱唤王猛。雙鑣雲外來，斜帽不須整。夜投招提宿，聽雨寒更永。論文到昌黎，説詩笑匡鼎。悶人數日風，何時發深省。

丁亥九月十六夜，偕李監倉宿龍卧山中，聽雨看月同時事也，所謂魚與熊掌兼得之。賦此以紀其事

相喚此山來，狂風吹我衣。把酒桂花下，山雲片段飛。掩門雨初滴，開門月旋上。倚樹看月明，半山聞雨響。人間有佳景，詩句頗發越。何曾似今夕，聽雨還看月。

草堂同爨呈稚春

雲錦堂前花作堆，尋幽養靜屬吾儕。高高下下黄柑樹，曲曲斜斜碧草堦。數點遠山如越縣，一條寒水似秦淮。龐公父子能留客，我亦三年忘客懷。

陪范明府與諸同官飲新亭，是夕以莞爾榜之，因賦此詩

把燭新亭下，迂疎聊爾歌。酒緣人品勝，官要野情多。燕豆客俱好，漁竿人亦過。誰知武城笑，深自惜蹉跎。

瑞峰院夜話奉酬鄭簿

百級上層巒，呼鐙同所歡。蕘杯真有道，行李似無官。妙語勝熊掌，疎才愧鷃冠。古人

相見意，不作酒肴看。

翁丈柔中同姪昭文相訪，留兩日，既別，贈以詩

委巷無過客，明燈迎此翁。歡欣屐齒折，羞澀酒缾空。燒芋隨家法，論詩到國風。胡麻煮清棗，更擬故人同。

憶浮家洞

萬竹蒼蒼烏烏啼，一江渺渺薜蘿西。幽懷動處蘭初長，好句來時月已低。年歲卻從爲客盡，家書長是倩人題。疎鐘日落孤村立，秋燕梁空歸思迷。

寄表弟章由之爲理曲堆屋廬

苦來爲客竟何爲，宅舍荒村誰與治。別墅雖無輞川畫，生涯堪入杜陵詩。身如燕子年年去，家似漁舟處處移。丹井西頭曲堆下，更煩歲晚補疎籬。

同安撫趙子直汝愚餞朱晦菴於懷安，得重字

祖帳寒梅白未空，已看新葉綠重重。八州斧鉞送行客，十里旌旗遶暮峰。北斗獨高韓吏部，南州爭慕郭林宗。一時賓主俱豪傑，敢道招要到野農。

魏　几補。

几，字天隨，福清人。從林光朝學。

句

丹霞夾明月，半白在梨花。福州府志。

鄭　鑑補。

鑑，字自明，連江人。淳熙元年太學釋褐，累遷太子侍講，終宣教郎、知台州。

香爐山在連江縣。

峙立交輝紫翠間，疎簾半卷鎮長閑。神仙似有祈年術，一縷青煙起博山。淳熙三山志。

林夢英補。

夢英，字伯虎，閩清人。徙撫州，游陸象山之門。登淳熙二年進士，歷秘書丞。學者稱山房先生。

金石臺

雲作巖扉風自關，清陰半壑樹中間。傍厢更著茅亭好，放入西南一面山。江西通志。

碧澗書堂

臨川遇鄒君，示我銅陵辨。相邀游其間，百聞須一踐。自從雙耳聾，已辨兩足繭。武夷乃招隱，仙都輒策蹇。遥睇麻源村，夢思勞輾轉。今披碧澗記，華岡訂訛舛。疑信吁莫論，是非爭之褊。但欣泉石奇，堂成書可輦。晁侯雲夢胸，妙處參墳典。家有萬竹坡，琳琅閟謍蒻。徘徊康樂舊，此興尤不淺。人生貴自得，假物非至善。山川傪遭逢，所托各偕顯。嚴光釣越灘，叔子登楚峴。氣象不低摧，吾徒志當勉。相思邀未到，煙霞自舒卷。唯應原上月，共照人孤狷。撫州府志。

翁　華補。

華，字持甫，崇安人，績孫。淳熙二年進士，知茶陵州、武陵縣。

龍爪石

香開巖桂露凄清，翠鎖晴嵐潑眼明。風度南枝烏鵲囀，月斜西塢玉繩横。來游十里水雲窟，償我一生邱壑情。詩句乞君高挂壁，且容鼻息撼雷鳴。福州府志。

陳　經補。

經，字叔綸，龍溪人。淳熙二年進士。倅循州，知欽州、封州。工詩文，著有德齋文集。

句

丈夫當廟食，仙人好樓居。龍溪縣志。

宋　煜補。

煜，字伯華，莆田人。淳熙二年提舉廣東市舶。知惠州，多善政，惠人德之。

題朱明洞

澗流一一抱峰回，面面林巒錦帳開。我品洞天居第七，只應題作小蓬萊。

石臼洞

清泉一派水潺潺，石穴端然一臼安。洗藥煉丹仙已去，只留蹤迹與人看。

黄野人庵

淮南雞犬上雲端，底事先生獨世間。上界應嫌官府足，不如平地自驂鸞。羅浮山志。

陳允升補。

允升，閩縣人。淳熙四年太學釋褐。

釣魚臺

羅浮山崒嵂，安有釣魚臺。臺居觀東隅，此名從何來。昔時爨下童，辛勤水與柴。歲久功行完，豹變山陰霾。一朝採幽澗，恍然江海涯。篙師艤舟在，相與語詼諧。爨童有行計，篙師相與偕。得魚饋主翁，辭去挽不回。傍者躡其蹤，扁舟往巖崖。始信武陵源，有路通塵埃。回視所遺魚，化作溝中材。古有恒真人，事豈欺我哉。太公渭水濱，白頭佐□□。子陵七里灘，清風永可懷。爨人去幾秋，魚臺尚崔嵬。此名照青史，此石封蒼苔。我來筆其事，靈迹救沉埋。山中勝事多，對此空徘徊。羅浮山志。

劉　褒補。

褒，字伯寵，崇安人。淳熙五年進士。至朝請郎，知西全州。自號梅山老人，有梅山詩集。

題小樂

去日春蠶吐素絲，歸時秋菊剝金衣。沙鷗不入鴛鴻侶，依舊滄浪遶釣磯。

詩人玉屑云：伯寵，武夷文士，嘗宦于朝，以臺評而歸，有句云云，怨而不怒之辭也。

陳　燁補。

燁，字日華，福州人。淳熙五年爲淳安令，時詔府州舉行義役，燁集大姓于庭，多方諭之，衆皆聽命。

我愛淳安好

我愛淳安好，溪山壯縣居。錦文光璀璨，雉羽勢輕徐。比屋興弦誦，多田力耨鋤。廓然無一事，林下自詩書。淳安縣志。

陳宋輔補。

宋輔，字公弼，寧德人。淳熙五年進士。官郴州教授，有文名。

羅隱題詩石

詩名鼎鼎號三羅，藜杖經從石上過。鐵畫銀鈎難辨認，雨霖日炙莫鐫磨。幽泉添硯潺湲響，明月生波感慨多。小立西風吹鬢髮，碧蘿深處聽漁歌。寧德縣志。

熊以甯補。

以甯，號東齋，建安人。淳熙五年進士。官光澤主簿。

題朱晦菴先生古樟書院壁

楊柳陰陰一徑苔，先生曾是手親栽。幾年杖履追隨樂，今日翻成夢裏來。截江網。

壽史滄洲

梯旻一何高，其勢如龍蟠。下直湖萬頃，襟抱滄洲灣。潭居占其勝，縹緲雲濤間。海邦形勢地，秀偉此爲尊。諸湖如附庸，有水俱來環。元氣昔孕此，停蓄固有存。挺生賢哲人，象服仍貂冠。道大久乃見，景好人亦閑。堂堂八座貴，袖手樂其天。龍飛御宸極，廊廟須公還。湖山雖爾佳，政恐思謝安。下客有侯喜，素仰斗與山。摳衣荷延納，不棄蒯與菅。憐我塵土姿，欲使餌金丹。祇愧坐斤骨，蜕形良獨難。恭惟我公賢，崔嵬不可攀。兹遇垂弧旦，競賦崧高篇。南極正耿耿，三台輝紫垣。趣起對鈞秉，永輔基圖綿。截江網。

鄧林補。

林，字楚材，一字性之，自號四清社友，福清人。年十五，即以詩義魁鄉校。淳熙中登進士。

宋百家詩存小傳云：一時名公卿如周益公、陳止齋、晦庵朱子、呂東萊俱引爲交游。嘗伏闕三上書，陳時事得失。朝議欲授以中都幹官。或曰：「鄧林若在中都，此謗議之府也。」遂授石城丞。其詩有皇荂曲一卷，共五十篇。淳祐時，大山蕭山則序云：「詩，世業乃精，有彝叔，即有性之。彝叔工詩，如『柳煙鶯曉障，杏露蝶春糧』，『桃葉渡江狂子敬，梨花帶雨澹真妃』，皆奇。性之蓋出此。性之，彝叔子也。」

玉兒

金蓮花上俞尼子，永壽神仙羅繡綺。苑中荆荻市令嚴，玉像支離瓦官寺。六宮鴨劃起淫風，太白便應懸妲己。此身肯許兜鍪夫，猛爲東昏拚一死。到今羞殺賣降人，去作練兒梁姓臣。

曲江歸舟

只道篷低礙覓詩，眼前物色自多奇。千山赭去如秦樣，一水清來似晉時。漁父豈無緣葦輩，樵人恐有負苓師。僮奴忽報梅花動，春在江頭最北枝。

賦江郊漁弋

占斷江山是一家，寄情漁弋當生涯。青楓翠竹春屏葉，白藕紅菱曉鏡花。鴻鵠鶡鵬鷴鶚鶬，鱒魴鰷鯉鰋鱠鯊。河陽書到君當起，弩發千鈞釣五車。

送衡山琴畫張道士

滿天風月澹蕭寥，三尺孤桐古調高。不敢問君聽別操，請彈二十五離騷。以上皇苓曲。

孫汝勉補。

汝勉，字堂夫，寧德人。淳熙七年特奏名，官監鎮。

白鶴山

梵宇深深小逕回，兩崖如峭立崔嵬。直疑隱客曾吹裂，或是山林爲劈開。林静煙空時透日，溪喧石老半侵苔。凉生佛骨雲生鉢，閣住紅塵不入來。寧德縣志。

傅誠

誠，字至叔，仙游人。嘗從朱文公游，淳熙八年第進士。調永春尉，從侍郎黃艾參政使北。張巖開督府于京口，奏辟幕僚，著述皆出其手。遷太常博士。子彥卿能文，以疾卒，誠哭之過哀，輪對閒卒于殿下。

妙庭觀在富陽縣董雙成故宅。

曾宴瑤池阿母家，九霞光繞翠瓊車。坐中一曲山香舞，帽上看看有落花。杭州府志。

彭九萬

九萬，字好古，崇安人。淳熙閒國學立禮齋長。

凌波辭

歲芳兮婉冉悲，江空兮蘭枻歸。人嬋媛兮胡來遲，憺風魂兮佩誰思。素衣兮儼黃裏，玉襦兮蒙翠被。明波渟渟兮渺愁予，含香懷春兮中心苦。昔遺褋兮今契闊，佇佳期兮脊修絶。幻塵緣兮窨中憂，時既晏兮不可留。汎雲軿兮水裔，紉予瑟兮難理。人奚歸兮路蒼茫，湘有皋兮春緑起。萬姓統譜。

趙　庚補。

庚，字叔初，晉江人。淳熙八年進士。

句

腰金不足爲公重，懷寶無瑕乃席珍。

泉州府志云：歷廣西常平幹官。帥蔡戡除次對，庚以詩賀之云云。戡感其言，乞祠。歸後，客五羊，廖槎溪爲帥，尤加敬焉。及卒，貧甚。門人黄以甯葬之。

劉　榘補。

榘，字仲則，莆田人。淳熙八年進士。官至工部尚書兼實録院修撰。謚「文肅」。

宋詩紀事補遺小傳云：初爲嵊縣令，以政最當進京秩。時韓侂胄禁僞學，力乞通判漳州而去。朱子聞之曰：「仲則辭内而就外，不可及也。」嘉泰元年，召除著作郎，累擢侍御史兼侍讀。奏乞彭龜年首論侂胄之姦，居位盡忠，乞賜美謚。復乞增糴本賑饑疫，罷四川魚水錢。致仕，築堂于西郭廬山，匾曰「友于」。未幾卒，謚「文肅」。著有劉尚書集，劉克莊爲之序。

鳳凰臺

鳳凰何亭亭，迥與雨華對。憑高一登眺，秋事渺無際。鷺洲賞心前，牛首秦淮外。萬疊雲稼橫，百纜風檣會。睠言簿書隙，載酒邀華旆。翰林詩百篇，生公法三昧。皮膚雖不似，妙趣總相類。懷古睇平蕪，可但高李輩。憶昔耿與韓，造膝陳大計。高光課厥成，一語不相戾。江淮今清晏，河路尚腥穢。蛇豕相噬吞，天已厭戎裔。箕斂民不堪，惡稔將自斃。憤激聞雞舞，慷慨中流誓。尺箠仗皇靈，喋血笞其背。燕然彼有石，深刻詔來世。兵强在食足，萬竈餘廩廥。叶奏酇侯功，接武文石陛。景定建康志。

傅誠

誠，字友叔，仙遊人。淳熙十一年登進士第。官淮西漕，遷司封郎中，使金。

使金

霜明玉節映寒流，馬渡蘆溝向上頭。萬里河山觀古塞，百年荆棘嘆神州。要臨瀚海銘燕石，莫上新亭作楚囚。多少遺民思舊俗，可憐金帛歲包羞。

東京道上口占

宮闕岧嶢俯碧空，九門未曉月朦朧。馬嘶南陌東風遠，回首神京一夢中。

陳楠老補。

楠老，福州人。淳熙十一年特奏名。

萬竹菴

青山迴望合，萬竹淨娟娟。寶殿晴光冷，瑤堦翠色妍。龍吟明月夜，鶴舞早秋天。坐聽涼風發，軒欞響澗泉。建寧府志。

石應孫補。

應孫，晉江人，貫儀徵，大昌子。淳熙十一年進士。

遊黄山

山川形勝雄江東，九華輝映天都峰。傳聞早已盪胷臆，恨不插翼長相從。揭來隨牒官秋浦，城郭犇馳厭塵土。挈家捧檄過臨城，偷閒兩作煙霞主。黄山登覽原無由，何期易地太平遊。清池軒豁日舒麗，突兀樓觀撑深幽。憑高徙倚敞心目，絶壁半天横碧玉。迴溪千里指顧間，螺髻分明三十六。壯懷高向紫霄懸，俯視培塿真一拳。古今秀色餐不盡，筆端收拾生雲煙。萍蹤倘未逐流水，古刹相望二三里。暇時風月得交游，鷗鷺同眠勿驚起。黄山志。

水簾洞

珠簾巧費水晶裁，萬古垂垂濺碧苔。幾度月鈎鈎不上，孤雲難入此中來。以上黄山志。

周　牧補。

牧，字善叔，寧德人。淳熙十一年進士。累官直徽猷閣、廣西經略使，知横州。

超覽亭

翠微深處著亭臺，抖擻紅塵雙眼開。嵐影剩添杯色好，泉聲不帶市喧來。竹間啼鳥破山寂，天際孤舟界浪回。占斷鶴峰無限景，何如杖履日徘徊。寧德志。

廖行之補。

行之，字天民。其先延平人，五代時徙于衢州。淳熙甲辰進士。官岳州巴陵尉，改寧鄉主簿。著有省齋集。

向氏歸來園

十畝江頭地，今時靖節園。輞川慚畫古，綠野漫名存。自有菊成徑，何須花滿園。是間無俗物，不用閉松門。

送　春

煮醞青梅且共嘗，遊蜂舞蝶爲誰忙。鞦韆綵索迷青草，車馬紅橋鎖綠楊。春事戰回蒲劍老，詩腸結盡柳絲長。韶光賦別休匆遽，擬佇東風更一觴。

和羅舜舉

岸岸花飛客思濃，拍空煙水與天東。暮雲橫嶺依依碧，朝日翻波衮衮紅。鷗共忘機元自適，鼉猶鳴鼓定誰攻。凭欄萬里危樓望，愁絶江南一笛風。

對酒憐鵝滿意黄，江天風暖水紋香。詩情到底能多助，官事由來未苦忙。晴雨不妨春自好，醉醒何擇我非狂。幾時容與扁舟去，浩蕩煙波情興長。

徐夢發補。

夢發，浦城人。登進士第，淳熙十二年以宣教郎知寧德縣，政多平恕。累官廣東招捕使。元兵下江南，死之。

超覽亭

壬子歲一月，亭成始宴賓。扁題原用舊，輪奐喜更新。遠眺江逾碧，靜觀山自春。亭邊泉更好，一洗簿書塵。寧德志。

陳紀補。

紀，字仲禮，寧德人。淳熙十四年特奏。强敏有大志，試胄監，吕東萊擢置首選。李景和使北，辟紀偕行。歷知邵陽縣，柳州、籐州、英州三郡，皆有政蹟。

展旗峰

寰中孤突接微茫，秀向西來萃一鄉。三邑根盤龍起伏，二儀氣結鳳騰翔。影横月窟煙霞古，勢逼星河雨露香。今古鍾靈原有自，兆呈勳績著旗常。寧德志。

陳直卿補。

直卿，晉江人，樸子。淳熙時知江西新昌縣，累官知英德府。

垂虹亭

西望洞庭突兀，東連仙里人家。笑指闌干三百，醉來就此乘槎。吴都文粹續集。

張斗南補。

斗南，字唐英，號釣浦，羅源人。淳熙丁未進士。後召對，官兵部郎中。

題逆旅詩

辭得官來性又便，恰如病馬解韁牽。雖無白日三聲喏，贏得清宵一枕眠。羅源縣志。

劉季裴補。

季裴，字少度，福安人。孝宗朝終祕閣修撰。

壽朱守

康鼎談經世少雙，一時文物動虞庠。江湖雖隔金閨籍，衣袖仍聞玉案香。墨客幾年陪畫隼，板輿平日到萲堂。時清身健堪行樂，未見荆榛老鳳凰。聖宋名臣獻壽集。

王　亘

亘，字伯通，福州人。淳熙間知南恩州。

十洲圖

山川如幻閣長秋，一島飛來伴九洲。不礙漁樵雙槳過，何妨羅綺四時遊。雲疑泰華分張去，水憶蓬瀛散漫浮。禁苑未知湖海樂，生綃寫取獻中州。延祐四明志。

次胡澹菴題挹翠軒韻

西山排闥來，周遭自環翠。俗眼少見之，一覽忘世味。平生三徑心，盍早賦歸計。從落塵土居，不與草木敝。公餘事幽尋，清風拂衣袂。最喜軒中人，所挹多爽氣。蓬蒿天地寬，萬境發詩思。白雲未能閒，時出過窗几。簷花聽夜雨，池草生春媚。山靈若相知，好風爲裂眥。餘光雖力挽，回次那得致。肇慶府志。

游次公補。

次公，字子明，建安人，號西池，定夫諸孫，禮部侍郎操之子。范石湖帥桂林日，參内幕，有唱酬詩卷。

漁　父

竹裏茅茨竹外溪，粼粼白石護漁磯。想應日日來垂釣，石上簑衣不帶歸。詩人玉屑。

畫虎圖

平生射虎裴將軍，馬獰如龍弓百鈞。手撚白羽旁無人，注虎使虎不敢奔。須臾叢薄斕斑出，人馬不知俱辟易。矢知蓬蒿弓減力，將軍得歸幾敗績。徐行爪牙無不露，眈眈垂頭若微顧。尾翦霜風林葉飛，倏忽山頭日光暮。包家畫出真於菟，我尚不敢編其鬚。昔人作詩譏畫圖，吁嗟畫圖今亦無。合璧事類别集。

李安期補。

安期，字泰伯，邵武人，以詩游江湖間。一日謁四川茶馬使王溎，溎將以賢良薦。因弈爭道，遂拂衣而去。

賦白鷺

漁父家風不設罾，錦鱗爲飯水爲羹。銀袍秖當蓑衣著，自在江湖過一生。邵武府志。

王佐才補。

佐才，字呂輔，崇安人，少游邑庠。范汝爲叛，總義兵禦賊建陽，以功補承信郎。後爲吉州水軍統領，與賊魁殊死戰，中流舟壞而没。吉人廟祀之。

答秦兵部求墨竹

夜到茅亭近竹籬，影隨寒月下苔墀。吟餘未嬾蕭疎興，會寫離披一兩枝。

贈徐子虚畫魚

我嘗放意游江湖，喜從釣叟觀真魚。有時臨溪行復坐，秋水無風魚自如。鮮鱗滑鬣隨上下，回旋戲躍形皆殊。兩兩相逢若對語，聚頭戢戢搖雙鬚。忽然散漫皆游去，一半掉尾潛菰蒲。往來得所弄晴色，員波觸動生浮珠。困依垂楊看不足，盡日忘歸誰與俱。自從北走塵土窟，十年不復瞻蓴鱸。憑誰畫出江湖趣，東海今聞徐子虛。毫端奪得生時意，京師好事爭傳摹。寫成雙幅輒遺我，展舒活動驚堂隅。窮搜前古少奇筆，此本秖恐人間無。任教涸轍强濡沫，對面相忘千里書。以上聲畫集。

游　開補。

開，字子蒙，建安人，定夫從孫。

和劉叔通

昨夜劉郎叩角歌，朔雲寒雪滿山阿。文章無用乃如此，富貴不來爭奈何。邴鄭向嘗依北海，晁張今復事東坡。吹噓合有飛騰便，未用溪頭買釣蓑。

朱子語類云：詩須不費力方好。此等詩使蘇黄見之，定當賞音。

周明作補。

明作，字居晦，建陽人。宣教郎，朱子弟子。

龍巖山

靈河直欲貫蒼崖，神力摩抄〔一〕石島開。冰玉滿懷雲滿袂，分明天上泛槎來。廣西通志。

陳子常補。

子常，字常翁，仙遊人。著有周禮解。

井田封建圖

爲成者十復爲終，終十還爲百里同。祇爲諸儒泥方法，不知起數總皆縱。

全閩詩話云：子常精於周典，如井田封建，先儒所未發明者，悉畫爲圖，有詩云云。

趙希融補。

希融，長樂人，太祖九世孫。

賦玉巖

君不見陶令門前栽五柳，聊爲折腰辭五斗。歸來三徑足歡娛，琴書得趣人誰有。又不見和靖卜築臨西湖，湖山勝景天下無。至今疏影横斜句，人與梅花共清癯。古來逸士皆如此，一節純全能終始。三歎古風挽莫回，幸有玉巖人足比。二十餘年養浩深，厭居朝市入山林。此身出處無非道，憂世誰知一寸心。愧予朱墨塵埃裹，恨不巖前濯清泚。想象入室芝蘭馨，有□清廟遺音美。聞説當年贈監書，蒲公之見特其粗。要知命義吾儒事，願學同遊周邵蘇。宋詩拾遺。

陳嘉言補。

嘉言，晉江人。紹熙元年特奏名。

蔣洋道中望太姥山

望裹仙蹤渺，煙霞滄海東。逕迷丹竈外，人轉大還中。虬偃千林日，鸞吹一夕風。停驂遲太姥，藍水洗塵容。絶巘雲霄外，嵯峨沓靄間。雲將山岫溼，鶴伴月華閒。流水溪溪静，琪花樹樹殷。攀躋猶未得，清夢遶禪關。福寧府志。

案：陳嘉言已見宋詩紀事，有題太姥墓詩，與此嘉言當是一人。但紀事以爲侯官人，咸淳末築室台嶼云云。而此嘉言福寧府志則云晉江人，紹熙元年特奏名。紹熙元年至咸淳末已八十餘年，未能遽斷其爲一人。今兩出之，以俟再考。

【校勘記】

〔一〕原作「抄」，與「抄」形近而訛，逕改。

閩詩錄 丙集卷十一

侯官 鄭 杰原輯
陳 衍補訂

康鼎成

鼎成，字未詳，莆田人。紹熙元年特奏名。知潭州事。

九鯉湖

久學秦人避，空聞漢主求。丹爐無鳳髓，石室有龍湫。谷挾千峰雨，湖生六月秋。塵蹤應自息，長嘯下溪鷗。

陳 機補。

機，字介行，晉江人，兄朴。紹熙元年進士。機學問該貫，尤長於詩。寫情詠物，若不經思，往往出人意表。

達里庵

抖擻塵埃上翠微，石泉佳處掩柴扉。道人不識人間事，啼鳥聲中看落暉。永春州志。

句

從此不除窗外草，要觀天地發生心。讀易。
須信生生是真意，疎籬依舊竹生孫。泉州府志。

黄瑄 補。

瑄，字漢珍，羅源人。紹熙庚戌進士。官衡州通判。

省墓詩

長因風木起悲酸，省墓歸來痛忍言。雖得青衫聯子貴，深慚白髮負親恩。璜溪猶有家居舊，蕭寺尋來手澤存。墨迹依然逾二紀，摩娑塵壁黯銷魂。羅源縣志。

黄　治 補。

治，莆田人。紹熙元年進士。人稱岳陽先生。

句

威稜赤壁千尋峻，德量黄陂萬頃寬。上黄州太守。輿地紀勝。

林伯春 補。

伯春，晋江人。紹熙元年進士。

藍　溪

羊腸路入最高峰，倦倚東風點瘦筇。芳草有情春意遠，青山依舊暮雲重。新來梵閣添奇觀，前度詩人帶老容。寄我此身天地裏，夢回林杪一聲鐘。泉州府志。

余復 補。

復，字子叔，寧德人。紹熙元年進士第一。寧宗即位，充實錄院檢討官。著有禮經類説、左氏纂類、詩文集。

和御賜登第

風虎雲龍豈偶然，信知盛世士多賢。虞庠教育蒙深澤，漢殿咨詢愧首延。釋褐遽沾瓊宴寵，錫詩齊聽玉音宣。愛君憂國平生志，敢負周王宴樂篇。

林岊 補。

岊，字仲山，古田人。紹熙元年特奏名。嘉泰間知金州，修復清湘書院，與魏了翁友善，爲之作記。在郡九年，多惠政。

青田巖

老鶴回翔去幾年，至今巖壑此名傳。攀躋分寸疑無路，飛入方壺卻有天。白象綠獅呈怪石，神泉深洞隱真仙。細看滴乳流脂處，不是青田是玉田。廣西通志。

張本中 補。

本中，字傳正，長樂人。紹熙初知陽山縣。

賢令山

□□縈紆一徑深，□看石壁起千音。雨□□□來春溜，霧靄留空□晝陰。坐對雲山開遠眼，靜諧泉石會幽吟。山陰東武定何□，妙趣何曾間古今。廣東通志。

徐璣

璣，字文淵，一字致中，號靈淵，晉江人，後移永嘉。紹熙間官長泰知縣。有泉山集、二薇亭集。

宋詩鈔小傳云：初，唐詩廢久。璣與其友徐照、翁卷、趙師秀議：「昔人以浮聲、切響、單字、雙句計巧拙，蓋風雅之至精也。近世乃連篇累牘，汗漫而無禁，豈能名家哉。」四人之語遂極其工，而唐詩由是復行矣。

漳州别王仲言

百草各有種，春至不栽培。交情重故知，豈論才不才。相識十年初，再見天之涯。共飲一杯酒，粲若紅顔開。人生有此樂，知復能幾回。契闊幾已深，矧爾病與衰。朔風從何來，吹發枝上梅。天寒日欲莫，又乃行色催。君去江水西，我歸近天台。東西道路長，未可心膂摧。明朝碧雲多，佇思良徘徊。

述夢寄趙靈秀

江水何滔滔，渡江相别離。揖子家舍前，對子衣披披。問子何所爲，旅舍未得歸。執手一悲歎，驚覺妻與兒。起坐不得省，清風在簾帷。平明出南門，將以語所知。過子舊家處，寒花出疎籬。蕭蕭黄葉多，裊裊歸步遲。子去不早還，何以慰我思。

投楊誠齋

名高身又貴，自在小村深。清得門如水，貧惟帶有金。養生非藥餌，常語是規箴。四海爲儒者，相逢問信音。

黄碧

黄碧平沙岸，陂塘柳色春。水清知酒好，山瘦識民貧。雞犬田家靜，桑麻歲事新。相逢行路客，半是永嘉人。

憑高

憑高散幽策，綠草滿春陂。楚野無林木，湘山似水波。客懷隨地改，詩思出門多。尚有溪西寺，斜陽未得過。

初夏游謝公巖

欲取紗衣換，天晴起細風。清陰花落後，長日鳥啼中。水國乘舟樂，巖扉有徑通。州人多到此，猶自憶髯公。

孤坐呈客

晨起猶孤坐，鉼泉待煮茶。寒煙添竹色，疎雪亂梅花。獨喜忘時事，誰知改歲華。多君能過此，人里似仙家。

題薛景石瓜廬

近舍新爲圃，澆鋤及晚凉。因看瓜蔓吐，識得道心長。隔沼嘉蔬潔，侵畦異草香。小舟應買在，門外是漁鄉。

書翁卷詩集後

五字極難精，知君合有名。磨礱雙鬢改，收拾一編成。泉落秋巖潔，花開野徑清。漸多來學者，體法似玄英。

大龍湫

瀑水數千尺，何曾貼石流。還疑衆山折，故使半空浮。霧雨初相亂，波濤忽自由。道場從建後，龍去任人遊。

秋夕懷趙師秀

冷落生愁思，衰懷得句稀。如何秋夜雨，不念故人歸。蛩響砌尤靜，雲疎月尚微。惟憐籬下菊，漸漸可相依。

冬日書懷

門庭黃葉滿，園樹盡玲瓏。寒水終朝碧，雲天向晚紅。蔬餐如野寺，茅舍近溪翁。非是分囂寂，由來趣不同。

西征有懷翁、趙、徐三友

窮冬逆旅身，薄宦此艱辛。渡水添愁思，看山憶故人。煙生村落晚，雨過竹松新。昨夜還鄉夢，逢君苦未真。

湘　水

湘水幾千里，平流少激湍。數家分市井，列石起峰巒。豈是昔曾到，猶疑畫上看。吟詩身漸老，向此作微官。

泊舟呈靈暉

泊舟風又起，繫纜野桐林。月在楚天碧，春來湘水深。官貧思近闕，地遠動愁心。所喜同舟者，清羸亦好吟。

春日遊張提舉園池

西野芳菲路，春風正可尋。山城依曲渚，古渡入修林。長日多飛絮，遊人愛緑陰。晚來歌吹起，惟覺畫堂深。

寄趙端行

庭深自無暑，苔徑復縈紆。賓客不長到，兒童亦可娱。荷花時帶粉，蒲葉曉凝珠。與爾城闉隔，茲歎想不殊。

登信州靈山閣跨鶴臺

清遊吾有分，渾似昔曾來。野屋憑高住，青山到水回。欲看靈岫遠，須待曉雲開。漸漸生愁思，鄉心上古臺。

檄途寄翁靈秀

聞道長溪令，相留一館閒。便令全近舍，尚隔幾重山。爲旅春郊外，懷人夜雨間。年年踈覽鏡，怕見減朱顏。

登黄碧軒繼趙昌甫作

步陟高高寺，徐行不用扶。春天晴又雨，山色有還無。句向閒中覓，茶因醉後呼。所懷論未足，何乃又征途。

吾　廬

蓬户閉還開，深居稱不才。移荷憐故土，買石帶新苔。藥信仙方服，衣從古樣裁。本無官可棄，何用賦歸來。

題東山道院

古院嶔嶔石作層，緑苔芳草近郊坰。溪流偶到門前合，山色偏來竹裏青。靜共黄蜂通户牖，閒將白鳥共沙汀。道人亦有能琴者，一曲清徽最可聽。

六月歸途

星明殘照數峰晴，夜靜惟聞水有聲。六月行人須早起，一天凉露濕衣輕。宦情每向途中薄，詩句多於馬上成。故里諸公應念我，稻花香裏計歸程。

贈趙師秀

薄宦歸來隔幾春，清羸還是舊時身。養成心性方能靜，化得妻兒不説貧。竹長新陰深似洞，梅添怪相老於人。亦知曾見高人了，近作文章氣力匀。

贈徐照

近參圓覺境如何，月冷高空影在波。身健卻緣餐飯少，詩清都爲飲茶多。塵居亦似山中静，夜夢俱無世慮魔。昨日曾知到門外，因隨鶴步踏青莎。

泊馬公嶺

維舟拂曉步平莎，晚泊雲根第一家。新取菜蔬沾野露，旋編籬落帶山花。門前相對青峰小，屋後流來白水斜。可愛山翁無一事，藤墻西畔看蜂衙。

秋　行

紅葉枯梨一兩株，翛然秋思滿山居。詩懷自嘆多塵土，不似秋來木葉踈。

丹青閣

翠靄空霏忽有無，筆端誰着此工夫。溪山本被人圖畫，卻道溪山是畫圖。

移官南浦

簿領初爲建水棲，移官南浦又沉迷。溪山轉處人煙隔，惟有黄鸝一樣啼。

春　晚

午風庭院緑成衣，春色方濃又欲歸。蝌蚪散邊荷葉出，酴醿香裏柳綿飛。以上二薇亭集。

袁聘儒 補。

聘儒，字席之，建安人，歸安籍。葉水心門人。紹熙四年進士。著有述釋水心易説一卷。官至浙東安撫使。

三高祠

功成但可將身去，逃難安貧適所遭。三子有靈應共笑，一時何意故爲高。續吳都文粹。

趙必漣 補。

必漣，字仲連，崇安人，太宗十世孫。有倚梅吟稿。

濯足

小橋坐濯足，澗狹水流急。源頭夜雨多，落花漾紅溼。崇安縣志。

趙必曄 補。

必曄，字伯暐，晉江人，濮安懿王八世孫，從益王至永嘉。蒲壽庚作亂，將殺必曄，參軍吳伯厚以計出之。遂居泉之東陵。

和榴皮題壁韻

四仙吸露餐霞者，卻勝人間煙火餘。二十八言留壁上，不須青鳥爲傳書。東林山志。

鄒應龍 補。

應龍，字景初，泰寧人。慶元元年進士第一。理宗朝累官端明殿學士、簽書樞密院事、知慶元府，兼沿海制置使。

遊寶蓋巖

夙有斯巖約，今朝喜踐盟。路從支澗入，人在半空行。六月如霜候，四時長雨聲。願求容膝地，著我過浮生。邵武府志。

姚東 補。

東，字明仲，龍溪人。慶元二年進士。授長溪簿。嘗大旱禱雨，民稱爲主簿雨。令丞廨被火，獨簿廨存，人以爲誠愛所格。再調保昌丞，後以通直郎致仕。

皆山西爽二亭

華亭百尺跨嶙峋，照眼風光自吐吞。閒數炊煙分聚落，坐收奇觀入壺尊。岡巒繞户雲生袂，鐃柝無聲月在軒。更有何人佩黄犢，耕鋤已徧落霞村。龍巖州志。

趙彦假 補。

彦假，字顯父，魏王七世孫，居閩。慶元二年進士。

翠蛟亭和聳栗齋韻

天下名洞天，有山必有水。餘杭山水窟，神仙所棲止。仙人乘雲去，玉蛟留潭底。至今雷雨夕，蛟睡時驚起。爪劈巖石裂，石罅滴乳髓。涓涓泉流出，半垂白鳳尾。風來琴筑響，月照纓絡侈。曲折納深池，徹底清且泚。築亭當澗衝，木石相表裏。翠壁潤含煙，層峰去天咫。道人幻出奇，指顧猶未已。忽驅蛟走鬬，瞬息八百里。怒氣挾奔霆，草木爲披靡。兒童驚震掉，面若槁灰死。達人本大觀，談笑自隱几。須臾群動息，靜坐窮物理。水石本無心，相激一至此。洞霄詩集。

連三益 補。

三益，字叔友，安溪人。傅伯成奇之，妻以女。慶元二年進士。知沙縣，爲政明簡，庭無留訟。倅廣州，再倅紹興，未上卒。

蓬萊山

蓬萊一境最奇哉，門外坑流傍石隈。巨竹不知何日裂，喬松總是昔年栽。石移莫匪神功運，巖築更無山鬼來。料得衆僧行道處，天花馥郁遍蒼苔。泉州府志。

黄夢攸 補。

夢攸，字伯荀，福安人。慶元二年進士。從議郎、池州計議官。處事端飭，民便之。

獅子巖

蛟龍躍，獅子吼。頭角崢嶸精神抖。若問破天荒，還我霹靂手。福寧府志。

邱和 補。

和，字國瑞，崇安人。登慶元二年進士。調光澤簿，後解綬歸隱。

寄從弟善

海上扶桑散曉暉，荷衣共喜換簑衣。浮雲天外弄濃淡，好趁輕陰未雨歸。崇安縣志。

葉　發 補。

發，字定叔，閩縣人。慶元二年進士。奉議郎。

麻姑巖

怪石倚空碧，傳有神仙迹。元放古來遊，孝先舊曾歷。山前無斷碑，往事杳難覓。麻姑去不來，青鳥無消息。天台續集。

龔日章 補。

日章，莆田人。慶元二年惠州教授，歷江東安撫使屬官。

贈水簾洞黄秀才

攀蘿訪山扉，極目窮海表。峰疑廬山高，巖若盤谷杳。藥臼歷窮凹，石樓迫天小。水簾雲頂飛，丹葉天涯渺。古峒匝蝴蝶，閑庭喧百鳥。誦聲雜石溜，炊煙出林杪。藜燭雖未輝，翠屏自環繞。内樂屏紛華，天機蔑膠擾。虀鹽比膏粱，所得孰多少。會須携竹爐，一鳴聽雞曉。

詹師文 補。

師文，字叔簡，崇安人。以詞賦鳴于時，慶元丙辰進士。調婺源尉，有捕盜功。調江西憲司，檢法治獄皆得其平。秩滿歸隱。著有通典編要、慢亭遺稿。

泛舟

九曲煙霞景若何，移舟曲曲泛清波。丹峰絶頂籠花木，碧洞當門挂薜蘿。仙逕鶴翻松露下，古潭龍蟄水雲多，紫陽去後閒風月，獨向平林倚櫂歌。武夷山志。

李呂 補。

呂，字濱老，一字東老，光澤人。年四十即棄科舉。慶元四年，年七十七卒。著有澹軒集十五卷。

陪晦翁游玉澗

夜琴響空山，臨流水方折。老仙何處來，欣賞共清絶。不知盧仝家，還有許風月。

送高丞別 名衡夫，字平叔。

君侯七閩英，學問早有餘。年時猶未冠，鼓篋游上都。文成筆五色，四海仰名譽。調丞尉江邑，有實不願圖。朅來對二松，青襟映冰壺。粹然眉睫間，未變庠序儒。胸中浩然氣，固已雄萬夫。我窮卧洲渚，江鷗以爲徒。屢枉高軒過，峩冠講唐虞。馳騁文史樂，時得陪卷舒。瓜代遽及期，此情將焉如。恥作兒女態，揮淚沾衣裾。虎溪豈限我，足創方趦趄。悵望不遠送，搔首空躊躇。所覬善行李，早達三山隅。安居未容久，快作朝省趨。用賢世所急，君才應時需。願補仲山衮，再矢皋陶謨。勿以得失慮，行當翱天衢。愧乏折箠贈，短篇見區區。他時舊交念，闊闊寄樵漁。

和許尉仙田舍野老有可憐之態壁間之什

乞糴民宵征，出糶官夙駕。艱食間填壑，災星未退舍。七閩況多山，厥田惟中下。年登穀粟賤，逐末貪白話。一逢歲不稔，大半爲饑者。公私久匱乏，誰歟可資藉。哀哉南畝農，長年服耕稼。傾困了租賦，僅逃吏胥駡。東作已無糧，貪賒寧論價。負逋罄産償，求售忘早夜。逡巡生計盡，失所安足訝。尉仙明達人，出語補風化。咄彼兼并家，斂袵當愧謝。

癸丑季春，上洲頹岸出敗冢，冢中有塼云：「元嘉二十二年七月二十六日余功曹冢後世子孫長興富貴宜𧶘。」因題數句

八百年前窆，功曹身姓余。元嘉兩行字，敗甓八分書。富貴念猶在，子孫今已無。癡人不修省，視此意何如。以上見澹軒集。

雲際嶺

淩空石磴三千丈，匝地瑤林百萬花。自有眼來方見此，直疑身已到仙家。

全閩詩話云：雲際嶺北，溪水出焉，宋李呂有詩云云。

真德秀

德秀，字景元，一字希元，浦城人。慶元五年進士，授南劍州判官。嘉定初遷博士，紹定中拜參知政事，進資政殿直學士。有西山集。

鶴林玉露云：真西山帥長沙，郡人爲立生祠。一夕，有大書一詩于壁間云：「舉世知公不愛名，

湘人苦欲置丹青。西天又出一活佛，南極添成兩壽星。幾百年方鍾間氣，八千春願祝修齡。不須更作生祠記，四海蒼生口是銘。」

閩中錄云：西山自泰定至端平上下三十餘年，凡朝廷有非舉，必疲精竭悃爭諫，上聽而止。及出知泉州，迎者塞道，政平訟理，囹圄一空，蕃舶聞風而至。知潭州，以「廉仁公勤」四字勵僚屬，以學術淵源勉多士，立惠民慈幼社倉以利民，皆本誠正修齊以推及也。夫自侂胄立僞學之名以錮善類，凡近世大儒之書皆被禁絶。先生晚出，獨慨然以斯文自任，講習而服行之。黨禁既開，正學遂明于天下後世，多公之力也。著有大學衍義、文章正宗、經筵講義、詩文稿。卒謚「文忠」。學者稱西山先生。

送裘司直得請西歸

輕舸龍山頭，木蘭作雙櫓。飄然裘司直，乘向南昌去。問君鵷鸞中，脱身遽如許。棲遲三十年，始得官掌故。小須上上考，豈不登省户。自言野心性，眯目九衢霧。修竹歲云晚，萱草秋亦暮。嗷嗷投林鳥，猶得反其哺。江西父母邦，非復昔饒裕。蠻煙一腥穢，樂歲且狼顧。遺黎空杼軸，行旅窘刀布。天門窈萬里，可望不可愬。君今佐元帥，安危繫一路。瘡痍俟滌濯，晝諾歸佽助。先聲姦人惴，高節懦夫慕。遄當再前席，一正天子度。白鷗没浩蕩，蒼鶻在指呼。我亦南陔人，扁舟從此具。

題八君子圖後

劉子出江西，訪我江之東。何人與偕來，銜袖八鉅公。潞公山嶽重，文正霜檜同。玉立者坡仙，天游匪涪翁。一朝參我前，毛髮生清風。凄其趙韓玉，小異凌煙中。半山執拗面，亦得傳無窮。趙中令像與今原廟侑食本不同，故云。

長沙新第呈諸學士

莫清彼瀟江，莫峻彼衡嶽。澄光挾秀氣，日夜相回薄。月吸珠含胎，虹貫玉生璞。子方有苗裔，温然粹而慤。一童與三何，雙鳳兩鸑鷟。奮身辭草萊，正論吐諤諤。彤庭拜恩歸，天香尚盈握。良才國之寶，一見我心樂。平生功名會，萬里初著腳。永肩致主念，更勉經世學。錙銖分義利，毫縷辨純駁。相期激清風，與俗洗氛濁。誰歟指其南，是邦有先覺。

送林自知自幕中歸常甯

始吾與林子，周旋大江東。子方清且貧，簞瓢屢云空。勁氣凜不折，耿耿如長虹。明年擢高科，對策大明宫。一尉遲五年，出入無奴僮。再見湘水濱，凛凛復昔同。招徠元戎幕，汎綠依芙蓉。小夫敢相吏，故人儻相從。云胡歲未竟，决去如霜鴻。挽之不可留，聊復少從容。老我慵且鈍，栽培欠深功。子進未可量，德業方崇崇。永懷昔君子，和氣填心胸。濂溪霽月朗，伊水春風融。至今想其人，猶爲起敬恭。天資貴强矯，學力無終窮。我如石之頑，遲子相磨礲。子質雖玉瑩，可廢它山攻。雁峰毋久留，來思靈麓峰。

司理弟之官岳陽，相别于定王臺，悽然有感，爲賦五詩以餞其行錄四。

定王百尺臺，長安萬里目。昔人思親心，山川詎能局。於焉共登臨，使我增感觸。微霜隕陔蘭，悲風撼庭木。銀山在何許，白雲但空谷。搔首重裵回，冥冥江樹綠。

念昔戲綵時，歡娱共晨夕。天風吹驚鴻，一散不並翼。相逢重湖南，感歎復悽惻。王事不可留，去指重湖北。層樓時悵望，茫茫楚天碧。數寄平安書，老懷庶寬釋。

憶我將漕年，適如子今日。於焉四閏餘，過眼風雨疾。壯强豈足恃，進德當汲汲。永懷古之人，聞道在四十。我慚已過之，因循悼前失。子盍猛自鞭，聖門本無柅。

先民不可見，懷哉金玉音。士雖一命微，愛物宜存心。矧兹圜扉内，白日變重陰。求情箠楚下，冤哉詎能禁。謼嗥漫弗省，鬼神爲悲吟。子往蒞其職，朝夕惟欽欽。謹刑勿留獄，斯語真良箴。

送吳定夫西歸

吾衰倦對客，晤語惟青山。修竹引清風，時爲掩柴關。今晨何人來，踢破莓苔斑。驚顧復自喜，不妨伴虛閑。世情重聲利，榮塗足趨走。夫君獨何爲，經年闖林藪。東尋金壇翁，南訪玉峰叟。借問兩臞仙，來時輕健否。慈門者仙伯，乘雲賓帝鄉。念之每汍瀾，風味不可忘。其門多英特，清文照縑緗。爲我勗諸賢，佐道當自强。君橐中有趙元道、袁廣微、錢子是、陳和仲諸君之文，故云。麻源在何許，茫茫白雲端。悽其一布裘，何以禦風寒。歸來有餘師，興盡當知還。便好斸空谷，賸種青琅玕。

送王子文宰邵武 埜。

樵川古樂國，誰遣生榛菅。往事忍復言，念之輒長歎。子往字其人，寄任良亦艱。傷哉周餘民，十室九孤鰥。深心察疴癢，摩手蘇痍瘢。願加百倍功，勿作常時觀。煢煢匣中龍，爛爛巖下電。紛綸揮霍間，坐子百千變。雖然事幾微，易矚亦易眩。悮從快處生，理向靜中現。健決要安徐，聰明貴韜斂。潛齋有愚言，或可代箴砭。百鍊或繞指，粹白俄成緇。有初諒非難，其難在終之。道心眇絲粟，易爲群物移。不有精一功，誰能勝惟危。子今如玉雪，瑩潔亡少疵。願言保令德，歲晏以爲期。堂堂先太史，一節貫初終。況有壽母賢，切切唯教忠。承家諒匪易，負任邱山崇。可不日汲汲，仰希前哲蹤。敬義兩夾持，師友交磨礲。餘事作詩人，毋顓鎪句工。平時州縣閒，上下意苦異。善書肘或掣，有志奚由遂。子今得所從，展布有餘地。兩賢更戮力，萬物應吐氣。相期召杜功，奕奕照來世。不須峴首碑，自有樵川志。

游鼓山

六月二日，偕潛夫參謀諸友游鼓山，飲湧泉亭。明旦，登天風海濤，坐白雲亭，追懷昔游，愴然有感，偶成拙詩奉呈，並簡住山明師。

巖扃有追詔，趣上太守符。疲民未蘇醒，還顧空躊躇。來尋靈源盟，喜與佳客俱。始酌清泠泉，一浣丹墨汙。超然煩溽中，著身在冰壺。遲明陟危亭，雲濤渺空虛。煙霏倏開闔，峰巒時有無。偉哉此絶觀，雄壓東南隅。蒼崖萬仞立，四面環瓊琚。翠木巧蔽虧，亭午清陰敷。令人憺忘歸，似到真華胥。憶昨汎蓮日，選勝邀朋徒。摩挲崖上刻，慨仰趙與朱。舉觴酹且盟，一節期終初。重來三十年，恍如隔朝晡。並游四五人，存者獨老癯。

有懷子陳子，感嘆爲欷歔。子抱明月終，我方長涂趨。顛躓懼不免，儆省當何如。願言祝同社，著力相携扶。禪伯亦可人，新結峰下廬。老我故倦游，軒冕非所娱。會須脱塵羈，來依嬾瓚居。

題金山

江來朱方注之東，海潮怒飛日夕相撞舂。天將古來義士骨，化作狂瀾中央屹立之青峰。孤根直下二千尺，動影裊窈冲融中。黄金側布蘭若地，鑿翠面面開窗櫳。雙橈伊軋破浪屋，恍忽置我高寵嵸。是時千山雪新霽，水面月出天清空。濤聲四起人籟寂，毛髮蕭爽琉璃宫。披衣明發躡煙靄，决眥俯入歸飛鴻。襟前渤澥斂暝色，袖裏岷峨吹曉風。越南燕北但一氣，塵埃野馬何時窮。蒼梧虞舜不可叫，王事更悵歸匆匆。

會長沙十二縣宰作補。

從來守令與斯民，都是同胞一體親。豈有脂膏供爾禄，不思痛癢切吾身。此邦祗以唐時古，我輩當如漢吏循。今日湘潭一卮酒，直須散作滿懷春。

蓉塘詩話云：西山先生帥潭時作。

贈張童子補。

聞君早號張童子，顧我初非韓退之。可惜浪拋洙泗業，祇看風鑑學希夷。西山集。

敖陶孫補。

陶孫，字器之，號臞翁，長樂人。慶元五年一作嘉定，一作開禧。進士。有臞翁集二卷。

宋百家詩存小傳云：慶元間，韓侂胄用事，丞相趙汝愚以謫死，陶孫作甲寅行以哀之。侂胄事敗，授通州海門簿，教授漳州，辟酒所幹官，歷奉議郎，主管華州西嶽，卒年七十四。陶孫學問淵奥，劉後村極稱之，贈詩云：「老年絳帳聊開講，當日烏臺要勘詩。」蓋指題壁事也。其詩雄渾深厚，雖至平淺處，不易涯涘。嘗作詩評，自魏歷宋凡二十九家，辭意雅確，世服其知言。

題三元樓壁

左手旋乾右轉坤，如何群小恣流言。狼胡無地居姬旦，魚腹終天弔屈原。一死固知公所欠，孤忠幸有史長存。九泉若遇韓忠獻，休道如今有末孫。

四朝聞見録云：慶元初，韓侂胄既逐趙忠定，太學諸生敖陶孫賦詩于三元樓云云。方書于樓之木壁，壁已不復存。陶孫知捕者至，急更行酒者衣，持煖酒具下，捕者與交臂，問：「敖上舍在否？」

對以「若問太學秀才耶？飲方酣」。陶孫亟亡命歸走閩。後登乙丑第。

送林伯農還鹿角山

今我不樂遊四方，夙昔已具浮海航。十年點化鷗心性，一生正坐虎文章。海山未必盡佳處，往與蜑子收漁梁。夢中了了說吳楚，山川如掌今羊腸。讀書南鄰索檳榔，厚頭汙邪豚酒香。何時攝衣上公堂，蛤蜊含漿魚尾黃。客從南來勤寄將。

洗竹簡諸公同賦

舍東修竹密如櫛，一日洗淨清風來。脫巾解帶坐寒碧，置觴露飲始此迴。平林遠靄開圖畫，西望群山如過馬。詩翁意落帆影外，孤村結廬對瀟灑。百年奇事笑譚成，向來無此蒼龍聲。閑身一笑直錢萬，剜粉劖青留姓名。

用韻謝竹主人陳元仰

熱中襶褦令我汗，日暮佳人期不來。陳郎揖人不下榻，青山白雲喚得迴。手開十畝蕭郎畫，筒裏何妨繫我馬。食單得凉清可啜，毿褐分陰翠如灑。搖金戛玉真天成，夢擣風前茶臼聲。一川窈窕荷萬柄，野翁得此甘辭名。

放　船

柳邊放船試南風，揚溪荷花飛豔紅。一川雲錦步不盡，我舟正在繁香中。午天無雲青脈脈，枕舷哀歌醉脱幘。更將緑葉穿碧筒，欲臣屈原奴太白。風前一笑玉麈横，蜻蜓側翅潛魚驚。騎馬貴人多内熱，此歡勿語長安城。須臾客醉船亦解，信流一抹西村外。翁媪負牆樵牧奔，拾薪供茶初不記。還家鼻息撼四鄰，閬風接夢疑非真。清遊何時記三人，臞菴與弟拙鄉陳。

四月二十三日始設酒禁，試東坡羹一杯，其味甚真，覺麯蘖中殊無寸功也。食已，得三詩

今日忽感悟，閉門謝麯生。未危卻二豎，不戰仇三彭。掊擊北海尊，嚌量東坡羹。尚恨薄滋味，未能免虧成。我欲嗤元和，默坐朝上京。坐待棃棗熟，小試昇天行。旋聞評詩要平澹，此語吾不然。大千自有舌，何用長短篇。謂是天送句，端正落我前。口吻嗚，頗益心腸煎。少陵躭句佳，欲以一死捐。是中有真意，靖節差獨賢。

去夏苦多雨，勢若無炎官。今晨迫重午，香黍仍膠去聲。槃。天機杳難測，人言亦多端。祗今原田上，立苗未妨寒。但願含潁時，借日開迷漫。蟪蛄爾何知，煦煦啼夜闌。

送王郎洽。

車輪何由方，草色欲無路。晴川媚雙燕，及此送將去。若人天機深，奇服雅自與。色温無可鉏，語妙時一吐。相逢大江上，爲我浣塵土。後期豈前料，已作千歲語。告歸何草草，雙水深霧雨。稍聞父老舊，門户要渠補。祗愁模楷地，與世作誇詡。寧當去樓梯，閉置我叔度。翼翼吳齊門，大江流日夜。别君雖咫尺，即是風牛馬。君才何如我，我拙猶肯借。淮人買繡絲，布洲市如赭。張皇十日飲，著公喬松下。畫工亦豈學，愛玩此粲者。人情勿苦拒，輿馬幸整暇。向來三宿戀，取别萬里駕。想當雙玉瓶，酣歌淚盈把。縹渺鴻鵠去，吾甘老原野。

上閩帥范石湖五首録四。

人物於今正渺然，欲從江表訪先賢。邇來耆舊無新語，誰使文章漫兩川。利器蚤能誇穎脱，偏帥聊復制中權。騷人有幾登青竹，耐可同時欠執鞭。

今代論文更是非，賞音誰復得牙夔。真從長慶成編日，便到先生晚歲詩。萬馬蕭蕭閑律令，孤峰隱隱出旌旗。了知長短三千首，收拾餘師即我師。

丁年口伐真奇事，一代詩鳴不救貧。大手欲推浯水頌，群酋曾折石湖名。乃今謝傅還初志，其奈王陽是故人。獨有我閩欠公句，詔書果起釣磻濱。

此行閩嶠吾能數，行盡天南未了青。莫倚看山韜墨本，要須入界挾圖經。西湖楊柳雲生鏡，東皋離支錦作屏。欲託翁冰烏石篆，請公作屋與新銘。以上臞翁集。

西樓

秖有西樓日日登，闌干東角每深凭。一層已是愁無奈，想見仙人十二層。後村千家詩。

曾從龍補。

從龍，字君錫，晉江人，公亮四世從孫。慶元五年進士第一。累官知樞密院事兼參知政事。卒贈少師。

題衢州順溪館

紅照西沈暫解鞍，偶然假館豈求安。新豐獨酌誰爲侶，坐對窗前竹一竿。

娱書堂詩話云：曾參預從龍赴省時，館于衢之順溪，題一絶云云，識者已蹕之矣。是年竟至大魁，致身政府。至今其館扁爲「狀元」。

蘇大璋 補。

大璋，字顒之，古田人。慶元五年進士。官著作佐郎，出知吉州。

鳳翀峰在古田縣五花石。

早起聯鑣上翠微，瞰虚歷級步嶔崟。昔聞華頂蓮生藕，今見南山菊滿籬。縱眼横看天地闊，壯懷唯有鬼神知。安期引我丹霄路，十里雲煙特地披。福州府志。

鄭　域 補。

域，字中卿，號松窗，三山人。慶元中曾隨張貴謨使金，著燕谷剽聞二卷。官幹辦行在諸軍糧料院。

山丹

團欒絳蘂發枝閒，鉛鼎成丹七返還。乞與幽人伴幽壑，不妨相對雨朱顔。全芳備祖。

黄楊巖

暮秋訪幽隱，謝屐淩崩空。行到山根門，還與平地同。舉手抉層雲，下視無高峰。疎藤挂赤虯，枯苔糁青茸。回首三神山，縹渺滄海東。指點笑語高，吹聲半天中。安得大鵬背，載我遊無窮。延平府志。

林　嘌補。

嘌，福州人。右科首選。慶元中以閤門舍人守潮州。

題觀稼亭在潮州西北山，唐貞元間御史中丞李宿建。

咫尺移文喚即膺，此亭便可配韓亭。溪流横過一灣碧，山色平分兩岸青。落日鐘聲鳴遠樹，半空塔影倒寒汀。雲煙滿目皆親種，留與邦人作畫屏。廣東通志。

重闢西湖

鏡奩平處小橋西，橋外輕鷗掠鏡飛。鑿破青雲放山出，撥開碧蘚引湖歸。帶煙插柳陰雖瘦，趁雨栽荷緑已肥。欲借禽魚祝君壽，君恩寛大此情微。新堤喜繞幾紆縈，挈榼携壺出滿城。萍破煙紋容棹過，石開雲罅著人行。亭浮横照波中影，僧拾殘霞樹杪聲。不必鳳凰山上問，此山東向面湖平。潮州府志。

鄭鄖夢 補。

鄖夢，建安人。

游洋州崇法院

曉色熹微麥隴閒，杖藜徐步扣禪關。兩澆水足東西堰，一抹雲收南北山。世路飽諳驚歲晚，佛巖燕坐覺身閑。故園早辦歸來計，莫待星霜滿鬢斑。陝西通志載此詩，跋云：建安先生得句法于石湖范公，早以文章名世。今觀是詩，如藍田之珍，荆山之璞，不假雕琢而自爲至寶。僧正顯刻之精藍。當山水清絶處，乃復著此澄澹簡潔之語，使讀之當有蕭然脱去世網之意者矣。嘉泰癸亥四月既望，洋州教授張縯跋。

高頤補。

頤，字元齡，寧德人。慶元五年進士。歷知永州東安縣，有政聲。學以立誠爲宗。著有雞窗叢説、詩集解。學者稱拙齋先生。

支提禪寺

石龕金佛一千身，不到支提孰認真。髣髴鐘聲鳴翠阜，晶熒燈焰下蒼旻。平生夢想煙霞際，今日來游鬢髮新。踏破禪牀秋月皎，水雲閒淡入精神。寧德志。

黄圭補。

圭，德化人。慶元五年進士。海豐尉。

宿儀林寺

探幽適興訪儀林，休聽春蛙説雨深。翠竹黄花新般若，青山緑水舊知音。禪盟蘇晉情相契，酒戀淵明醉且斟。此去雪峰應不遠，肯容杖履謾相尋。德化縣志。

倪　翼補。

翼，號澹齋，羅源人。慶元己未特奏名。官潮州秋曹。太守爭一死囚，不遂其意，拂袖而歸。調□寧丞，不赴，掛冠歸。朝廷嘉之，特賜緋，進秩奉議大夫。年八十餘卒。

句

三尺有關人命重，一官雖去我身輕。寄太守。見羅源縣志。

張　衜補。

衜，字周甫，一字周叟，羅源人。慶元中爲太學生，與同舍生楊宏中等六人上疏，觸韓侂胄怒，編管五百里外。後赦還，用蔭奏補授官。嘉定元年十月，詔襃録慶元上書六人。後知韶州。

聖水寺

聖水山南蓮萼輝，徘徊花下蝶雙飛。春風助我晨遊興，月上層巒照拂衣。羅源縣志。

張天翼補。

天翼，福州人。慶元五年特奏名。

同顧狀元玉文登瑞巖

迢迢何處覓仙關，翠竹蒼崖夕照閒。倦鳥依依穿石磴，落花歷歷點苔斑。春殘幾負層霄約，首白寧辭絶壁攀。乘興相携遥躡屐，一樽聊與賦青山。宋詩拾遺。

葉紹翁補。

紹翁，字嗣宗，建安人。著有靖逸小稿一卷。

宋百家詩存小傳云：嘗居錢唐，卜隱於西湖之濱，與葛天民往來酬倡，辭澹意遠，頗耐人咀味。如「春色滿園關不住，一枝紅杏出牆來」，至今膾炙人口。梅屋許棐贈詩云：「聲華馥似當風桂，氣味清於著露蘭。」斯言可謂雅稱。著有四朝聞見錄，摭羅遺佚，足補正史之缺。

西湖秋晚

愛山不買城中地，畏客長撑屋後船。荷葉無多秋事晚，又隨鷗鷺過殘年。

遊園不值

應嫌屐齒印蒼苔，十扣柴扉九不開。春色滿園關不住，一枝紅杏出牆來。

葛天民隱居

種竹成新列，移蘭即舊陰。老鐺猶有耳，古柳已無心。得句添杯滿，貪爐到夜深。篝燈聊點校，春水没衣砧。

訪隱者

不作王門夢，來敲隱者關。童先孤鶴化，雲伴一身閑。礙筍新移路，低牆爲看山。幾回松下去，鉏得茯苓還。

和葛天民呈吳韜仲韻，賦其庭館所有

江遠潮痕細，城回路勢斜。竹行穿砌筍，風墮過牆花。篆葉蟲留字，銜泥燕理家。三人清到骨，相對只杯茶。

題孫端甫別墅

幽居地僻少人知，野水春風枳樹籬。撿歷豫尋移竹日，題牆閑記種花時。堪嗤狡兔須三窟，只學鷦鷯占一枝。浄埽緑苔斟濁酒，鄰家吹過野棠梨。

發長安堰

夏老蟲聲切，晨興草木香。買瓜依緑樹，出水捍青秧。船聚知村近，牛閑覺晝長。雙鳧蓮葉蕩，無雨故生凉。

秋日遊龍井

引道煩雙鶴，携囊倩一僮。竹光杯影裏，人語水聲中。不雨雲常濕，無霜葉自紅。我來何所事，端爲聽松風。

賦葛天民栽葦

葉礙漁舟入，叢分水國寬。低回藏鷺渚，髣髴釣魚竿。蕩户和萍送，溪翁當竹看。所憐如許節，不耐雪霜寒。

九日呈真直院

秋風吹客客思家，破帽從渠自在斜。腸斷故山歸未得，借人籬落種黄花。以上靖逸小稿。

猫圖

醉薄荷，撲蟬蛾。主人家，奈鼠何。隨隱漫録。

漢武帝

殿號長秋花寂寂，臺名思子草茫茫。尚無人世團圞樂，枉認蓬萊作帝鄉。齊東野語。

林拱中 補。

拱中，古田人。

遊虎邱

白虎巖前秋已闌，黑雲疎雨洗林巒。鐵花煙落石泉冷，羽井苔深霜月寒。隱浦疾帆風去飽，疎寮森木曉催丹。清齋不許盤餐入，辜負湖山冷淡看。

我來一榻羨危亭，倦步支頤竹杖輕。僧聽鐘聲歸寺急，鴉爭林宿壓枝鳴。禪機擊撥如鋒起，塵袂驅除似水清。風定夜虚聲轉寂，杯茶精舍一燈明。虎邱志。

彭巖肖 補。

巖肖，字龜峰，崇安人。慶元中領鄉薦。年八旬餘，嗜學不倦。

清獻梅

清獻堂前樹，無枝可著春。豈知三百載，復有種花人。

全閩詩話云：彭巖肖嗜學不倦，詩文窺韓、杜户庭，掐肝劌腎，無一字輕綴。縣尹楊補植清獻梅，命賦云云。

閩詩録　丙集卷十二

侯官　鄭　杰原輯
　　　陳　衍補訂

林仲虎補。

仲虎，字景瞻，號定窗，寧德人。年十三能屬文，以武舉魁漕選。嘉泰初廷試第一。開禧間副李壁使金。

出疆

去時不敢留姓名，一身萬里鴻毛輕。征鞭不返長淮水，正恐來者愁此行。吁歎此行良獨難，出門兒女更辛酸。平生崛强身是膽，自許虎口能生還。從前鷗鷺奮不飛，機心一動成驚疑。願言嘻嗑嗽兒齒，直到齒落兒不知。寧德志。

陳　映補。

映，長樂人。嘉泰初知汀州，有政績。

北樓

南澗吹雲過北團，北山飛鳥入南山。區區雲鳥緣何事，未似風流太守閒。長汀縣志。

阮文卿補。

文卿，一作文子，長溪人。嘉泰二年進士。歷國子學錄，終肇慶府通判。

壽趙仙尉

君不見苕溪有山號浮玉，降神儲瑞皆天族。又不見苕溪有水名水晶，地靈人傑盡維城。苕溪山川稱第一，孕秀梅仙尤傑出。我來席上揖清風，義氣相與吞長虹。見人須見大丈夫，縱是封侯亦不如。周官一卷長生籙，未必人間有此書。功名一入英雄手，彩棒暫持出浙右。摧奸抉隱李開封，李少府事。夜月花村無吠狗。凜凜英風凌四豪，趙少府事。一同誰敢犯秋毫。不惟握髮勤延士，又且官清馬骨高。書生慣作無氈客，負笈南歸居最仄。何憐蹤迹苦奔馳，俾近淵明時請益。馬走暫停憩縣齋，晨昏黄嬭仍相陪。不覘王母蟠桃結，隔牆無得獻金杯。欣逢子月陽來復，一天佳氣回寒谷。蓂生九葉慶垂弧，僉將瑞應長庚宿。緑衣槐簡舞蹁蹮，重拜萱堂王母仙。瑶池新革偷桃令，有子今如曼倩賢。不祝算如龜與鶴，願君早施江夏略。掃除羶穢□神京，長與蒼生同壽樂。不祝禄如山與丘，願君爵冠朱虚侯。今歸且定郟鄏鼎，長使卜世過成周。截江網。

陳　俞 補。

俞，字伯俞，閩縣人。嘉泰二年進士，官太常博士。

贈畫魚賈兄

春江浩蕩春江闊，夜半湖聲湧新沫。曉風吹斷碧雲根，萬頃滄波帶晴豁。浪花瀲灩翻紅桃，群魚出没乘輕濤。悠揚得意鼓鱗鬣，十十五五同爲曹。昔曾觀瀾知此意，真樂胸中渺無際。常嗟物理難形容，幸有賈君得精藝。巨魚奮迅凌江湖，纖鱗錯雜依菰蒲。精神萬狀幻新筆，巧與造化論錙銖。揭來過我示奇作，數幅生綃圖縱壑。呼童展向虚堂中，恍若當年見魚樂。如君畫思幾通神，眼高世俗空無人。石臺去後今幾載，毫端彷彿留芳塵。又宜學取洞清拔，寫龍不寫潛波鮪。徒能畫魚不畫龍，空使饞夫吐饞水。截江網。

陳　褎補。

褎，莆田人。嘉泰二年進士。

李侍郎修路

路餘百里兩山間，水驛山程總不安。誰把千金平滑磴，免教一葉委驚灘。行人感歎何時已，賢守功名百世看。次第吾閩都似掌，却嗤蜀道號泥盤。輿地紀勝。

張安修補。

安修，寧德人。嘉泰二年漕舉發解。

題靈龜洞

何年六丁驅霹靂，蒼龍驚起穿崖石。拏雷掣電卷波濤，來與真仙分窟宅。上崖窅深如側甕，下崖谽谺如空洞。不知泉脈從何來，百面鼙鼓長洶湧。大靈闖首浮中流，背隱八卦開雙眸。似聞夏潦不能没，疑有神仙司諸幽。我曾雁蕩觀龍鼻，半日纔通涓滴水。豈如六月散甘霖，靈泉滚滚無窮已。惜哉埋没荒煙中，車馬來稀三疊重。若教遺向飛來峰，龍井冷泉皆下風。湖南通志。

丁伯桂

伯桂，字元暉，莆田人。嘉泰三年進士。累遷樞密院編修，拜監察御史，除中書舍人，權吏部侍郎。

蘭陔詩話云：元暉在言路二年，諫疏盈篋，皆力扶世道，切中時弊。詩不多作，亦頗清迥。

晚坐

小雨流花急，香風隨晚荷。清天聞野磬，高木亂秋波。人度紅橋少，燈來溪徑多。幽冥間一坐，深恐負蒼蘿。

喻峙補。

峙，字景山，號大飛，仙遊人。與莆田陳宓相友善。

山中

我是山中萬户侯，明知騎馬勝騎牛。晚來馬上看山色，不似騎牛得自由。興化府志。

黄順之補。

順之，字佑甫，邵武人。開禧元年進士。

聽悟師彈招隱

悟師手携清風琴，爲我再奏招隱吟。九原靈均不可作，後人遺恨空沈沈。我今聽之淚霑襟，楚山日落秋聲起。古猿啼月空山裏，千年愁思上青楓。幽蘭無香桂花死，吾道非耶何至此。曲中歷歷分明道，苦怨王孫負春草。歲晚山中難久留，憶君一夕令人老。王孫王孫知不知，琴心招君胡不歸。下沿湘江之水流，上逐湘山之雲飛。一彈一招一太息，水流雲飛朝復夕。

送葉靖逸

山高積雪明，歲序冉以逼。佳人抱書去，西湖失顔色。清夜獨慷慨，詩壇夢生棘。我有雙鯉魚，對之不敢食。

題九曲尼院

曾是霓裳第一人，曲終認得本來身。多年不作東風夢，閑卻薔薇一架春。

觀冷水峪桃花

石家步障久成塵，移作包山一段春。惆悵日斜原上路，年年紅雨打行人。以上前賢小集拾遺。

陳　垓補。

垓，字漫翁，閩縣人，襄六世從孫。開禧元年進士。官至淮東提刑。

絶句

硯乾筆秃墨糊塗，半夜敲門送省符。擲得么么監嶽廟，恰如輸了選官圖。

吹劍録云：陳漫翁監轉般倉，與鎮江守喬平章爭一事，平章乞回避，漫翁得嶽祠。吏持牒索回文，漫翁就書一絶云云。

羅知古補。

知古，晉江人。開禧元年進士。累知建安縣、興化軍通判，以廉平稱。

玉笥山鄧仙

騷人胷次幾江山，更著危亭山水閒。群鶩齊飛殘照落，雙鳧自在白雲閑。平蕪縈繞青羅帶，遠岫參差緑髻鬟。此意何人共幽獨，我來終日欲忘還。

雙峰亭

亭下波光亭外山，高低融洩照人寒。最宜風月虚明夜，不著秋毫眼界寬。以上輿地紀勝。

陳韡補。

韡，字子華，號抑齋，侯官人。開禧元年進士。累官刑部尚書，江東制置大使，知樞密院事。

遊武夷作

閬風元不隔扃扉，桑柘松筠匼匝圍。溪貫一原藏曲折，山羅萬象欲騰飛。仙壇起霧成丹竈，玉女披霞作綵衣。寂寂幔亭天籟息，笙簫疑向夜深歸。

武夷築精舍

浮世何嘗有定居，愜情便可著茅廬。久知名利爲韁鎖，愛此溪山似畫圖。種菊疎籬慕陶令，栽梅淺水學林逋。只須此地延風月，休問君王乞鑑湖。截江網。

曾治鳳補。

治鳳，字君輝，晉江人。開禧元年進士。官至經略安撫使。端平二年進直徽猷閣，知建寧府。

妙庭觀

來訪雙成宅，溪流遶故山。玉真歸帝所，金鼎落人間。雲氣生窗户，松聲記珮環。神仙在何處，且得片時閒。富陽志。

李仲光補。

仲光，號肯堂，建安人。開禧元年進士。累官汀州、雷州教授。

贈弈棊藍氏子

古人制此文楸枰，要下黑白知死生。閑中借此消永日，未必能取人心爭。後人不識古人意，致使方寸生縱横。爛柯人去弈秋死，通國善弈誰知名。東南地勝人最傑，下至百技今咸精。手談坐決勝與負，藍氏之子馳其聲。沈機終日靜不語，一子落手四座驚。肯堂爲人百不解，僻性從來要疎快。推倒棊枰君莫怪，不同眼前論成敗。截江網。

卓田補。

田，號稼孫，建安人。開禧元年進士。

送山藥與友人

陽公得種自藍田，種在深山不計年。雅愛伏神爲伴侶，更邀枸杞作比聯。俗名謾自呼山芋，佳號由來號玉延。啜盡羊羹殊可厭，藉渠風味滌腥羶。

謝惠白鷺

紅船鸂鶒已驚飛，何幸今朝得雪衣。煙雨風標元自貴，雲霄氣格那須肥。閑花數畝聊供步，浄水三泓足可依。莫憶鳳凰池上路，箇中步步是危機。

游九言

九言，字誠之，建陽人，定夫族孫。開禧間官至宣武參謀，卒謚「文靖」。有默齋遺稿。

聽鄭三彈雙韻子歌

寒窗積雪生虚明，玉壺風折層簷冰。朱霞秀色妙公子，理絃燈下高亭亭。遊絲兩兩掛孤月，雙聲應手無留停。月寒坏户砌蟲泣，雲凍出浦邊鴻征。蒼蠅撲紙窗欲透，蜾蠃穴桑兒未成。琵琶寬詳雙韻切，含悽盡向弦中説。酒酣疏綺雜娱嬉，誰道壯夫心更折。一從氈毳被河山，學得聲容雜辨别。鷓鴣金屋沸歌吹，鼠頭寶陌行鞾韈。帕腰漫歌作彎弧，捉耳醽觴真折馘。眼前猶聽舊歌辭，鳳韶豈猶鏘虞時。罷彈三喟寢不熟，風定寒江靜夜悲。

林伯成補。

伯成，字知萬，長樂人。開禧中曾充金正旦副使。

嘉定丙子携子元鼎、元泰，同張器之□叔，郡貢士唐□□卿子煇同遊浯溪，賦此以識歲月

讀時方喜能戡亂，〔一〕責備猶疑過頌功。歸美從來臣子事，誰歌宋德乃心同。湖南通志。

柯夢得補。

夢得，字東海，莆陽人。以特科入仕。有抱甕集。

陌上桑

朝采陌上桑，暮采陌上桑。一桑十日采，不見薄情郎。正是吳頭桑葉緑，行人莫唱江南曲。

見舊題壁

小遲點筆醉還嗔，書斷蕭梁古佛塵。今日重來應抵掌，十年分付未逢人。以上前賢小集拾遺。

夢 蜨

一覺千年一轉機，覺來還是夢還非。當時夢裏知爲蜨，便好穿花傍水歸。後村千家詩。

鄭性之補。

性之，字信之，初名自誠，福州人。嘉定元年進士第一。理宗朝累官寶章閣待制，知樞密院，參知政事，出知福州。

落梅

夜來幾陣隔窗風，便恐明朝已掃空。點在青苔真可惜，不如吹入酒杯中。後村千家詩。

徐範補。

範，字彝甫，侯官人。嘉定元年進士。累官國史編修官、實錄院檢討官。宋史有傳。

過太行山

茫茫遠樹隔煙霏，獵獵西風振客衣。山雨未晴嵐氣溼，溪流欲盡水聲微。回車廟古丹青老，碗子城荒草木稀。珍重狄公千載意，馬頭重見白雲飛。澤州府志。

楊　志補。

志，字存誠，龍溪人。嘉定元年進士。知長溪縣，百廢具舉。遷廣州通判。

綺川亭

一川綠淨滄浪水，千朵紅稠菡萏花。病眼紛紛何所似，江天落日散餘霞。廣西通志。

劉用行補。

用行，字聖與，晉江人。嘉定元年進士。端平初守安慶，嘉熙二年起知潮州，改知贛州。

遊浯溪

祿兒豈解傾唐祚，獨使斯文壽兩翁。蜀道至今遺舊話，湘流澈底照孤忠。摧風溜雨中興字，轉地回天剋復功。人説蒼崖磨向盡，不知磨盡幾英雄。〔一〕湖南通志金石略。

鄒　恕補。

恕，泰寧人。嘉定元年進士。

回龍嶺

蘭若半空中，雲山第幾重。瀑流千丈練，鶴宿五株松。曉雨禪房黑，霜林木葉紅。懸崖回首望，歸雨過前峰。福建通志。

許應龍補。

應龍，字恭甫，福州人。嘉定元年進士。官至簽書樞密院事，贈資政殿學士、銀青光祿大夫。宋史有傳。

贈鄭樞密

邱壑方將窈窕尋，肯貪斗印耀黃金。幾頒中扆留行詔，莫返元樞勇退心。紅旆分藩雖足樂，丹誠戀闕自難禁。浮雲出岫知無意，祇恐蒼生望更深。東澗集。

上官涣酉補。

涣酉，字元之，邵武人。嘉定元年進士。官至大理卿，集英殿修撰。

小殊山

雙岫西南聳，東山小更殊。形分閩嶺秀，名自隱翁呼。日映光濃淡，雲深色有無。須憑恕先手，畫作遠山圖。福建通志。

劉克莊

克莊，字潛夫，號後村，莆田人。以蔭仕，淳祐中賜同進士出身，官至龍圖閣直學士。卒謚「文定」。有後村集。

劉後村小傳云：嘉熙元年知袁州，坐言濟王事，爲御史蔣峴所劾，與方大琮、王邁同罷歸。淳祐六年令赴行在奏事，既至，奉御劄：「劉克莊文名久著，史學尤精，可特賜同進士出身，除秘書少監，令與尤焴同任史事，兼中書舍人。」史嵩之服闋，御筆除職予祠，令克莊行詞，克莊奏：「嵩之有無父之罪七。舊相致仕，合有誥詞，今臣行嵩之之詞，未知爲褒爲貶。」論奏不已，爲殿中侍御史章琰劾罷。尋依舊職知漳州，復除崇政殿説書，起居舍人兼侍講。力奏不草史宇之答詔。十二年，除右文殿修撰，知建寧府，改福建轉運副使。以鄭發疏褫職，寢新命，提舉明道宫。克莊學問充積，甚有文名。真德秀嘗以「學貫古今，文追騷雅」薦之。晚年爲賈似道一出，君子惜焉。所著後村居士前後續新四集行於世。

案宋詩鈔小傳云：初，趙紫芝、徐道暉諸人擺落近世詩律，斂情約性，因狹出奇，合於唐人，時謂「四靈」體格。後村年甚少，刻琢精麗，與之並驅。已而厭之，謂諸人極力馳驟，纔望見賈島、姚合之藩而已。欲息唐律，專造古體。趙南塘曰：「不然。言意深淺，存人胸懷，不繫體格。若氣象廣大，雖唐律不害爲黄鍾大吕。否則，手操雲和，而驚飈駭電猶隱隱紘撥間也。」感其言而止。論者謂江西苦於麗而冗，莆陽得其法而能瘦、能淡、能不拘對，又能變化而活動。

齊人少翁招魂歌

夜月抱秋衾，支枕玉鸞小。髗骨泣紅蕪，茂陵三十老。卧聞秦王女兒吹鳳蕭，淚入星河翻鵲橋。素娥剗襪跨玉兔，回望桂宫一點霧。粉紅小蜨没柳煙，白茅老仙方睡圓。尋愁不見入香髓，露花點衣碧成水。

東阿王紀夢行

月青露紫翠衾白，相思一夜貫地脈。帝遣纖阿控綵鸞，崑崙低小海如席。曲房小幄雙杏坡，玉鳧吐麝熏錦窠。輭香蕙雨裙衩濕，紫雲三尺生紅韡。金蟾吞漏不入咽，柔情一點薔薇血。海山重結千年期，碧桃小核生孫枝，陳王此恨屏山知。

趙昭儀春浴行

花奴一雙鬢垂耳，綠繩夜汲露桃蕊。青桂寒煙濕不飛，玉龍呵暖紅薇水。翠韡踏雲雲妥帖，燕釵微御香絲鬌。小蓮夾擁真天人，紅梅犯雪攲一朵。鸞錦屏風畫水月，鵁鶄抱頸切蘭葉。劉郎散卻金餅歸，笑引香綃護癡婕。

題忠勇廟

士各全軀命，惟侯視死輕。張巡鬚盡怒，先軫面如生。短刃猶梟寇，空拳尚背城。新祠簫鼓盛，人敬此神明。

隨隱漫錄云：紹定庚寅春，汀寇入譙。趙守竄，殿司裨將胡斌領弱卒二百巷戰，矢盡刀折，易雙鐵鞭，所殺尤衆，死焉。坐執雙鞭，數日不僵。民賴其力，多獲竄免。守臣王埜聞于朝，贈武節大夫，贈廟額「忠勇」。

周漢國公主挽詞二首

孝謹親顔悦，溫恭婦德修。鵲橋方紀節，鸞扇忽驚秋。魯筆王妃卒，湘絃帝子愁。願言寬聖抱，况返蕊宮遊。

賜館恩通内，妃塋詔卜鄰。來應自仙佛，去尚戀君親。望送龍綃溼，封崇鶴表新。不能秉彤管，羞媿作詞臣。

案庶齋老學叢談云：理宗聖學高明，尤工于文。周漢國公主薨，誌銘詔楊平齋撰，挽詩以劉後村爲第一。

漁梁

春泥滑滑雨絲絲，一路陰寒少霽時。水入陂渠喧似瀑，雲從山崦上如炊。燎衣去傍田家火，炙燭來看野店詩。落盡梅花心事惡，獨搔蓬鬢繞殘枝。

寒食清明

寂寂柴門村落裏，從教插柳記年華。禁煙不到粤人國，上冢亦携龐老家。漢寢唐陵無麥飯，山蹊野徑有梨花。一尊徑藉青苔臥，莫管城頭奏暮笳。

贈陳起

陳侯生長紛華地，卻似芸香自沐薰。鍊句豈非林處士，鬻書疑是穆參軍。雨簷兀坐忘春去，雪屋清談至夜分。何日我閒君閉肆，扁舟同泛北山雲。

戊辰書事

詩人安得有春衫，今歲和戎百萬縑。從此西湖休插柳，剩栽桑樹養吳蠶。

鶯梭

擲柳遷喬大有情，交交時作弄機聲。洛陽三月春如錦，多少工夫織得成。

落梅二首錄一。

一片能教一斷腸，可堪平砌更堆牆。飄如遷客來過嶺，墜似騷人去赴湘。亂點莓苔多莫數，偶粘衣袖久仍香。東風謬掌花權柄，卻忌孤高不主張。

病後訪梅

夢得因桃卻左遷，長源爲柳忤當權。幸然不識桃并柳，也被梅花累十年。鄭侯詠柳云：「青青東門柳，歲晏必憔悴。」楊國忠以爲譏己。

瀛奎律髓云：寶慶初，史彌遠廢立之際，錢唐書肆陳起宗之能詩，凡江湖詩人皆與之善。宗之刊江湖集以售，劉潛夫南岳稿與焉。宗之詩有云：「秋雨梧桐皇子府，春風楊柳相公橋。」哀濟邸而誚彌遠，本改劉屏山句也，或嫁爲敖臞菴器之所作，言者併潛夫梅詩論列。劈江湖集板，二人皆坐罪。初，彌遠議下大理逮治。鄭丞相清之在鎖闈，白彌遠，中輟。而宗之坐流配。于是詔禁士大夫作詩。如孫花翁季蕃之徒改業爲長短句。紹定癸巳，彌遠死，詩禁始開，潛夫爲病後訪梅絶句云云。此可備梅花大公案也。

答友生補。

讀易參禪事事奇，高情已恨掛冠遲。清于楚客滋蘭日，貧似唐人乞米時。家爲買琴添舊債，厨因養鶴減晨炊。君看江表英雄傳，何似孤山一卷詩。

呈袁秘監補。

近日頻聞有峻除，人傳君相重師儒。細旃坐穩方輪講，群玉峰高未要扶。别後曾過東閣否，新來亦乞鑑湖無？幾時供帳都門外，真寫先生作畫圖。

歸至武陽渡作補。

夾岸盲風掃楝花，高城已近被雲遮。遮時留取城西塔，篷底歸人要認家。

再贈錢道人補。

拙貌慚君仔細看，鏡中我自覺神寒。直從杜甫編排起，幾箇吟人作大官。

葺　居補。

兵火間關鬢欲絲，歸來聊卜草堂基。架留手澤書堪看，爨有躬耕米可炊。畏濕先開通水竇，貪明稍斫近簷枝。旋移梅樹臨窗下，準備花時要索詩。

方寺丞新第二首補。

宅成天下借圖看，始笑書生眼力慳。地占百弓多是水，樓無一面不當山。荷深似入苕溪路，石怪疑行雁蕩間。只恐中原方鼎沸，天心未遣主人閒。

一生不畜買田錢，華屋何心亦偶然。客至多逢僧在坐，釣歸惟許鶴隨船。按行花木皆僚友，主掌湖山即事權。京洛貴人金谷裏，安知世上有林泉。

方寺丞艇子初成補。

船成莫厭野人過，久欲從公具釣蓑。積雨晴來湖面闊，殘花落盡樹陰多。新營小店皆依柳，舊有危亭尚隔荷。所恨前峰含暝色，不然和月宿煙波。

贈翁定補。

相逢乍似生朋友，坐久方驚隔闊餘。徧問諸郎皆冠帶，自言別業可樵漁。住鄰秦系曾居里，老讀文公所著書。十七年間如電瞥，君鬚我鬢兩蕭疏。

題方武成詩草補。

性僻愛詩如至寶，借君詩卷百迴看。吟來體犯諸家少，改定人移一字難。束瀑爲題猶夭矯，吞山入句尚蒼寒。嗟余老鈍資磨琢，安得同衾語夜闌。

感昔二首補。

談攻説守漫多端，誰把先朝事細看。棄夏西鄞忘險要，失燕北面受風寒。旁無公議扶种李，中有流言沮范韓。寄語深衣揮麈者，身經目擊始知難。

先皇立國用文儒，奇士多爲筆墨拘。澶水歸來邊奏少，熙河捷外戰功無。生前上亦知强至，死後人方誅尹洙。螻蟻小臣孤憤意，夜窗和淚看輿圖。

燕補。

野老柴門日日開，且無欄檻礙飛迴。勸君莫入珠簾去，羯鼓如雷打出來。

過永福精舍有懷仲白補。

一樹梅花擁舊居，主人仙去客來疎。白頭留得吟詩友，每見郎君勸讀書。

贈防江卒補。

一炬曹瞞僅脱身，謝郎棋畔走苻秦。年年拈起防江字，地下諸賢會笑人。

題繫年録補。

炎紹諸賢慮未精，今追遺恨尚難平。區區王謝營南渡，草草江徐議北征。往日中丞甘結好，暮年都督始知兵。可憐白髮宗留守，力請鑾輿幸舊京。

七月九日補。

樵子俄從間路迴，因言溪谷響如雷。分明雨怕城中去，只隔前峰不過來。

謁南嶽補。

中原昔分裂，五嶽僅存一。嗟予生東南，有眼乃未覿。清晨犯寒慄，馬上親歷歷。怪雲何處來，對面失峭崒。午投勝業寺，僧訝余不懌。茗餘因獻嘲，君定非韓匹。彼來既軒露，君至若封鐍。余謂僧無躁，茲可以理詰。止僧坐悦亭，霾翳忽冰釋。石廩先呈身，岣嶁俄見脊。須臾天柱開，最後祝融出。高峰七十二，固已得彷彿。鄴侯何嘗死，懶殘元非寂。恍疑在山中，明當往尋覓。咄哉三尺雪，孤此一雙屐。駕言欵靈瑣，樓堞晃丹赤。柏深不見人，畫妙如新筆。珠櫳千娉婷，彈棊撫瑤瑟。茫茫鬼神事，荒幻難究悉。吾師太史公，江淮遍浪迹。茲焉又浮湘，汗漫恣游陟。雖然乏毫端，亦頗增目力。規模五字體，蟠屈萬丈碧。詩成投褚中，何必題廟壁。

郊　行補。

薄有西風意，郊行得自娛。山晴全體出，樹老半身枯。林轉亭方見，江侵路欲無。何妨橋纜斷，小艇故堪呼。

榕溪閣山谷南遷，維舟榕下。補

榕聲竹影一溪風，遷客曾來繫短篷。我與竹君俱晚出，兩榕猶及識涪翁。

湘中口占補。

船頭吹火瀘仝婢，馬後肩書潁士奴。安得世間名畫手，寫予出嶺泛湘圖。

見方雲臺題壁補。

寄書迢遞夢參差，每見留題慰所思。不論驛亭僧寺裏，有山水處有君詩。

贈高九萬并寄孫季蕃補。

菊磵説花翁，飄蓬向浙中。無書上皇帝，有句惱天公。世事年年異，詩人個個窮。築臺并下榻，今豈乏英雄。

豐　湖補。

岷峨一老古來少，杭潁二湖天下無。帝恐先生晚牢落，南遷猶得管豐湖。
小米侍郎生較晚，龍眠居士遠難呼。不知若個丹青手，能寫微瀾玉塔圖。

三月二十五日飲方校書園補。

纔入中年會面難，安知白首此團欒。不妨時駕柴車出，只作初騎竹馬看。
伯兄迺漢司徒掾，季子亦唐行秘書。只願荆花常爛熳，莫令瓜蔓稍稀疎。
空留薛石仆斜陽，不見奇章與贊皇。何必雍門彈一曲，蟬聲極意説凄凉。
百年如電復如風，昨日孩提今日翁。乍可生前稱醉漢，也勝死後謚愚公。
早退分明勝一籌，年行六十復何求。東門瓜與南山豆，誰道君恩薄故侯。
後有良工識苦心，今無善聽孰知音。老來字字趨平易，免被兒童議刻深。

劉克遜補。

克遜，字無競，號西墅，後村之弟。仕爲古田令。

送楊帥

累詔登華省，當時已避蹤。身閑名轉重，道大世難容。南國因鋤薙，東山得倚筇。何當投劾去，短褐許相從。詩林萬選。

鄭可學

可學，字子上，莆田人。嘉定四年特奏名。官衡陽户曹。有特齋詩集。

蘭陔詩話云：公爲朱文公高弟。文公守臨漳，延教子弟，嘗稱之曰：「子上從大學、語、孟、中庸講究。」晚年删定大學一編，示諸生曰：「此書欲付得人，惟子上足以當之。」凡四方學者疑問，必使公正之。所著有春秋博議十卷、三朝北盟舉要一卷、師説十卷。遺集散失，僅傳此作。意味頗似朱晦翁。

和晦菴齋居聞磬韻

纖月照幽林，秋氣一何爽。散步豁煩襟，曠然息群想。忽聞玉聲裹，泠泠送清響。頓令塵慮空，頗覺道心長。

王大烈補。

大烈，晉江人。嘉定四年進士。

賀人生女

祥光子夜都明徹，婷婷仙子來仙闕。精神玉雪比不如，猶帶蓬萊秋夜月。郎罷今晨莫世情，文粹：閩人呼子爲囝，父爲郎罷。那知便不顯門庭。我來只誦香山句，不重生男重生女。

黄子信補。

子信，長泰人。嘉定四年特奏名第二人。調新會鹽場。有散翁集。

投楊帥

六年兩度拜宸旒，換得青衫白上頭。飛鵲祇因無樹繞，窮猨何暇擇林投。明知著脚當來誤，幾欲抽身不自由。安得有錢了官債，便無三徑也歸休。

歸時作

笑倩西風拂舊埃，歸時行李似初來。也知三載清貧好，博得一家强健回。漳州府志云：子信初調新會鹽場，帥楊長孺以其老，榜爲監當，心易之，常捃摭其簿書。子信將拂衣而去，因投以詩云云。

張　磻 補。

磻，字渭老，一字敔夫，號松山，羅源人。嘉定四年進士。由檢點贍軍激賞酒庫所主管文字遷吏部架閣，官至參知政事，封長樂郡公，致仕。卒贈少師。

聞兄衜竄，作詩寄之

飛旆翩然拂曙涼，都門餞送集冠裳。竄鄉此去嗟予季，忠國由來留異芳。賈誼未云時不遇，鄺生自謂我非狂。橫江一網空朝市，何物充庖薦廟廊。羅源縣志。

李　華 補。

華，字實甫，崇安人。嘉定四年進士。官至廣東轉運使，進直徽猷閣，知潭州，兼湖南安撫使。

戊寅入嶺，丁亥上元遊碧落洞

乳牀奇詭鑑清漣，碧落真人古洞天。十載南遊纔一到，不妨重補到難篇。廣東通志。

李韶補。

韶，字元善，號竹湖，福清人，彌遜曾孫。五歲能賦梅花詩。嘉定四年進士。歷太學博士，上封事諫濟王獄，忤史彌遠，丐外，通判泉州。官至翰林學士、知制誥。謚「忠清」。與杜範齊名，目曰「李杜」。

遊虎邱

望中平坦獨崔嵬，根跨滄溟浪打回。不是巨靈潛擘與，祇應蓬島暗飛來。經壇煙染千株石，丹井雲封萬古苔。翠色高通蘇郡内，滿城清雅絶塵埃。虎邱志。

徐清叟補。

清叟，字直翁，浦城人。嘉定七年進士。官至兵部尚書，端明殿學士，知樞密院事，兼參知政事。

提舉佑神觀，出知泉州。卒謚「忠簡」。

浄明院梅巖恭和高廟御製

偶因祀事訪丹霞，寺古山深石徑斜。衝湅細尋梅信息，枝頭喜見狀元花。咸淳臨安志。

贈建寧妓唐玉

上國新行巧樣花，一枝聊插鬢雲斜。嬌羞未肯從郎意，故把芳容半面遮。豹隱紀談。

王伯大補。

伯大，字幼學，號留耕，福州人。嘉定七年進士。理宗朝累官端明殿學士，拜參知政事。

贈戴石屏

詩老相過鬢已星，吟魂未滅昔年清。揮毫不著塵埃語，盡把梅花巧琢成。梅磵詩話。

丹青閣

傑閣岧嶤倚碧蒼，菊花時節此持觴。市聲一段隔秋水，橋影半空橫夕陽。挺挺霜筠排壑立，涓涓石溜引山長。人言絶頂多奇觀，安得閑身宿上方。詩家鼎臠。

李方子

方子，字公晦，光澤人。嘉定七年進士。官國子學錄，通判辰州。理學傳云：先生初見朱子，嘗謂之曰：「公爲人自是寡過，但寬大中要有規矩，和緩中要有果決。」遂名果齋。嘉定初，廷對第三，調泉州觀察推官。適真德秀爲守，以師友禮之。暇則辯論經訓，每至夜分。丞相史彌遠聞之不悦，曰：「此真德秀黨也。」使臺臣劾罷之，歸。四方學者畢集，訓誘不倦。著有禹貢解。寶慶二年，樞密真德秀、尚書袁甫取進諸朝，授朝奉郎。元虞集稱其「于朱子之學確守而不變，所謂毫分縷析，致知力行，蓋終身焉者」。君子以爲確論。

樵川郊行

避人忘井邑，躭靜步郊原。落葉風能掃，寒花霜更繁。山空樵響答，灘淺榜聲喧。願結山陽伴，長年此灌園。案見邵武府志。

徐榮叟補。

榮叟，字茂翁，浦城人。嘉定七年進士。嘉熙中以集英殿修撰知靜江府，兼經略安撫司。累官資政殿大學士。卒謚「文靜」。

贈常庵江羽士

曾跨金牛入帝鄉，歸裝金薤富琳瑯。喚回客枕邯鄲夢，澗草巖花亦自香。武夷山志。

劉崇卿補。

崇卿，晉江人。嘉定七年進士。官通判。

勸農和江萬里韻

年來兵餉瘠吾農，天遣仁侯作歲豐。燕寢晝清塵不到，螺江春滿澤無窮。詩陶幽雅熙熙俗，文續周書噩噩風。別乘自憐無鍤地，勸耕卻得到山中。截江綱。

李　遇補。

遇，字用之，號洞齋，侯官人。嘉定七年進士。真德秀弟子。官監察御史，秘書少監，知潮州。終于廣東運判。

題濮村

乞與東風十日晴，放教杖屨步雲輕。客閑到處俱詩往，春色濃時載酒行。别去江山如識面，重來花鳥更關情。一官休厭無氈冷，官冷元來愈覺清。

詠西湖江湖偉觀樓

舉目看來皆畫屏，只因欄檻接蒼冥。江湖二水一船白，吳越兩山相對青。雲北雲南何處没，潮生潮落幾時停。西偏不被斜陽礙，直見家山與洞庭。截江綱。

林夔孫補。

夔孫，字子式，古田人。嘉定七年特奏進士。從朱子學，爲堂長。官某縣尉。著有書本義、蒙谷集。

資聖寺

華峰跨蒼穹，下有雲一壑。翬飛二百秋，蜂巢幾千落。靈泉際空留，宿霧臨除薄。山呈萬古姿，竹隕六月籜。當年有賢令，神交契冥漠。懷哉精魄歸，永矣香火託。至今書壁間，讀者爲嗟愕。好事繼前志，剞巖成此閣。仰看斗插椽，俯聽泉入鐸。晤言千載心，英氣凜欲作。西崖望蒙頂，躋攀計已昨。忽聞良友同，共寫襟期樂。遐登破嶙屼，幽討待綽約。磅礴富蒸鬱，陰衣茫紛錯。再拜五華君，許莅他日約。霜威淨餘氛，晴宇洞寥廓。福州府志。

陳範補。

範，字朝弼，崇安人，文公弟子，本籍建陽。舉嘉定七年進士，授婺源尉，秩滿遷丞崇仁。偶有疾，自歎云：「倘來軒冕心無必，見在詩書足自娛。」遂歸隱不復出。

卧龍潭

半巖欲墮潭渚深，晝陽不到午陰陰。洞簫一曲瑤笙斷，千山萬山雲水沈。武夷山志。

【校勘記】

〔一〕「讀」、「戡亂」三字底本闕，據續修四庫全書影印民國十四年劉氏希古樓刻本八瓊室金石補正卷九二補。

〔二〕「獨使斯文壽」、「舊話」、「湘流澈」、「雨中興字」、「轉」、「説蒼崖磨向」二十字底本闕，據續修四庫全書影印民國十四年劉氏希古樓刻本八瓊室金石補正卷九二補。

閩詩録　丙集卷十三

侯官　鄭　杰原輯
　　　陳　衍補訂

黄　榦

榦，字直卿，一字季直，號勉齋，閩縣人，御史瑀子。嘉定間補將仕郎，歷知漢陽軍、安慶府，主管武夷沖祐觀、亳州明道宫。有勉齋集。

閩中録云：勉齋受業朱子之門。朱子見其足以傳道，以女妻之。所著經禮諸書，常同參定。築竹林精舍成，謂：「他時可代即講席者，其直卿乎」。晚年致仕家居，受學益衆。卒謚「文肅」。

答曾伯玉借長編二首

白露下百草，迅商薄修林。幽人起長懷，感此節物深。攬衣自徘徊，撫劍還悲吟。丈夫各有志，莫作兒曹心。涉遠當疾趨，畏景須就陰。願言理輕車，去上南山岑。

祥麟踖魯郊，孔袂何漣漣。傷哉經濟心，付與文字傳。馬公述孔志，托意爲編年。是非一以判，纖悉不復捐。聞君卧邱壑，繭手磨丹鉛。願言得其解，努力希聖賢。

侍晦翁飲浮翠用劉叔通韻

涼風振幽壑，陰雲翳前山。高懷厲清秋，適意林莽間。煙横萬家井，水浄雙溪灣。徙倚暮忘歸，人境相與閒。遊子獨何爲，千里方言還。陪此杖履遊，忘彼道路艱。心期更他年，依巖結柴關。

拜文公先生墓下

暝投大林谷，晨登崒如亭。高墳鬱嵯峨，百拜雙淚零。白楊自蕭蕭，宿草何青青。悲風振林薄，猿鳥爲悲鳴。音容久寂寞，欲語誰爲聽。空使千載後，儒生抱遺經。

早觀龍湫

夜宿群峰裏，朝遊大石湫。寒潭飛薄霧，叠嶂瀉洪流。側徑蒼苔滑，叢祠古木幽。神龍好高卧，雲雨不勝愁。

挽雲門鄭君

結友雲門日，曾聞谷口翁。松肥三逕雨，鱸熟一絲風。行業鄉閭敬，詩書子姓同。論心獨餘恨，秋草對碑豐。

和魏元明四月菊

鶺鴒纔鳴歇衆芳，忽看佳菊變秋光。江頭雨漲梅同熟，隴上風清麥正黄。莫待重陽拚一醉，不愁長夏自微涼。籬根休遣兒曹見，又説梨花捧壽觴。

和江西王倉中秋賞月韻

明晦從渠造物慳，好天佳月静時看。一輪天外長明徹，萬象胸中自屈盤。星逐使來隨處見，霜侵臺迥逼人寒。休觀玉兔頻頻擣，活國須公九轉丹。

劉正之宜樓四首

劉正之創新居，以「宜」名其燕處之樓，謂其春夏秋冬無不宜也。同志之士既已共賦之矣，予因採詩之四宜，以廣其意焉。一章言宜其室家也，二章言宜爾兄弟也，三章言宜爾子孫也，四章言罄無不宜也。讀之者亦足以見予與正之道義相與之意云。

春風滿庭除，琴瑟亦静好。甕中有歡伯，相祝以偕老。
屏山重回首，日暮起長思。鴻雁來翩翩，共賦棠棣詩。
君家兩寧馨，翠竹栖鸞鳳。筦簟燕新居，孔釋復抱送。
山以静故高，水以静故深。福禄豈外求，萬感皆人心。

喜雨用前韻

雲霓天外起層層，畢月相隨徹夜横。費得天公能幾力，數州愁苦變歌聲。
睡覺歌聲古道旁，有人中夜攬衣裳。床頭斗酒聊自酌，不爲書窗一夜涼。

陳有聲補。

有聲，字廣宗，長樂人。嘉定間以進士尉上高，廉静不擾，教士子以作賦之法。

重修聖濟院

蒙泉距宜春，相去百餘里。有僧來問余，借問何姓氏。乃余昔所敬，見之蹙然喜。敘余語未既，省記到山始。屋廬今何如，舊者存有幾。一別十八年，再見復在此。僧云今勝前，百蠹費更理。昔茅塞蹊徑，今道平如砥。昔門不容蓋，今可駟結軌。昔堂地一坳，今去天尺咫。翬飛兩廡列，翼從萬瓦起。古殿布丹雘，雲龕照青紫。臨流地寬曠，一帶碧清泚。竹院密回環，松關秀兩峙。峰巒對青眼，泉石洗幽耳。最上兩龍湫，層崖狀奇詭。水旱凡禱祈，響答應甚邇。載念此招提，明禪祖基址。傳燈焰不續，老子心所恥。莊嚴七寶界，因果非偶爾。問余求篇題，以爲歲月紀。余老書最拙，況在塵筆裏。欲到身未能，欲輟請未已。忽然若天會，拈筆書滿紙。大空一浮漚，無成亦無毀。廣闊包八荒，歛藏歸一指。道足滿須彌，意合在稊米。幻成如是觀，佛亦不在是。虛空白且光，澄波靜無滓。四山時出雲，一月照徹底。天開道門庭，不斷佛種子。心地日杲杲，光照千萬祀。

陳宓

宓，字師復，俊卿子，莆田人。嘉定中以父蔭授南安監税，知安溪縣。後知漳州，以直秘閣奉祠。

卒謚「文貞」。有復齋集。

蘭陔詩話云：公少遊朱文公門，長從黄勉齋遊，信道甚篤。嘗自言居官必如顔真卿，居家必如陶潛，又深愛諸葛亮，身死家無餘財，庫無餘帛，庶乎能蹈其言云。詩多見道之言，亦清澈無腐氣。

往行都至嚴州烏駐館，阻水留二日

村館通宵冷，江鄉五月秋。野梅酸味足，隴麥餌香浮。水滿迷行逕，瀾揚遏去舟。亨衢如可待，莫厭小淹留。

城山松隱巖

穀城巖穴似飛來，十里水光鏡面開。夜雨松窗僧榻靜，秋風柳岸釣船回。尋幽便扣興雲洞，乘興還登呼月臺。每到西湖吟詠處，令人偏憶故山梅。

陳　壎補。

壎，俊卿之後。知南安縣。

謝趙憲副使惠建茶

貢餘自合到侯王，誰遣甘芳入莧腸。野客驚看龍鳳銙，家人學試蟹魚湯。題來諫議三封印，分到尚書八餅綱。盡灑從前腥腐氣，時時澆取簡編香。莆陽文獻。

莊夢説補。

夢説，泉州人。嘉定間仙遊縣尉。

次許宰普惠院祈雨韵

華鯨呼客響修廊，杖屨來遊簷蔔堂。窣堵擎天光繚繞，遠山排闥翠昂藏。高僧宴坐鬚髯古，縣尹新題詩句香。喚雨雨來端有驗，會看行旅不齎糧。興化府志。

許伯翊補。

伯翊，同安人。嘉定九年以承事郎知仙遊縣，終福州府通判。

訪景山

奉陪南極老，來慕北山名。鑿石濃書墨，流觴款敘情。問誰挹仙袂，笑我縛塵纓。知是龍門客，終難卧孔明。仙遊縣志。

王邁

邁，字實之，號臞軒，仙遊人。嘉定十年登進士第。通判漳州，坐交真德秀、魏了翁削秩。復知邵武軍，以秘閣提點廣東刑獄，贈司農少卿。

對青亭

終日在山中，不知山可愛。欲愛山中趣，須在山之外。南山不古今，悠然與意會。西山無朝暮，佳致固長在。蔡君金玉人，結亭避闤闠。面面蒼壁屏，坐卧與青對。晚曦射紫翠，宿雨濯藍黛。能消幾兩屐，不賞此奇概。芙蓉爲君裳，蘭茝爲君珮。今非避世時，乃學陶謝輩。諸公富唱酬，拔戟各成隊。我出一轉語，成功身始退。君爲端明胄，忠孝終必大。山靈縱有盟，一出合破戒。蒼生正有求，富貴不渠貸。山債會一償，相期在晚歲。

飛翼樓舊傳説范蠡故址。補。

亭前一望海東流，更有雄樓在上頭。燕子飛來春漠漠，鴟夷仙去水悠悠。神交故國三千里，目斷中原四百州。日暮片雲棲古樹，昔人留與後人愁。詩家鼎臠。

除　夕補。

憶昔都門值歲除，高樓張燭戲呼盧。久依浄社參尊宿，難向新豐認酒徒。天子未知工草賦，鄰人或倩寫桃符。寒宵别有窮生活，點勘離騷擁地爐。後村千家詩。

句補。

未知死所先期死，自笑狂生老更狂。

齊東野語云：王實之邁有文名，落魄不羈。爲正字日，因輪對，及故相擅權，理宗宣諭曰：「姑置衛王之事。」邁即抗聲曰：「陛下一則曰『衛王』，再則曰『衛王』，何容保之至耶？」上怒不答，徑轉御屏曰：「此狂生也。」邁歸鄉里，自稱「敕賜狂生」，嘗有詩云云。

方左鉞

左鉞，字武城，莆田人。嘉定中以廕授司法參軍。有煮瀑庵詩集。蘭陔詩話云：武城早卒。劉後村挽之以詩云：「丱角詩名出，流傳海内誇。」又有題方武城詩草後云：「吟來體犯諸家少，改定人移一字難。」其見推名流如此。詩稿惜已不傳。

病中二首錄一。

日費行將典到琴，窮愁那復病相侵。倩人合藥無真料，就枕吟詩苦見心。僕獻奇方單用草，醫言速效莫如參。池亭咫尺無由到，空聽蟬聲想綠深。

海口

家園幾本芙蓉樹，蘂漸紅時又出來。卻向秋風山路上，別人池館看花開。

方元吉

元吉，字文甫，莆田人。嘉定中奏補浦城令。有竹齋集。

蘭陔詩話云：文甫好苦吟。劉後村題其詩卷，有「物貴常因少，詩傳不在多」之句。

無題

一穗香煙到日斜，靜聽蜂報二時衙。老僧不解傷春意，多採梨花作供花。

趙庚夫

庚夫，字仲白，莆田人。嘉定中舉進士不第，以宗子取。官宗正寺簿。

案劉後村跋云：仲白于古體寓其高遠，于大篇發其精博，于短章窮其要妙。

蘭陔詩話云：仲白平生志業無所洩，一寓于詩。歿後，子幼家貧甚。劉後村哭之以詩云：「家留遺稿在，棺問故人求。」又云：「託孤朋友事，非謂九泉知。」爲删定其稿，名山中集，屬趙以夫序而傳之。

鶴食

鶴食從妻給，花窠課子鋤。絶糧緣買硯，止酒爲躭書。野服迎人嬾，禪心涉世疎。丹爐添火候，健似十年初。

同僧遊瀨陽塘上生院

沿堤上下看沙鷗，得句支筇自點頭。風露高時將鶴伴，溪山好處載僧遊。老無志願惟漁艇，閒有工夫上寺樓。歲晚淵明須自笑，督郵未至合歸休。

讀曾茶山詩集補。

茶山八十二癯仙，千首新詩手自編。吟到瘴煙因避寇，貴登從槖只棲禪。新于月出初三夜，淡比湯煎第一泉。咄咄逼人門弟子，劍南已見祖燈傳。

梅磵詩話云：紹興末，曾茶山卜居於越，得禹迹寺東偏空舍十許間居之。手種竹盈庭，日讀書賦詩其中。公平生清約，不營尺寸之産。所至寓僧舍，蕭然不蔽風雨。公詩有曰：「手自栽培千箇竹，身常枕藉一牀書。」蓋寓居時所賦也。公年雖高，吟詠猶不輟。莆田趙仲白讀公詩集，有詩云云。蓋山陰陸務觀實從公學詩。陸有劍南集行于世，故末句及之。

趙以夫補。

以夫，字用甫，號虚齋，長樂人。嘉定進士。理宗朝歷資政殿學士、吏部尚書，同修國史。

詠蘭

一朵俄生几案光，尚如逸士氣昂藏。秋風試與平章看，何似當時林下香。全芳備祖。

李訦補。

訦，字誠之，號臞菴，晉江人，雲龍居士邴之孫。嘉定中以朝議大夫、敷文閣待制守達州，後爲户部侍郎。

謁丞相祠觀八陣圖

人言忠孝不磨滅，神物護持存水滸。千家陵谷幾變遷，此石不移自章武。本由黄帝古兵法，六十四以八爲伍。髯孫且懼仲達走，賊操遊魂何敢拒。刻銘沙没水底碑，教戰石存山下鼓。一片丹心天地間，萬世聞風猶禦侮。我來起敬凛如生，再拜一言公必取。瀼流東截陣圖前，寖隳城壁頽民宇。能安拳石止波流，願回瀼患思民撫。常使夔人知感公，踏磧年年弔千古。四川總志。

留元剛補。

元剛，字茂潛，永春人。嘉定間直學士院。有雲麓集。

武夷九曲棹歌存二首。

七曲催船快上灘，好山留與漫郎看。經行雪瀑仙屏下，恍記齋堂夜帳寒。

九曲遥岑更鬱然，板橋漁市引長川。唤回白馬賓雲夢，來看桑麻萬里天。鐵網珊瑚。

王益祥補。

益祥，長樂人。寧宗朝官監察御史。

題資福院平緑軒

丈室無餘地，生涯小有天。推窗成曠闊，俯檻遶清漣。載酒日邊客，聞歌柳外船。隔墻人易與，賸著買山錢。至元嘉禾志。

林觀過補。

觀過，號退齋，閩縣人。嘉定十年進士。端平間知新昌，累官分差糧料院。

遊寶相院

古人期年變，拙政媿格頑。觸此三伏暑，招提解征鞍。好風隨過雨，稻花秀可餐。南窗一榻涼，久輸老僧閒。盤飧息萬慮，竹梧凛相看。清陰交蔽芾，直節不可干。斯來結三友，欲去復盤桓。瑞州府志。

趙時焕補。

時焕，字元晦，晉江人，魏王九世孫。嘉定十二年進士，官廣東運判。

九日山送客

頻來因送客，攜酒訪仙靈。歸去成何事，重來媿此亭。天寬野水白，松潤石崖青。倚杖思今古，寒鷗落遠汀。南安縣志。

上官彦宗補。

彦宗，邵武人。嘉定十二年特奏名。淳祐十年官宜黄丞。

騮獅嶺俗名「愁思」。

遠望輕雲絶頂浮，泉聲山色破牢愁。當年聞有幽棲客，座對春風萬壑流。邵武府志。

王子申補。

子申，三山人。嘉定庚辰永州郡丞。

遊澹山巖

坤靈擘罅天幻奇，一到仙凡覺兩歧。處士清風存萬古，詩翁雅句見當時。洞深不礙煙雲逸，丹就那知日月遲。更上層臺瞻佛象，媿無法語勘狐疑。湖南通志。

陳　珏補

蜕龍洞

潛虬成穴古危岑，曾爲編氓霈旱霖。石怪自留千載迹，泥蟠難駐九天心。老松猶學拏雲勢，群籟渾驚動地吟。瀟灑禪關連勝概，退遊誰不快煩襟。新城志。

垂虹亭

高壓玉龍腰，參差雁勢朝。雄吞五湖闊，平揖兩山嶢。闌檻中流出，炎蒸白晝消。暫來塵慮息，那復日逍遙。吳都文粹續集。

句

石洞雲歸春雨足，海門月上夜潮生。靈峰院。三山志。

案：宋詩紀事補遺有兩陳珏。一云長樂人，嘉定十年特奏名，十四年修職郎、建康府學教授，十七年撰題名記，有蜕龍洞詩一首。一云連江人，修職郎，嘉定十四年建康府學教授，有垂虹亭詩一首，靈峰院句一聯。又云景定建康志作三山人。但三山、長樂、連江同屬福州府，易於傳訛。而兩人同爲修職郎、建康府學教授，又同在嘉定十四年，必係一人誤分，今並録兩詩、一聯，而附辨之於此。

鄭江補。

江，莆田人。嘉定十六年進士。

句

石揭君謨椽筆健，詩留子直翠珉斑。鼓山。鼓山志。

戴翼補。

翼，閩縣人。嘉定十六年進士。初攝南康軍，後知邕州。

贈星術黄太史

俗人談命，不問晝夜，皆以日在某者爲命，而月之所在爲身者，謾不及究。獨儒術黄生得之，試以休咎，無少差者。奇哉兹術，因賦詩贈之。

粵從太極生兩儀，大明生東月生西。煌煌兩日照今古，一晝一夜分主之。人具陰陽中造化，亦係日月之所舍。在日爲命月爲身，所主各隨其晝夜。此數定不差毫毛，惜哉庸術其傳訛。談命以日不及月，日本昰晝如夜何。甘石不作今已矣，星學之精其能幾。掌中日月分旦昏，獨有黄生精算爾。黄生算到毫杪處，吉凶定如鼓應桴。奇哉此術真神秘，世人不知反爲異。俗流何可輕與談，吾有穎濱月軒記。截江網。

王　冑補。

冑，字希載，號是菴，晉江人。嘉定十六年進士。官惠州通判。

宋詩紀事補遺云：入爲太學正，遷博士，校藝禮闈。有諫官同典舉，欲私所厚，以冠多士，其文險怪，冑識之，曰：「必某人也。」同典舉者色沮，易其次第，而心銜之。

羅　浮

傳聞此山分蓬島，錦綉青霞叠相向。飛雲通天兩絶奇，更出上界三峰上。凌乘汗漫不可得，倩誰圖畫丹青狀。朝真學道走俗子，紀實留題出宗匠。何當步虚躡太微，森列金庭五雲仗。祇園琳宇山崔嵬，鬱葱佳氣天容開。回頭卻立睨人境，渺渺瘴霧驅氛埃。非惟此地相引領，歎我爲爾胡爲來。他年欲訪經行處，請看姓字鑱巖隈。羅浮山志。

王九萬補。

九萬，建安人。嘉定十六年進士。

壽侍郎七十九

炎涼薄流光，榮悴猾生理。芳荃化爲茅，嘉橘變成枳。誰知古大椿，霜雪自薿薿。立身既千仞，鶩陰殆百里。宜哉富春秋，萬物聽獨止。先生一靈椿，聳壑屹山峙。納湖溉其根，後溪擁其址。平生學問力，頓在名節裏。甘泉詎弗貴，東山不爲起。以身蹈高潔，爲世律貪鄙。坐令夸奪輩，疾走掩兩耳。乃知公進退，均爲國憑恃。恭爲陛下聖，雅欲致園綺。黃金已九環，丹詔行一紙。公心豈輕重，上意實注委。嘉平報初度，吉音隨燕喜。耆英七十九，彷彿富公是。行歸磻溪載，更詠淇奥美。方覺歲寒姿，不隨世變靡。錦溪入霞觴，城山揖燕几。祝公如大椿，明堂棟千祀。截江網。

林干之補。

干之，興化人。嘉定中潮洲通判。

贈水簾洞黄秀才

讀書避世喧，結廬五雲表。澹泊足生涯，詰曲藏深杳。仰觀紅日近，俯視衆山小。滄溟舞澎湃，雲氣度浩渺。喬松蔓翠蘿，絶壁挂啼鳥。一派從天來，長練挂木杪。海鷗忘機智，崗蝶驚飛繞。亦知山房靜，而被俗客擾。作詩寄殷勤，努力須壯少。他年騰踏去，蕙帳猿驚曉。廣東通志。

黄伯固 補。

伯固，字子堅，將樂人。嘉定間知上高縣。

淵靚亭

江山無古今，闡發自我輩。心期得地勝，有目皆一快。負郭西繚川，衆流翕以匯。水光開三面，結屋此其最。囂塵劃清漪，景象極爽塏。泓澄湛寒碧，潭影尤可愛。巖前列煙樹，翠色聯不解。盤坳石下瞰，林立錯奇怪。雄觀喜新獲，曠境了無礙。人謀孰使然，天作若有待。學宫爾多士，游息於此在。豈但濯爾纓，亦可湔爾佩。倏然魚在藻，行矣鯤化海。維兹淵靚名，妙處默領會。中庸至矣夫，智者樂在内。水德本無虚，人心亦清灑。即物以察己，致之不在大。清源堪疏瀹，世慮滌昏昧。曾子浴乎沂，不出一唯外。淡平賈傅心，或可分一派。瑞州府志。

公餘漫興

蓼花秋水漫官衙，令尹情懷自一家。退食小齋無俗事，閒呼童子問桑麻。上高縣志。

陳應龍補。

應龍，字定夫，寧德人。精尚書、春秋，又喜讀孫吴書。嘗試右庠，陳傅良置之首選。授修仁尉。

呈徐憲應

弱冠弄筆硯，恥爲章句儒。夜半劍氣發，精光射天衢。欲分天子憂，張燈閲地圖。七閩山水秀，我亦思故廬。世事苦齟齬，吾道寧躊躕。一官如涕唾，焉能輕重吾。寧德志。

陳　藻補。

藻，字元潔，福唐人，林綱山之高弟。有樂軒集。

劉後村序云：樂軒七十五迺卒，年出于其師，而窮猶甚于其師。城中無片瓦，僑居福清縣之横塘，開門授徒，不足自給。至浮游江湖，崎嶇嶺海，積錙得百千，歸買田數畝，輒爲人奪去。今讀其文，講學明理，浩乎自得，不汲汲于希世求合。螢窗雪案，猶宗廟百官也；菜羹脱粟，猶堂食萬錢也。入則課妻子耕織，勤生務本，有拾穗之歌焉；出則與諸生弦誦，登山臨水，有舞雩之詠焉。

題劉氏翠微亭

舊屋紅蕖外，新亭綠樹旁。江晴孤棹見，雨近衆山藏。學圃未成趣，催詩何太忙。他年多橘柚，此地一瀟湘。

福州城北吳氏新樓之作

千山叵匝繞三山，盡屬危樓一覷閒。雲漢星辰隨道遠，鄰家花木不容慳。憑闌要取西湖盡，落葉尤宜朔吹寒。况是先生莊列輩，眼高人境幾層看。

何　鎬補。

鎬，字叔京，邵武人，兑子。從朱子遊。以父恩補安溪簿，調善化令。卒，朱子銘其墓，學者稱臺溪先生。著述甚富。

七臺山

一上青雲梯，杖藜披素襟。追隨同聲客，不作殊方音。過雨飛重泉，積煙昏茂林。疊嶂杳峭崿，竦峰起嶇嶔。仰闞天門開，俯窺地户深。丹壑收暝色，絳霞結幕輕。天空抗高館，嵐散淩孤岑。滄海飛赤舄，疎林散黄金。彷彿天仙來，逍遙上帝臨。雷雹屢興滅，日月相深沈。遐討挹元氣，冥搜清道心。邵武府志。

彭　止補。

止，字應期，崇安人，自號漫者。有刻鵠集。

題辛稼軒齋中

棊子聲乾案接塵，午窗詩夢煖於春。清風不動堦前竹，誰道今朝有故人。

建寧府志云：彭止嘗謁辛棄疾，值其晝寢，題一絶于齋而去。稼軒覺，遣人追之，延留累月。

彭　俣補。

俣，崇安人。官朝議大夫。

拯攬試于京師，以詩勉之

送汝趨京邑，休辭馬上塵。人知官禄貴，家爲買書貧。淬礪先修業，□騰欲奪身。此行偕攬轡，同醉杏花春。萬姓統譜。

陳　淳補。

淳，字安卿，龍溪人。受業朱子之門，嘉定中以特奏恩授安溪簿。有北溪字義。

題江郎廟

三石參天作柱擎，自從開闢便崢嶸。何爲末俗好奇怪，盡道江郎魄化成。四朝詩。

蔡元定補。

元定，字季通，建陽人。從朱子游。尤袤、楊萬里薦于朝，以疾辭。韓侂胄僞學之禁，爲言者所詆，謫道州。卒賜謚「文節」。學者尊之曰西山先生。

自勵詩

數間茅屋環流水，布被藜羹飽暖餘。不在利中生計較，肯于名上著功夫。窗前野馬閑來往，天際浮雲自卷舒。窮達始知皆有命，不妨隨分老樵漁。武夷山志。

蔡　淵補。

淵，字伯静，號節齋，元定長子。

仲弟來歸歲晚有懷

明月照席寒，生我愁百端。冉冉歲云徂，游人不顧還。相送荷花碧，相望楓葉丹。高樓日千回，散步東林隈。攀條復攬秀，日暮空徘徊。金杯白玉臺，猶能對寒梅。寄書豈不早，三月千里道。敢怨歸軒遲，但念堂中老。春風萱草生，更樹堂前庭。詩家鼎臠。

蔡沈補。

沈，字仲默，元定子。少游朱子之門。從父謫道州，護喪還。隱居九峰。卒謚「文正」。

遊西山

柴荊相依倚，綠篠自蒙密。秋蘭澗中花，山果路邊實。沿岡引霜藤，臨流坐寒石。日暮陰崖開，雲收遠山出。疎籬尚存菊，荒庭舊垂橘。絲桐想虛堂，簡策見靜室。俯仰今幾時，漫然已陳迹。摩挲蒼苔痕，屐齒不可識。建寧府志。

贈琴士翁明遠

膠漆本無意，絲桐非有情。因緣醉翁指，發此無窮聲。蕭蕭秋風引，葉落渭水濱。喧喧陽春歌，花明錦江城。離鸞月徊徊，别鶴雲冥冥。清泠灑毛髮，震蕩驚雷霆。曲度神莫測，調高妙難名。時方多艱虞，掩耳誰爲聽。無爲恩怨兒女語，敵場勇士軒昂行。詩家鼎臠。

武夷山天柱峰

才既非時用，性本愛岑寂。決策名山游，幽隱遂成癖。春風百花紅，秋月千嶂碧。煙霞結綢繆，猿鳥自疇昔。乘閒撫深曠，噴薄鳴鐵笛。笑挹天柱峰，高寒幾千尺。以上武夷山志。

章才邵補。

才邵，字希古，崇安人。以父蔭補官，嘗守臨賀、辰陽。晚歲與朱子游。

過清遠峽

嵒頭風急樹攲斜，溪畔漁樵十數家。老盡往來名利客，年年秋水映蘆花。錦繡萬花谷。

釣臺

短櫂夷猶七里灘，人亡依舊水光寒。漢家名節君知否，盡在君家一釣竿。《釣臺集》。

劉子寰補。

子寰，字圻父，號篁㟑，建陽人，居麻沙。早登朱文公之門。有《篁㟑集》。

杜若

欽州五月土如炊，滿山杜若芳菲菲。素英緑葉紛可喜，勁烈不避炎歊威。採之盈掬薦蔬食，臧獲失笑庖人譏。君不見屈平夕餐賦秋菊，魂兮無南盍來歸。又不見坡公服食得臬耳，扣角自嘆從前非。伊予假祿二千石，窮比二子猶庶幾。湌花嚼蘂有真樂，一飽何必謀甘肥。尚餘升合漬生蜜，從他薏苡生珠璣。《全芳備祖》。

金鳳花

天霜凋九陵，梧桐日枯槁。鳳德何其衰，鶩飛下幽草。九苞空髣髴，衆彩各自好。黄中獨含章，見晚更傾倒。託根幔亭峰，弱質深自保。便翾金翅短，淡泊乃幾道。俗眼迷是非，人間迹如掃。合璧事類別集。

楊與立補。

與立，字子權，浦城人。受業朱子之門。嘗知遂昌縣，因家蘭谿。學者稱船山先生。

幽居

柴門闃寂少人過，盡日觀書口自哦。餘地不妨栽竹木，放教啼鳥往來多。濂洛風雅。

林用中補。

用中，字擇之，號東屏，古田人。遊朱子之門，偕朱子游南嶽，有倡酬詩百四十餘首。

敬夫用晦翁定王臺韻賦詩同次韻

寂寞番君後，光華帝子來。千年餘故國，萬事只空臺。日月東西見，湖山表裏開。從知爽鳩樂，莫作雍門哀。

後洞山口晚賦

西嶺更西路，雲嵐最窈深。水流千澗夜，樹合四時陰。幽絶無僧住，閑來有客吟。山行三十里，鐘磬忽傳心。

贈上封諸老

上封臺觀静，夕霽景偏清。月下聞禪語，風中有磬聲。龍池留古迹，雁塔寄餘情。借問房前樹，東窗忽偃生。以上南嶽倡酬集。

余良弼補。

良弼，順昌人。

教子詩

白髮無憑吾老矣，青春不再汝知乎。年將弱冠非童子，學不成名豈丈夫。幸有明窗并淨几，何勞鑿壁與編蒲。功成欲自殊頭角，記取韓公訓阿符。

萬姓統譜云：良弼子大推，從朱子游，深得求放心之旨，兩捧鄉書。良弼有教子詩云云。

章康補。

康，字季思，浦城人。居吴不仕，人稱聘君。從學於朱子。

破山寺

名山久相望，今日爲著屐。到寺第一義，古松足蟠屈。一一龍蛇形，風雷氣蕭瑟。瓔珞檜兩株，皆數百年物。佛燈耿青熒，像設暗金碧。雲廊極徘徊，老屋共崒兀。僧房小盤薄，西原訪泉石。于其最幽絶，似可便築室。因而思古人，多有愛山癖。要之亦何爲，一賞事已畢。上方不及登，尚或俟他日。無非會心處，妙同箭鋒直。山靈謂何如，移文兹不必。作詩留山中，併可告來轍。破山寺志。

劉淮補。

淮，字叔通，號溪翁，建陽人。朱文公之高弟。

朱子跋云：叔通之詩，不爲雕刻纂組之工，而平易從容，不費力處乃有餘味。

韓家府嘉定初作

寶蓮山下韓家府，鬱鬱沈沈深幾許。主人飛頭去和虜，綠户雕牆鎖風雨。九世卿家一朝覆，太師之誅魏公辱。後車不信有前車，突兀眼前看此屋。

四朝聞見錄云：韓侂冑居太廟三茅之旁，後山爲閱古堂，爲閱古泉，舊名青衣，有青衣童見泉上，故名。爲流觴曲水，泉自青衣下注于地，凡有十二折。旁砌以瑪瑙。泉流而下潴于閱古堂，渾涵數畝。有桃坡十有二級，夜宴則殿巖用紅燈數百，出于桃坡之後以燭之。其雲巖最奇者曰雲岫。侂冑居之既久，歲累月積，剔奇抉勝，窈窕渟深，疑爲洞天福地之居，不類其爲園亭也。因在天衢咫尺〔一〕，舊皆寧壽觀中地也。韓敗，有旨盡給還寧壽，復爲禁地。建陽劉淮賦詩云云。」

平遠臺

海天漠漠水雲寬，開到梨花正自寒。卻擁重裘上平遠，愁心千疊倚欄干。詩家鼎臠。

劉學箕補

學箕，字習之，屏山先生子翬之孫，七者翁玶之子。有方是閑居士小稿。

劉叔通云：居士詩摩香山之壘，詞拍稼軒之肩。

不如歸去禽言。

不如歸去，愁緑怨紅春欲暮。汝勸行人歸，行人勸汝住。鳴聲不住良苦辛，啼得血流無用處。不如歸去吾今歸，千聲萬聲爾何爲。

環洲江氏園

欲覽環洲勝，維舟步石磯。踏青隨野色，穿翠任春霏。地迥知山遠，村灣覺水圍。東風輕薄甚，桃李亂荆扉。以上方是閑居士小稿。

馮取洽補。

取洽，字熙之，號雙溪翁，延平人。

送劉篁㟲

來似孤雲出岫閑，去如高月耿難攀。若爲化作修修竹，長伴先生篁㟲山。詩人玉屑。

自題交游風月樓

平揖雙峰俯霽虹，近窺喬木欲相雄。一溪流水一溪月，八面疎櫺八面風。取用自然無盡藏，高寒如在太虛空。落成恰值三秋半，爲我吹開白兔宮。

詩人玉屑云：「一溪流水」一聯，詩林皆以爲秀傑之句。案：截江網以爲吴勢卿作，未知孰是。

嚴　羽 補。

羽，字丹丘，一字儀卿，邵武人，自號滄浪逋客。有滄浪吟。

滄浪詩話云：論詩如論禪。漢、魏、晉與盛唐之詩，則第一義也。大曆以還之詩，則小乘禪也，已落第二義矣。晚唐之詩，則聲聞、辟支果也。學漢、魏、晉與盛唐詩者，臨濟下也；學大曆以還之詩者，曹洞下也。大抵禪道惟在妙悟，詩道亦在妙悟。孟襄陽學力下韓退之遠甚，而其詩獨出退之之上者，一味妙悟而已。惟悟乃爲當行，乃爲本色。夫詩有別才，非關學也；詩有別趣，非關理也。然非多讀書，多窮理，則不能極其至。所謂不涉理路、不落言筌者，上也。詩者，吟詠情性也，盛唐諸人惟在興趣，羚羊挂角，無迹可求，故其妙處，透徹玲瓏，不可湊泊。如空中之音，相中之色，水中之月，鏡中之花，言有盡而意無窮。近代諸公乃作奇特解會，遂以文字爲詩，以才學爲詩，以議論爲詩。夫豈不工，終非古人之詩也。蓋於一唱三歎之音，有所歉焉。且其作多務使事，不問興致，用字必有來歷，押韻必有出處，讀之反覆終篇，不知著到何處。其末流甚者，叫噪怒張，殊乖忠厚之風。國初之詩，尚沿襲唐人。王黄州學白樂天，楊文公、劉中山學李商隱，盛文肅學韋蘇州，歐陽公學韓退之古詩，梅聖俞學唐人平澹處。至東坡、山谷始自出己意以爲詩，唐人之風變矣。山谷用工尤爲深刻，其後法席盛行海内，稱爲江西宗派。近世趙紫芝、翁靈舒輩，獨喜賈島、姚合之詩，稍稍復就清苦之風。江湖詩人多效其體，一時自謂之唐宗。不知止入聲聞、辟支之果，豈盛唐諸公大乘正法眼者哉。

四庫全書提要云：考困學紀聞載唐戴叔倫語，謂「詩家之景，如藍田日暖，良玉生煙，可望而不可即」。司空圖詩品有「不著一字，儘得風流」語。其與李秀才書又有「梅止於酸，鹽止於鹹，而味在酸鹹之外」語。蓋推闡叔倫之意。羽之持論，又源於圖。特圖列二十四品，不名一格。羽則專主於妙遠，故其所自爲詩，獨任性靈，掃除美刺，清音獨遠，切響遂稀。五言如「一逕入松雪，數峰生暮寒」，七言如「空林木落長疑雨，别浦風多欲上潮」，「洞庭旅雁春歸盡，瓜步寒潮夜落遲」，皆志在天寶以前，而格實不能超大曆之上。由其持「詩有别才，不關於學；詩有别趣，不關於理」之説，故止能摹王、孟之餘響，不能追李、杜之巨觀也。

黄公紹序云：粹溫中有奇氣。嘗問學於克堂包公。爲詩宗盛唐，自風、騷而下，講究精到，石屏戴復古深所推敬。自號滄浪逋客。江湖詩友目爲三嚴。與參、仁同時，皆家莒溪之上。參，志則崖岸，外無廉稜，論議之閒微見其際，若日不充貢大庭，當拜詔衡宇。或勸廣交延譽，則掩耳不答。高卧中林，瞪視一世，號三休居士。仁，好古博雅。蜀吳曦之叛，楊巨源誅曦，爲安丙惎而殺之。嘗作長憤歌，爲時所傳誦。

周亮工序云：抑先生所著有滄浪吟暨詩語三卷，余進樵之人士，詢所謂莒溪巖坊者。蔓草離離，陵谷莫辨，因崇飾麗譙，奉先生而俎豆之，即以「詩話」顔斯樓。抑元人黄元鎮秋聲集四卷，其五言之妙，遠追陶、謝，近體亦在高、岑、王、孟之間，殊無當時陋習，余深賞之。元鎮亦樵人，似嘗探星宿於巖氏者。余向欲於西墭萬木間構秋聲亭，鏤黄集置其中，使與詩話樓巍然並峙，庶幾千載風流，後先輝映，而滄浪音響，益爲不孤，亦樵川之勝事也。

古懊儂歌

五兩轉須臾，相望奈何許。寄語黄帽郎，船頭慢搖櫓。
君子如白日，願得垂末光。妾心如螢火，安得久照郎。
郎去無見期，妾死那瞑目。郎歸認妾墳，應有相思木。
船在下江口，逆風不得上。結束作男兒，與郎牽百丈。

贈呂仲祥

雪中誦招隱，高卧閑琴尊。忽有呂夫子，清晨扣我門。夫子忠烈後，家聲四海聞。神交三十載，方此挹清芬。吾道識宗主，文章詔討論。期我名山遊，招我出塵紛。伊余抱病久，局促滯中園。平生海嶽交，零落今誰存。今日對夫子，使我開心魂。忽覺此身去，萬里如空雲。已見赤城霞，疑聞天姥猿。世道久崩迫，誰將元化分。濛濛六合間，莽莽塵沙昏。所以賢達士，甘將麋鹿群。終欲從夫子，超然凌紫氛。松間兩白鶴，爾實聞斯言。

遊臨江慧力寺

舟中望古剎，川上移琴尊。隱隱林閣見，迢迢鐘梵聞。列岫不離席，驚濤常在門。風帆與沙鳥，汎汎隨朝昏。天高一幡挂，室靜衆香焚。煙起多近郭，鴉歸無遠村。松際尚微雪，經年來暮猿。賞惟靜者契，法對高僧論。安得息塵駕，永懷瞻獨園。明朝别此去，惆悵滿松雲。

山居即事

稍欣入林深，已覺煩慮屏。霜果垂秋山，歸禽度風嶺。紛紛葉易積，漠漠雲欲盛。磵户寂無人，松蘿窅然暝。雅聞山鳥啼，月出柴門靜。終歲寡持醪，延歡聊煮茗。群書北窗下，帙亂誰能整。

訪益上人蘭若

獨尋青蓮宇，行過白沙灘。一徑入松雪，數峰生暮寒。山僧喜客至，林閣供人看。吟罷拂衣去，鐘聲雲外殘。

寄山中同志

我有三足鹿，放之在碧山。别來幾千日，昨夢忽來還。松色入天盡，巖花落地閒。憑君一問信，沿月上潺湲。

喜友人相訪擬韋蘇州

朝朝竹林院，閉户讀殘書。几閣晨風入，荒郊寒露餘。故人步屧至，清坐喜踟躕。輟卷還留興，漱泉同飯蔬。

霏雪録云：嚴滄浪之于詩，刻意古作，卓然不爲流俗所染。五言如云云。

登天皇山作

我來陟高頂，俯瞰臨長川。陰厓隱落日，疊嶂鳴飛泉。獨立一世外，所思千古前。回看鳥没處，茫茫生白煙。

客中别吴季高

悠悠遠别半生悲，白日相逢又語離。海内風塵驚不定，天邊消息到何時。洞庭旅雁春歸盡，瓜步寒潮夜落遲。惆悵孤舟從此去，江湖未敢定前期。

和上官偉長蕪城晚眺

平蕪古堞暮蕭條，歸思憑高黯未消。京口寒煙鴉外滅，歷陽秋色雁邊遥。清江木落長疑雨，暗浦風多欲上潮。惆悵此時頻極目，江南江北路迢迢。

寄郭招甫時在潯陽

夢向三江買釣船，挂帆西去白雲邊。窗開曉色香爐見，門落寒聲瀑布懸。百年酒興陶彭澤，四海詩名孟浩然。何日真尋塵外迹，焚香酌茗話先賢。

早春寄潛齋王使君

昏昏醉睡慵朝起，日日柴門待煖開。春至任從花鳥笑，客來須仗酒尊陪。移舟動覺依江柳，策杖時能訪早梅。忽憶使君聯騎去，此時乘興且銜杯。

送崔九過丹陽郡上荆門省親

江國歸心一雁牽，河橋分手數杯傳。千厓萬壑秋聲裏，匹馬孤帆落照邊。牛渚寒波翻極浦，荆門晚樹合遙天。他時莫枉瑤華問，南北相思各渺然。

聞笛

江上誰家吹笛聲，月明霜白不堪聽。孤舟萬里瀟湘客，一夜歸心滿洞庭。

吳中送客歸豫章

川程極目渺空波，送爾歸舟奈別何。南國音書須早寄，江湖春雁已無多。

臨川送周月船入京

別時把酒已魂消，別後音書恐闃寥。一片離心寄春水，隨君船入浙江潮。以上滄浪吟。

嚴　仁補。

仁，字次山，號樵溪，邵武人。有欸乃集。

塞下曲

漠漠孤城落照閒，黄榆白葦滿關山。千枝羌笛連雲起，知是胡兒牧馬還。詩林萬選。

平遠樓

湘中病客思歸日，城上高樓獨倚時。半樹夕陽鴉集早，一江秋色雁來遲。詩家鼎臠。

嚴　參補。

參，字少魯，自號三休居士。與丹丘、次山齊名，世號三嚴。

梅

衣染龍涎與麝臍，裁雲剪月作冰肌。小瓶雪水無多子，只篸横斜一兩枝。後村千家詩。

香雪

天遠正難窮，樓高不堪倚。醉夢入江南，楊花數千里。詩家鼎臠。

嚴肅補。

肅，字伯復，號鳳山。

落花

片片落花飛，隨風去不歸。如何臨欲別，不得傍君衣。詩家鼎臠。

嚴粲補。

粲，字坦叔，一字明卿，邵武人，羽之族弟也。登進士第，授清湘令。有華谷集。

宋百家詩存小傳云：嘗著詩緝，與朱晦菴詩傳相表裏。學者宗之。其詩清逈，脱去季宋纎膩之習。戴石屏贈句云：「粲也苦吟身，束之以簪組。徧參百家體，終乃師杜甫。」其相許如此。

昭君怨

欲洗鉛華盡，那須畫手工。玉顏翻自悮，不似舊圖容。

春　晚

向來得意在煙霞，失脚黄塵負歲華。過卻海棠渾不省，夢中猶自詠梅花。

林和靖祠

白雲人已矣，古屋自蒼苔。林下誤疑鶴，水邊空見梅。市人攜酒至，歌女棹船回。檢點幽棲處，湖光似向來。

招提遊

幽尋愜所適，蘭若白石靜。天籟鳴松壑，古意滿苔徑。清泉醒客心，啼鳥喚僧定。留連不能去，翫月歸路永。煩抱忽如遺，僧境得清勝。花發嵒洞幽，雲生窗户冷。來驂樹陰直，歸櫂川光暝。遺思山蒼蒼，半空聞夕磬。

畫梅蘭竹石

正憶吟窗占竹坡，風煙觸眼奈愁何。梅蘭只作從前瘦，石上蒼苔别後多。

建德縣梅山寺

公退逢長日，清遊到寶坊。山圍露天小，徑遠引溪長。苔壁晴雲溼，松軒暑月凉。鐘聲半歸路，回首暮蒼蒼。

子陵灘

西風吹雨暮江寒，想見當年獨把竿。不是君王思故舊，何人知有子陵灘。

重九後五日遊齊山

官癡縛辰酉，節物如相負。兹遊未覺晚，黄花落吾手。没鷗江自迥，落葉山新瘦。凄凉千載心，西風一搔首。

任機宜新圃

小劚煙苔地，春生一笑閒。亭邀鄰圃樹，臺揖隔城山。幽夢壺天曉，清時幕府閑。旋移花盡活，容我醉來攀。

發清湘三首

歸櫂將秋色，三湘是勝遊。灣回仍小嶼，灘過盡平流。臨水聞僧磬，隈巖隱釣舟。江頭每佳處，沽酒小夷猶。

花樹移方活，丁寧莫損殘。待逢春氣暖，開與後人看。酒任隨車載，詩從就柱刊。料應吟賞處，説著種時難。

栽樹未花開，其如行色催。遥憐今歲雪，誰看一庭梅。餘俸刊詩卷，歸程買酒杯。輕舟下灘穩，鷗鷺莫相猜。

客裏

客裏還來此，寒燈耿獨吟。一官江國夢，十載草堂心。木落秋聲小，蛩孤夜思深。驅馳空自許，冉冉鬢霜侵。

秋懷

秋懷不到夢，歷歷數寒更。坐得楚天白，吟教湘水清。殘燈搖壁影，片葉墮堦聲。起看孤城霧，人間事又生。

兵火後還鄉

萬屋煙消餘塔身，還家何處訪情親。舊時巷陌今誰問，卻問新移來住人。詩人玉屑。

句

風池行落葉。

梅磵詩話云：止一句，爲鄭安晚稱賞。次日有中舍之除。

吴 錡補。

錡，字信可，永福人。

遊永福方廣巖

曾訪神仙巖洞來，人言偉觀似天台。藤蘿足下猿猱嘯，鐘鼓聲邊日月開。燈續佛光凝紫翠，雲將蜃氣作樓臺。最憐貫石神龍尾，猶帶天東雨露回。

游宦紀聞云：吴兄信可，誠敬而疏通，博學而和粹，世南方以得友爲喜。納友不百日而遂隔今古。追思紀録，以備遺忘。

【校勘記】

〔一〕底本作「不類其爲在天衢咫尺」，據中華書局一九八九年唐宋史料筆記叢刊四朝聞見録戊集補。

閩詩錄　丙集卷十四

鄭　杰原輯
陳　衍補訂

翁　定補。

定，字應叟，建安人。有瓜圃集。

劉後村跋云：應叟尤工律詩。送人去國之章，有山人處士疎直之氣；傷時聞警之作，有忠[illegible]子微婉之義；感知懷友之什，有俠客節士死生不相背負之意。

送胡季昭竄象郡

應詔書聞便遠行，廬陵不獨詫邦衡。寸心祇恐孤天地，百口何期累弟兄。世態浮雲多變換，公朝初日盍清明。危言在國爲元氣，君子從來豈願名。

鶴林玉露云：季昭，廬陵人。寶慶初元爲大理評事，應詔上書，言濟邸事，竄象郡。翁定諸人送行云云。兄子建、弟國賓皆懷奇負氣，友愛最隆。得罪之日，囊無一錢。子建挈家歸，賣文以活。國賓奮然徒步從其兄于貶所。」季昭歿，詔許歸葬，贈朝奉郎，官其一子。洪舜俞草贈官制詞云：「朕訪落伊始，首下詔求讜直，蓋與諫鼓謗木同意。以直言求人，而以直言罪之，豈朕心哉。爾風裁峭潔，志概激壯。繇廷尉平上書公車，言人之所難言。方嘉貫日之忠，已墮偃月之計。開塗胥口，訪事瀧頭，曾無幾微見于顏面，何氣節之烈也。仁祖能全介于遠謫之餘，孝祖能拔銓于投荒之後。撫今懷往，魂不可招；潦霧墮鳶，悲悔何及。陟階員外，仍官厥子。用旌折檻之直，且識投杼之過。爾雖死，可不朽矣。」

翁　甫補。

甫，字景山，崇安人。寶慶二年進士。累官江西轉運使，改知泉州。有浩堂類稿。

九　日

秋風兩度身爲客，已見重陽未到家。村酒不堪供節事，祇將青眼看黃花。全芳備祖。

林　洪補。

洪，字龍發，號可山，泉州人。有西湖衣鉢。

昇山祠堂

任公何代此昇仙，萬仞仙臺倚翠巔。石徑層層封綠蘚，松蘿步步拂青煙。海中島嶼分諸國，野外雲霞萃一川。賢守乘秋縱登賞，不妨吟到夕陽天。三山志。

顏頤仲補。

頤仲，字景正，龍溪人，煥章閣學士師魯孫。以祖蔭補官，累擢吏部尚書，寶章閣學士，提舉玉隆宮。

柳

柳漸成陰萬縷斜，舞腰柔弱弄韶華。一庭春色無人管，簷雨聲中飛盡花。廣群芳譜。

鄭有年補。

有年，寶慶時福建人。

青霞谷

少室隱居空索價，北山俗駕費移文。道人笑破世間事，去住身心如白雲。羅浮志。

王　鐸補。

鐸，惠安人。紹定元年進士。淳祐四年提舉廣東常平。

蝴蝶洞

莊周已與蝶俱飛，説著遺衣事可疑。只怪山中蝴蝶洞，仙家四季總春時。羅浮山志。

江　鉌補。

鉌，字貴叔，崇安人。紹定戊子鄉薦。受業于魏了翁，講明正學，修身不仕。

隋隄柳

錦纜龍舟萬里來，醉鄉繁盛忽塵埃。空遺兩岸千株柳，雨葉風花作恨媒。

全閩詩話云：江鉌聰敏絶人。十歲應童子科，賦並蔕梅詩，聞者嘆賞。紹定中與兄鎔再舉於鄉。後受業魏了翁，遂高卧廬山，講明正學。嘗賦隋隄柳云云。

蔡抗補。

抗，字仲節，號九軒處士，沈之子也。紹定二年進士。累官端明殿學士、同知樞密院事、參知政事。以忤時相落職奉祠。卒謚「文簡」，改「文肅」。

大隱屏

脱略塵世慮，仙巖共夷猶。乘源得風便，快楫行扁舟。神仙現奇怪，古木横巖陬。振衣萬仞高，天風動衣摳。巍巍隱屏峰，擎天峙中流。良朋論心事，感慨悲新秋。浩歎復浩歌，一飲還一酬。南陽豈終卧，東山諒同憂。斟酌素有定，今焉試爲籌。西方起暝色，歸袂不可留。去去惜離别，後會良悠悠。武夷山志。

陳松龍補。

松龍，字應初，號三嶼，閩縣人。紹定二年進士。仕爲京口倅，大理司直。

荼蘼

布葉叢條翠作圍，自生芒刺護裳衣。莫嫌野興難拘束，祇伴春風亦見幾。全芳備祖。

繆　蟾補。

蟾，字昇之，壽寧人。紹定二年進士。

應舉早行

半戀家山半戀牀，起來顛倒著衣裳。鐘聲遠和雞聲雜，燈影斜侵劍影光。路崎嶇兮憑竹杖，月朦朧處認梅香。功名苦我雙闗足，踏破前橋幾板霜。

游清夫補。

清夫，建安人。紹定二年進士，官知録。

閱武喜晴和厲寺正韻

閱武堂前宿雨晴，柳營刁斗五更鳴。風生貔虎誇身健，日射旌旗照眼明。管領春光三月暮，雕鐫詩句十分清。折衝樽俎今餘事，自有胸中十萬兵。截江網。

葉　明補。

明，晉江人。紹定二年進士。官監鎮。

和陳子華武夷築精舍

衮衮諸公臺省居，可憐無地著吾廬。前因本是四禪派，今日相追九老圖。憂顧全閩曾倚重，誅鋤遺孽豈容逋。兔葵燕麥玄都滿，休憶桃霞映綠湖。

題馮唐廟

千百年來漢老郎，曉來燈火晚來香。庭前不用尋碑記，已載班書數十行。截江網。

鄭思忱補。

思忱，字景千，泉州人。紹定二年以宣教郎知崇安縣，以譖左遷浦城丞。真文忠薦，尋復官，仕至檢院。

句

讀罷西銘日未斜。崇安縣志。

陳夢庚補。

夢庚，字景長，閩人。紹定中廣西路漕幕。

大隱屏

大隱屏前風月閑，何人手種萬琅玕。深深五曲東流水，合作千年洙泗看。武夷詩集。

朱繼芳

繼芳，字季實，號静佳，建安人。紹定五年登進士第。授龍尋令，調桃源令，又調宜州教授，不赴。

有靜佳龍尋稿、靜佳乙稿。

宋百家詩存小傳云：龍尋舊有顔長官仁郁祠。長官，五代時能撫循其民，使不見兵革。嘗作詩以道民疾苦，其題有十，每題繫以十詩，共百篇。繼芳晉謁祠下，依韻和之。同時倡和爲錢唐陳起、汶陽周伯弜、建安張至龍，俱有聲江湖間者。

登眺

破帽任風吹，天知髮已絲。大江留禹蹟，老樹見秦時。北際山如礪，南溟水似池。夜涼無夢到，久矣歎吾衰。

對酒

莫信樵人説，秦人有樹存。青山浮渤海，白日走崑崙。爲有愁千斛，時須酒一尊。提壺亦相勸，花下緑陰繁。

有懷鷲山次僧芳庭韻

一塔與雲齊，尋僧路不迷。小舟沙島外，疎磬夕陽西。古樹含雲亞，春橋覆水低。鷲峰飛不去，夜夜子規啼。

書窗夏日

南風伊軋語窗扉，團扇無功白日遲。長恨老來方學易，自從春去不吟詩。蟲絲有力縈琴索，蛀粉無聲點墨池。偶出門前行數步，石榴花過已多時。

陳令君增誠齋三三徑爲十二徑次韻

四家三徑各風流，今古悠悠貉一邱。拍甕新篘浮臘膩，繞隄老柳弄春柔。日邊黄紙催人去，霞外青山聽鶴留。若問西疇蓑笠事，合還陶令一孤舟。

溪村二首

欅柳正當官道，漁舟偏繫柴門。今年春水深淺，看取層層岸痕。

雨洗山光緑淨，波涵天影清空。草際自浮鵝鴨，柳陰分坐兒童。

橋　西

雲澹風微日未低，瘦藤扶到小橋西。林花過雨相爭發，谷鳥無人自在啼。

調宜州冷官不赴

瘴海南邊路淺深，客愁不待嶺猿吟。無人喚得涪翁起，分我桄榔橄欖陰。

靈芝寺

黃金帀地小橋通，四面清平納遠空。雲氣長扶天子座，日光浮動梵王宮。殘碑幾字莓苔雨，踈磬一聲楊柳風。沙鳥不知行樂事，背人飛過夕陽東。

武林舊事云：寺在湧金門外，錢王故苑。芝生其間，捨以爲寺。高宗、孝宗凡四臨幸。朱靜佳有詩。

六　言

柳下白頭釣叟，不知生長何年。前度君王遊幸，賣魚收得金錢。

武林舊事云：淳熙間，壽皇以天下養，每奉德壽三殿游幸湖山。凡游觀買賣，皆無所禁，小舟時有宣喚賜予。如宋五嫂魚羹，嘗經御賞，人所共趨，遂成富媪。朱靜佳六言詩云云。往往修舊京金明池故事，以安太上之心。豈特事遊觀之美哉。

城市

身遊城市髮將華，眼見人情似槿花。惟有梁間雙燕子，不嫌貧巷主人家。

貧女

燈下穿針影伴身，嬾將心事訴諸親。阿婆許嫁無消息，芍藥花開又一春。

纖手清閑理瑟工，高樓半在碧雲中。行人豈是知音者，小立花陰待曲終。

辛亥二月望祭齋宮因遊甘園

朝霏作雨連天溼，春氣熏人到骨香。四望水亭無正面，有花多處背湖光。以上靜佳乙稿。

張至龍補。

至龍，字季靈，建安人。

宋百家詩存小傳云：博經史，工文章，一時江湖詩人多與倡和。與靜佳朱繼芳居同建安，生亦同歲，投契尤篤，至龍寄懷詩有「借箸數同庚」是也。雪林刪餘一卷，寶祐三年自爲序。「雪林」，其自號云。

齊雲寺

雨疎分點下，略彴界橫塘。接竹通生水，搴蘿補壞牆。字塗窗眼黑，香染佛衣黃。未晚螢先出，蕭然兩畫廊。

餞翁丹山發南浦

鳴鳩語燕近清明，柳絮風輕秧水平。一帶春流多斷岸，盡緣倒柳當橋行。

采蓮曲

荷葉籠頭學道情，花妝那似妾妝清。雙雙頭白猶交頸，翻笑鴛鴦不老成。
拗落圓房響釧金，背人細數子藏深。不嫌到手多尖刺，衹怕傷人有苦心。

林希逸補。

希逸，字肅翁，號鬳齋，又號竹溪，福清人。紹定間進士第四人。淳祐中遷秘書正字，景定間官司農少卿。歷中書舍人，直寶謨閣。著有易講、春秋傳、老莊列口義、考工記解諸書及竹溪十一稿。

劉後村跋云：乾淳間，林艾軒始好深湛之思，加鍛鍊之功，有經歲累月繕一章未就者。一傳爲網山林氏，名亦之，字學可；再傳爲樂軒陳氏，名藻，字元潔；三傳爲竹溪。詩比其師槁乾中含華滋，蕭散中藏嚴密，窘狹中見紆徐。

題馬和之覓句圖

先生隱几奴煨火，斜插疎枝破瓦尊。鶴夢未回更幾轉，吟成應是月黄昏。

明皇聽笛圖

壽王妃弄寧王笛，對面三郎背老伶。卻恨馬嵬西去路，無人吹出雨淋鈴。

題江貫道山水四言此畫匹絹作。石林、簡齋有詩跋。

遠山叢叢，遠樹濛濛。咫尺萬里，江行其中。短長何岸，高低何峰。彼坻彼峙，彼瀑彼洪。晴嵐乍豁，煙靄蔥蘢。或斷或屬，且淡且濃。爾崒奚寺，爾盤奚宮。或垣陰翳，或梁嵌空。有吠者厖，有樵者翁。危檣落碇，短棹掀篷。往來異趣，寂動殊容。羃翠其庭，豈非盧鴻。略彴而渡，豈非龜蒙。昔我經行，雲山萬重。若淮南北，與江西東。亦蓑而雨，亦帽而風。乃今追維，夢境相從。及此開卷，怳然昔同。誰居作者，造化論功。淹總其裔，熙成是宗。聲聞九陛，既召而終。謂彼樹白，貫道畫林木如算子，其身皆白。識其身窮。其然豈然，訊之天公。被名穹壤，疇曰不逢。

楊通老移居圖

憶昔移居詩，在集篇篇好。就中語奇絶，最是涉與島。誰歟作此圖，題以楊通老。行行四五人，長短各有荷。瓢者帽且髯，席者頭不裹。或牧而尚髫，或負而似跛。孟光衣頗寬，靈照袖亦拕。一兒解持箠，一兒纔翦鬌。處士獨跨驢，牛乃背其媪。彼羊驅於前，彼猫肩於左。琴二菰籃雙，生計亦甚夥。應嫌俗子知，必住深山可。低眉得何句，手卷豈其稿。若逢李十二，定復歌飯顆。薏苡或招讒，胡椒能惹禍。君子哉若人，萬物備於我。

和春谷用弓字見寄

奴去看魚笱，兒尋射鴨弓。養疴三徑裏，取友一溪中。日苦經簷短，天如罩野穹。過從人絶少，訪問愧村翁。

代懷安王林丞上楊安撫誠齋子。

止戈堂外戟森森，畫鼓無聲晝漏沈。好是風流賢太守，空齋一片讀書心。以上竹溪集。

韓伯修補。

伯修，字子長，霞浦人。紹定五年進士。

洪山

壁立東南第一峰，問知名道葛仙翁。丹砂竈逼雲頭近，玉井泉流海眼通。六字籀文天篆刻，數間洞室石嵥嶸。我來整屐層巔上，無數群山立下風。

梅花陂

休問桃源路，尋梅塹往還。梅花有知己，何必定湖山。福寧府志。

黄履翁補。

履翁，字吉甫，寧德人。紹定五年進士。

支提禪寺

福地由來此最幽，翠微深鎖碧山頭。參差梵閣雲常護，隱現神燈夜不收。面壁幾人曾入定，摩崖有客記同遊。從今悟道支提處，知是名高十二樓。寧德志。

林經德補。

經德，字伯大，侯官人。紹定五年進士。知邵武軍。

挽胡季昭

扶植綱常抗直聲，白頭不憚嶺南行。書云惟孝友兄弟，臣罪當誅王聖明。削籍投荒從寶慶，陟階錄後賴端平。朝家賜謚今方舉，凛凛孤忠死亦生。見象臺首末。

楊　諄補。

諄，字淳夫，霞浦人。紹定五年進士。官崇安令。

馬冠山

陳家宅廢桑畦暗，馬道冠亡羽觀空。惟有山南古程氏，雕簷一簇翠煙中。福寧府志。

劉煒叔補。

煒叔，莆田人。端平元年知吉州。嘉熙間福建市舶提舉。

上陳招使

天戈一指迅雷轟，涌雪公應記洗兵。伊洛風煙想如舊，江淮草木轉知名。爭先識面今裴度，孰與論心昔孔明。文水萬家惟擊壤，得無軍餉盡歸耕。截江綱。

鄭　寅

寅，字子敬，號肯亭，僑子，莆田人，一作仙遊人。端平中官左司郎中兼樞密院都承旨，出知漳州。蘭陔詩話云：肯亭博聞多識，與名賢真德秀、李燔、陳宓友善。燔嘗薦海内名士十二人，肯亭預焉。其所著通志考誤、通志大旨極稱淹貫，惜流傳已少，不可得見。

夾漈草堂

地隔一區石，山高兩漈深。弓旌已陳迹，泉石尚餘音。若不登兹境，何由見古心。遺編湮没久，思與共追尋。

案：仙遊縣志少末二句，題作南峰草堂。

陳　均補。

均，字平甫，號雲巖，莆田人，俊卿從孫。肄業太學，嘗輯宋編年舉要、備要二書。端平初有言于朝者，敕賜迪功郎，不受，卒。

九江聞雁

煙波渺渺夢悠悠，家在江南海盡頭。音信稀疎兄弟隔，一聲新雁九江秋。詩家鼎臠。

鶴林寺

知有楓林坐竹閒，每尋紆路試登山。虛簷忽見籠中鶴，似我愛閑身未閑。
竹遶高僧逢話處，花留仙者舊開枝。道身虛淡元無著，付與東風爛漫吹。鶴林寺志。

游九功補。

九功，字勉之，建陽人。用蔭補官，端平初仕至司農少卿、寶謨閣直學士。與兄九言自爲師友，講明理學，號受齋先生。謚「文清」。

絶句

煙翠松林碧玉灣，捲簾波影動清寒。住山未必知山好，卻是行人得細看。全芳備祖。

答黄叔暘

冥鴻倦雲飛，斂翼退遵渚。秋蟲感時至，自野來在宇。老我久合歸，溪山况延佇。俯此沙水清，面彼煙塵聚。壟斷既衝衝，瀾倒亦詡詡。豈無砥中立，而不改風雨。忽忻遠寄聲，秀句盈章吐。璀璨爛寒芒，晴空見冰柱。頗聞詞場筆，漫焉棄如土。黄粱枕上過，得之亦不處。獨行固不移，尤在審去取。詩家鼎臠。

吳叔告

叔告，字君謀，莆田人。端平二年賜進士第一。累官大理寺卿。丐外，以直寶章閣提舉浙西常平事。謚「文忠」。有秋畦集。

蘭陔詩話云：文忠性狷介，落落寡合，爲真西山、王曜軒二公所器重。歸田後築書樓于文光嶺，著述頗多。遺集元時已散失，其裔孫亦軒綴拾重鋟，今亦不傳。

哭真西山先生

恍惚精神對大廷，妬賢宰相别孫弘。便令身入翹材館，不忍重過下馬陵。

李丑父

丑父，字艮翁，莆田人。端平二年登進士第。官著作郎，權禮部郎官。請外，提舉湖南常平義倉。罷，予祠。有亭山集。

蘭陔詩話云：亭山少善屬文，爲方鐵庵、劉後村所器。國子博士鄭偘以私試策問師道。祭酒不悦，臺評及之。亭山送之以詩云：「諸生幸不笑韓愈，官長何因駡鄭虔。」一時傳誦。王伯厚極賞之。

城山國清塘

平田一水自瀠洄，滙入方塘亦壯哉。夏潦久收猶浩渺，壺山近看更崔嵬。刺船葑葽中邊去，喚月煙嵐外面來。見説艾軒詩句好，不逢墨蹟重徘徊。

潘　枋補。

枋，字庭堅，閩人。端平二年進士第三。歷太學正，通判潭州。有紫巖集。

齊東野語云：「庭堅，富沙人，初名公筠，後以詔歲乞靈南臺神，夢有人持方牛首與之，遂易名枋。理宗殿試第三人。跌宕不羈，爲福建帥司機宜文字日，醉騎黄犢，歌離騷于市。嘗約同舍置酒瀑泉。酒行令曰：『有能以瀑泉灌頂而吟不絶口者，衆拜之。』庭堅被酒豪甚，脱巾髽髻，裸立流泉之衝，高唱『濯纓』之章。衆謬爲驚歎，羅拜以爲不可及。歸即卧病而殂。庭堅年六七歲時，嘗和人詩云：『竹纔生便直，梅到死猶香。』識者知其不永。劉潛夫誌其墓云：『庭堅爲文，脱去筆墨蹊徑，秀拔精妙。結字有顔筋柳骨，小楷尤工。』廷試第三。策傳，京師紙貴。初，遠相擅國，諱聞綱常。端平親政，奮發獨斷，雪故王，收人望。乙未策士，庭堅對曰：『陛下手足之愛，生榮死哀，反不得視士庶人。宜厚東海之思，裂淮南之土，以致人和。』時對者數百人，庭堅語最直。」

澧　陵

一郭依稀隔渡頭，解鞍來倚店家樓。已攀桂樹吟招隱，因看梅花賦遠游。市上俚音多楚語，橋邊碧色是湘流。江南鄉國三千里，目送羈鴻起暮愁。後村千家詩。

落梅

一夜風吹恐不禁，曉來零落已鬖鬖。忍看病鶴和苔啄，空遺飢蜂繞竹尋。稚子躊躕看不掃，老夫索寞坐微吟。窗前最是關情處，拾片殷勤在掌心。夢粱錄。

英烈夫人廟

淮海艷姬毛惜惜，蛾眉有此萬人英。恨無匕首學秦女，向使裹頭真杲卿。玉骨花顏城下土，冰魂雪魄史間名。古今無限腰金者，歌舞筵中過一生。

高郵州志云：毛惜惜，郵之官妓也。端平二年榮全據城叛，召惜惜佐酒，不屈，駡賊死。詔封英烈夫人，賜廟。潘昉有詩。

曹娥江

一川紅日漲晴波，黃絹碑漫閉碧蘿。不止但爭三十里，曹瞞元不識曹娥。娥江題詠。

陳容補。

容，字公儲，自號所翁，福唐人。端平二年進士。倅臨江，入爲國子監主簿，出守莆田。

圖繪寶鑑云：所翁詩文豪壯，善畫龍，得變化之意。潑墨成雲，噀水成霧。醉餘大呼，脱巾濡墨，信手塗抹，然後以筆成之。或一臂、一首，隱約不可名狀。曾不經意，皆得神妙。

題浯溪中興頌

銀旗金甲渡巴西，靈武城樓已萬幾。一札祇聞元帥命，五牋合待使臣歸。未聞請表更追表，且看黄衣换紫衣。天性非由人僞滅，何緣尚父結張妃。六等勝如誅獨柳，二張縱活亦何顔。太師死後猶書法，水部刑章托頌閒。最憶海青投樂器，絶憐甄濟隱青山。中興碑下姦臣懼，天道何嘗不好還。隨隱漫録。

莊師熊補。

師熊，字次公，號梅莊，寧德人。端平二年進士。官撫州樂安丞。

金鰲橋

白鶴峰前放棹輕，金鰲背上駕樓成。舟移遠浦隨潮落，帷捲輕風看月生。他日懷人如在峴，今朝飲客且登瀛。幸陪讌笑闌干曲，醉後不知杯幾行。寧德志。

劉卞補。

卞，字清叔，寧化人。端平二年進士。歷會昌尉，知瑞金縣，築城建學，以平洞寇功改京秩，終奉議郎。

句

木圍三寺影，川合兩江波。輿地紀勝。

鄭士懿補。

士懿，字從之，號定齋，寧德人。端平二年進士。累官始興教授，通判婺州，太學博士，知武岡軍。著有定齋集。

超覽亭

幾年江海客，復此與筵賓。地勝山川别，天晴草樹新。高歌千佛駭，一笑萬家春。珍重梁間扁，時時爲掃塵。寧德志。

嚴嘉謀補。

嘉謀，福建人。端平二年進士。

贈醫者川郭

川郭顛强甚，平生挾術遊。老猶攜侍女，貧不諂公侯。用藥多投病，酬錢或掉頭。金陵官酒貴，應典舊貂裘。截江網。

朱復之補。

復之，字幾仲，號湛盧，建安人。端平中充北使，展謁八陵。

別湯伯紀

停雲思何長，伐木夢苦短。飄搖乘風來，倏忽摶沙散。匪今我獨黯，自昔客屢歎。之子曷云戾，微陽逼候炭。因山對綠景，汲井共清盥。玉露泚金莖，水泉流藻翰。方忻桂芳襲，未覺枳栖遠。仰天鏡其團，一弛弓向半。書堂渴吾伊，佇立了瑟僩。子如飛鴻漸，我如禁門鍵。天寒柳無枝，指直不得挽。歸來翫題墨，寂寂眯雙眼。

夜飲羅懷叟三杯，屬余剛制共讀孟郊詩

建子初寒月，篝燈對語時。獨醒蘇客酒，細詠孟生詩。蠹老無新卷，烏驚有夜枝。白雲路不遠，明日肯重來。

太平寺塵外閒題

高樹青圓不見天，小風微動竹梢偏。衣涵空翠元無雨，庭闃餘聲獨有蟬。老去此心無所住，向來我見不須先。狂吟但過寒山子，薦得騰騰一味禪。以上江湖後集。

楓

鳳山高兮上有楓，青女染葉猩血紅。莫辭老紅嫁西風，一夜憔悴成頽翁。全芳備祖。

句

忽聽夏禽三五弄，新紅突過石榴枝。初夏。

紅蕖老去羞明鏡，推讓朱榮上蓼梢。秋日。後村詩話。

方審權

審權，字立之，莆田人。端平中布衣。有聽蛙集。

蘭陔詩話云：立之高隱山中，足不履城府，以吟咏自樂。與王邁、劉克莊相酬和。集已不傳。

挽德潤

力挽端平疏，追還元祐風。祗今名未正，自古直難容。去國身如葉，憂時鬢易蓬。轉輸煩計使，鎮撫仗元戎。化寓文章内，人游禮樂中。五年懷赤子，一念契蒼穹。寵僅優奎閣，言猶簡帝聰。頓忘前席召，虚抱死疆衷。預決同師魯，先知即了翁。至誠存素履，定力見臨終。族鄙哲人逝，朝家善類空。我爲天下哭，非但哭吾宗。

林興宗補。

興宗，字景復，莆田人。官曲江守。

句

最是北來詩料少，地寒難得見梅花。

形容變盡頭如雪，不改當頭一寸心。

梅礀詩話云：宋嘉定、寶紹間，叛將李全駐兵淮東之山陽，驕悍難制，戕許國，逐姚翀，殺命士苟夢玉、杜耒。士大夫視山陽不啻如蛇鄉虎落。時莆人林興宗景復，授法曹以往，時論壯之。安晚鄭公在瑣闥餞行，有詩云：「淮海轅門立奇士，要看左袒爲劉時。」蓋勉其盡節也。景復到任後，改淮安令。辛卯春，全破通、泰，犯揚州，爲王師掩擊，殪城下。其妻楊姑姑懼朝廷必討，遂掃衆盡俘，執南官北去。景復覊囚山東凡十年，挺節無所汙，安晚餞詩可無負矣。信菴趙公遣問物色，捐金資得之以反，縣國印與告身俱存。趙公奏乞旌擢，以勸盡節者。朝廷錄用，官至曲江守。景復北地詩云云，江湖間多稱之。

鄭玠

玠，字君瑞，莆田人。嘉熙二年登進士第。官漳州判官。

過城南梅庵追憶湖守宋使君叔晦

重過梅庵不記春，花殘樹老緑陰成。開元宰相腸應斷，楚國騷人魄尚清。古屋參差疎影動，水池深淺宿枝横。主人祇在雲深處，弄月吟風取次行。

馮夢得補。

夢得，字初心，南劍州人。嘉熙二年進士。任給事中，敢死諫，不避斧鉞。累官禮部尚書，卒贈太師。

憶鄉歌四首

儂是劍南人，慣識故鄉好。緑葉接紅花，輝映綏安道。

炎夏天頗熱，儂門對溪住。摇蕩採蓮舟，深處疑風露。

塞上秋始肅，野草葉葉黄。儂家有菊花，灼灼不憂霜。

塞北寒氣逼，對火擁氍毹。猶憶儂家裏，蓬頭兩夾襦。南平縣志。

常　挺補。

挺，字方叔，號東軒，連江人。嘉熙二年進士。官至參知政事。

賀東道

隆暑赫炎羲，門弧慶左垂。東君來出世，西斗降臨時。二子麒麟種，三孫鸑鷟兒。稱觴門下士，願祝壽期頤。截江綱。

繆　烈補。

烈，福安人。嘉熙戊戌進士。

獅子巖

幽巖蕭颯商飈起，一天灝氣涼如水。金井梧飛蘭谷芳，長江浪冷蓴魚美。雁字半側銀鈎欹，雲光淨掃光陸離。桂花巖下香滿枝，隨意催送到書帷。碧潭煙斂琉璃滑，素娥乘鸞下天闕。清暉深射水晶宮，虛明澄澈蛟龍窟。上下天光一鏡浮，冰輪碾破一天秋。今來古往事悠悠，月自升沈水自流。福安縣志。

翁合補。

合，字叔備，號南山，崇安人。嘉熙進士。咸淳中知贛州，兼江西提刑。歷官中外有聲，終侍講。有丹山集。

贈冲祐觀江羽人

武夷奇絶處，水碧更山丹。觀闢南唐趾，祠仍西漢壇。山禽酣午夢，野菜健晨餐。道士江冲一，新詩有集刊。武夷山志。

閩詩録　丙集卷十五

侯官　鄭　杰原輯
陳　衍補訂

陳武子補。

武子，字日文，長樂人。淳祐元年特奏名。

垂虹亭

行樂江亭上，情彌天壤間。舟議王訪雪，妓鄙謝登山。佳致輸公擅，清歡愧爾慳。賓僚陪宴笑，興盡莫輕還。吳都文粹續集。

吳勢卿補。

勢卿，字安道，號雨岩，建安人。淳祐元年進士。寶祐中知處州，景定三年入爲浙西轉運使，贊成賈似道行公田。

詠后山鎮水月奇觀閣

厭逐京華輦路塵，歸來傑閣敞虛明。斜陽兩岸暮山紫，明月一天秋水橫。芳草盡頭黄犢樂，蘆花深處白鷗聲。是中不仗詩摹寫，一片丹青可得成。

呈徐知院題意一堂

幾載辛勤有此堂，芝峰直面麗譙旁。千章山木朝煙合，百尺樓陰夜月涼。物我本於仁上一，居諸偏向靜中長。衰年燭武知何用，空有憂時兩鬢霜。

謝　逵補。

逵，字叔達，邵武人。淳祐元年知静江府。

淳祐甲辰三月中澣奉詔經略，同客張景東、馮雲從，男公闡、公闓游乳洞紀事

尋幽天氣得晴酣，小小籃輿勝繡鞍。洞以乳名雲液湧，泉紆石出水晶寒。山容染翠開油

幕，竹韻鳴竽立玉竿。孰謂地靈鍾秀異，美哉風物見興安。廣西通志。

盧鉞補。

鉞，字威仲，永福人。淳祐四年進士。官太學博士，咸淳中以顯謨閣學士知隆興府，官至侍郎。

吴興舟中

笠澤高風寒凜凜，苕溪凝雪白皚皚。扁舟我獨乘歸興，自是不因安道來。後村千家詩。

陳合補。

合，字維善，長樂人。淳祐四年進士。官知樞密院，終資政殿學士。謚「文惠」。

題陳經國龜峰詞後

西晉風流自一家，憶君魂夢到梅花。梅花深處無人迹，明月一枝霜外斜。龜峰詞有「所齋諸兄爲之跋，安用復著贊語，漫書癸卯冬所作懷舊一絶繫于後。陳合維善。」龜峰詞。

陳鑒之 補。

鑒之，字剛父。初名璟，閩縣人。淳祐七年進士。有東齋小集。

宋百家詩存小傳云：嘉定時游京師，與倪守齋善。守齋官新安，鑒之偕焉。喜雨歌、玉湖書院諸詩，俱爲守齋而作也。陳宗之懷寄詩，有「魚甘賓席煖，風送客帆遲」之句，在新安故云。

東齋小集一卷，古詩排奡中具停蓄之勢。律詩亦深穩有致，如探梅云：「彎彎竹逕霏霏雪，小小溪橋澹澹雲。」王阮亭嘗評之，謂此一聯能寫梅之神，可與林逋「暗香、疎影」句並傳。

再到京口

問訊金焦無恙否，雙龕依舊據寒流。塔邊浪戰嵌巖石，木末雲扶縹緲樓。楓葉蓼花新醉雨，山容客鬢兩添秋。海天一鏡舟如豆，忘卻塵緇季子裘。

送鄭嚴州

父老迎使君，舟櫂桐江波。那知使君心，一片煙雨蓑。杖藜對客星，清風雙嵯峨。沙鷗公故人，應爲小婆娑。嚴山少平田，嚴俗稀惰民。書生坐黃堂，肯詑硎刃新。定以清淨化，坐嘯物自春。綠野人荷鉏，使君聊岸巾。

秋晚

瘦盡芙蓉菊又殘，客游懷抱更登山。秋光老矣歸何處，只在愁人雙鬢閒。

京口江閣和友人韻

良辰仍我輩，斗酒大江邊。小閣納萬里，一帆來九天。世塵黄鵠外，詩興白鷗前。地勝吾衰矣，長懷李謫仙。

探梅

驢蹇颼寒獵帽裙，吟肩山聳酒微醺。彎彎竹徑霏霏雪，小小溪橋澹澹雲。忽邂逅時真得侶，向空濛處細飄芬。回天力量知誰似，笑挽春來首策勳。

同潘孔時飲愢宜園。孔時出寶晉數帖，呼道人吹簫，次日有詩。予用韻答之

六橋秋新宜醉吟，舉杯共聽巖鶴音。危亭三面立老竹，寶晉數帖清人心。涼蟬不敢喧夕

嘌，洞簫聲繞山腰雲。搖搖歸艇水紋裂，山紫天青河漢白。想君獨立對空濶，一鷺毛寒藕花月。

喜雨歌

良田正要雨肥綠，火傘張空驅日轂。枝頭忽作少女風，轉眼排檐萬銀竹。爲新安民殊可憐，插空亂巘無多田。雨纔終日水半壁，方晴又望霓横天。是邦若要宜稼穡，婦似嬰兒調乳食。祇今田甫渴甘澍，賢侯憂民見顔色。鼓聲坎坎神來臨，不歆牲酒歆侯心。土神汪王甚靈，使君禱之即雨。睡龍蘇醒聽約束，拏攫雲霧層崖陰。澗泉將涸兮亂流，嘉穎欲槁兮光浮。田翁戴笠兒跨牛，欣欣相對歌賢侯。爭言一雨神所賜，非侯何以蒙神休。天惠賢侯福吾土，長是五日一風兮十日一雨。

陪守齋至玉湖書院作

天垂大溪碧，近樹齊遠山。水氣涵野色，縹緲亭數間。憶昔文節公，孤標凛群奸。飄然兩屐齒，雲巖遍躋攀。此地足佳致，差不遠市闤。壽峰顧而喜，壽峰，文節次子。築室娱親顔。吴興富臺榭，往往擕歌鬟。公獨抱書來，小舟破潺湲。花澹水紋麗，鳥啼人意閑。

讀易發妙藴，不惟評馬班。公有易訓、馬班異辭。著述五百卷，星芒照人寰。天街幾繡鞍，蹀躞趨豹關。何來砥柱立，一老菰蒲灣。守齋領客游，守齋，文節第四子，今右曹郎中。秋風韻枯菅。我誦壁間文，徒倚蘚石斑。德人不可見，月白漁舟還。

過吴江

垂虹四年别，淼淼來夢境。今晨整芒履，柳風吹鬠影。春光徹重淵，蛟困緑波静。遠帆有無處，小立爲徐領。浩歌翁自得，白髮亂垂頸。一室世誰知，三萬六千頃。平生卜鄰意，此際味差永。翁肯平分歟，吾其辦漁艇。以上東齋小集。

方蒙仲

蒙仲，原名澄孫，以字行，號烏山，莆田人。淳祐七年登進士第。歷官知邵武軍，入爲秘書丞。有絅錦集。

信筆

筆牀茶灶答蛩吟，搖落秋風萬里心。白髮蕭蕭酒初醒，一龕燈火四更深。

熙春山 補。

山占樵城最上頭，眼前歷歷記曾游。古來不少二千石，海内今誰第一流。小隊未妨需隙暇，大書已覺振巖幽。於今幸際豐登日，滿泛松觥賸句酬。邵武府志。

袁立儒 補。

立儒，號溪翁，建安人。淳祐中提點兩浙刑獄。

題駙馬都尉王晉卿所作夢游瀛山圖

珍木文禽玉佩環，清都絳闕色琅玕。香山居士蓬萊院，借與王郎夢裏看。清河書畫舫。

陳應斗 補。

應斗，閩清人。淳祐七年進士。景定間潮州通判。

藥　市

肘後應難一一傳，多將靈藥種仙山。仙禽擣就仙翁賣，挑杖懸壺走世間。羅浮山志。

章孝參補。

孝參，字魯士，古田人。淳祐七年進士。官德慶教授。

題彌勒院

橋通流水緑溶溶，殿閣穹然鎮象龍。半壁石橋通雪竇，一龕麗室占雷峰。挂巖屋似六和塔，入路門如九里松。遥想空庭明月夜，浮屠桂樹影重重。福州府志。

陳必復補。

必復，字无咎，號葯房，閩人。淳祐十年進士。

宋百家詩存小傳云：嘉定時卜居封禺山中，結屋數椽，題曰葯房吟所。有山居存稿，俱五七言律詩，自爲序云：「余愛晚唐諸子，其詩清深閒雅，如幽人野士，冲澹自賞，要皆自成一家。及讀少陵集」，然後知晚唐諸子之詩盡在是矣。所謂詩之集大成者也。」今讀其詩，格調工穩，饒有清蒼之色，咄咄逼人，要是規仿老杜而能得其一體者。

領客游聞人氏省庵園

半夜雨方住，一春晴不常。倚欄聽鳥語，開户納花香。庭暮竹陰淨，池風水氣涼。幾番吟未穩，步月細平章。

游前谿西庵

爲愛僧居雅，時來扣野扉。沼清魚可數，軒静客忘歸。修竹負牆立，幽禽背水飛。道人差不俗，洗耳聽絃徽。

贈張駉自號牧隱

乍見語相合，苦吟心更親。老於琴得趣，隱與牧爲鄰。一夜檐花雨，十年江樹春。所交半湖海，恨晚識斯人。

東野故居

先生高隱處，遺迹尚堪尋。出郭祇疑近，入村還覺深。秋光澹平野，暝色帶遥岑。幾度祠邊過，詩成不敢吟。

和客用前韻

麥春翻蝶夢，花露溼蜂窠。水潤浪痕貼，雨晴雲氣高。酒功書下下，詩料辦多多。擬喚三高起，豪吟些楚騷。

山居

接砌斜通徑，緣籬矮結牆。地卑蝸篆屋，山暖蜜分房。過雨林亭靜，落花春晝長。幽居差省事，猶有課詩忙。以上山居存稿。

林尚仁補。

尚仁，字潤叟，長樂人。有端隱吟稿。

陳必復序云：林君詩專以姚合、賈島爲法，而精妥深潤則過之。宋百家詩存小傳云：家貧，刻苦攻詩，每有所作，微不合意輒裂去。卜居半村半郭閒，手自種竹，題曰「竹所」，吟嘯其中，自號端隱，以示終於遯迹之意。吟稿一卷，淳祐辛亥陳必復爲序，又贈詩云：「谿邊著吟屋，亦足老生涯。洗硯渾池水，敲棋落案花。客來多載酒，童去自煎茶。愛爾丰標異，逢人滿口誇。」其高雅之致，可在林逋、魏野閒别置一席。

和陳葯房納涼

貪涼分石坐，野服岸巾紗。竹暗鳴風葉，溪喧聚水花。深村人語靜，高樹鳥飛斜。不飲論文酒，敲棊煮夜茶。

北山林僉藥房、陳必復偕張牧隱暮春晦日載酒相過，席上以手揮素絃爲韻，得絃字

春詩敲未穩，一醉傍琴眠。吟客相過日，飛花欲盡天。竹陰池水暗，樹色島雲連。幽鳥可人意，數聲清似絃。

山居

帝城花錦地，讓與市人居。萬事不到耳，一貧唯讀書。掃牀留月宿，種藥帶雲鉏。未晚多先醉，爲官恐不如。

種竹方成，友人以詩至，用其韻

屋老苔荒席久虚，近分一榻與雲俱。梅花未種遭蜂怨，竹所雖清欠鶴呼。無事看山如對客，有時隱几亦忘吾。過門除卻能吟者，不是高僧即老儒。以上端隱吟稿。

張　鎮補。

鎮，字重甫，三山人。淳祐壬子進士。宗學博士，秘書丞，擢考功郎中，知興化軍。

遊鼓山

籠翎圈裏著禪關，頂有奇峰磴可攀。上下乾坤大千界，東西陸海兩三山。臨滄霧向風前解，喝水泉因雨後潺。一宿迷歸山莫哂，小窗經日對孱顔。福建通志。

劉燧叔補。

燧叔，字用齋，莆田人，文肅公槼子。淳祐中知連州，官至朝奉大夫。

淳祐壬寅中秋後攜家重游大雲洞，因紀于石

試攜杖履作山行，一夜秋風桂子生。犀曳千章稠黛綠，鵝兼萬點簇雲英。長哦賓客珠璣句，敬仰濂溪日月名。我亦黃塵吹鬢者，頻來心迹覺雙清。廣東通志。

危昭德補。

昭德，字子恭，邵武軍人。寶祐元年進士。歷官起居舍人、殿中侍御史，權工部侍郎。有春山集。

春晚

晴天楊柳絲千緒，淡月梨花玉一庭。又是東風去時節，數聲啼鳥不堪聽。後村千家詩。

黄巖孫補。

巖孫，字景傳，泉州人。寶祐二年迪功郎、仙游尉。纂仙谿志。秩滿，改朝陽教授。

鳴峰巖

卓道當年愛此峰，直於頂上駐禪筇。巖深疑有仙人宅，地僻全無俗客蹤。鏬石引泉圍古屋，斷煙拖露滴寒松。夜來冷枕蒲團睡，夢破一聲殘月鐘。仙游縣志。

鄭會龍補。

會龍，連江人。寶祐四年進士。

蔣詩翁故居

詩翁仙去舊壇荒，雲滿空山花自香。老盡游人春不問，杜鵑聲裏幾斜陽。廣西通志。

王　洧補。

洧，號仙麓，閩人。曾爲浙帥參。

寶祐丙辰，余奉漕檄經從，得識九鎖山面目。咸淳乙丑歲除前五日，以帥檄，遵奉朝旨，四縣疏決，回塗重游。時積雪初霽，瓊瑤境界，恍非人世。得七言一章，錄呈菊巖龔先生

九瑣山寒玉作圍，紅塵世事可曾知。峰迴似覺前無路，身到因思舊有詩。雲掩巖扉龍蟄冷，月明華表鶴歸遲。梅花笑我真迂濶，踏雪重游臘盡時。洞霄詩集。

吴明老補。

明老，建陽人。

小園解後錄云：明老剛介有志操，詩文雖不純，意趣亦殊可采。

偶　成

西風颯颯動長林，斗酒沽來伴月斟。慷慨未應憂短褐，悲歌元不爲秋砧。誰云塞馬年年

健，自是君門浩浩深。世祖丰神似高帝，楚囚珍重莫霑襟。詩人玉屑。

黄今是

今是，字時之，號終晦，莆田人。景定中徵授開封教授，咸淳初召爲直講官，除知制誥，太子正字。致仕。

蘭陔詩話云：終晦見時事日非，退築招隱亭，自稱「漁父」。文文山過莆訪之，贈詩云：「釣魚船上聽吹笛，煨芋爐頭看下棋。賸有晚愁歸別浦，已無春夢到端闈。去年尚憶桃紅處，好景重逢橘緑時。珍重山人招隱意，猿啼鶴嘯白雲飛。」及宋亡，盡焚其生平著作，鬱鬱而卒。惟漁父詞數首爲人所傳誦，得存。

漁父詞二首

青煙何處淡孤洲，有客經年業一鈎。芳草渡頭新貰酒，碧雲天際已歸舟。

簑衣箬笠更無華，蓼岸蘋洲亦有家。風雨滿天愁不動，隔江猶唱後庭花。

陳　羽補。

羽，沙縣人。景定三年特奏名。

宿淮陰縣作

秋燈點點淮陰市，楚客連檣宿淮水。夜深風起魚鼈腥，韓信祠堂月明裏。方輿勝覽。

真山民

山民，浦城人，西山孫。景定間隱士。有山民集。

曹能始云：張伯子服公之才節，謂「宋末復一淵明」也。

案宋詩鈔小傳云：真山民不傳名字，自呼「山民」云。李生喬歎以爲「不愧迺祖文忠西山」，以是知其姓真矣。

閩中錄云：山民所至多題咏，皆探幽賞勝之作，未嘗有江湖酬應語。厲太鴻宋詩紀事引或云「名桂芳，括蒼人，宋末進士」，非也。

幽居雜興

松桂小菟裘，山扉幽更幽。蜂王衙早晚，燕子社春秋。鬢禿難遮老，心寬不貯愁。年來把鋤手，無復揖公侯。

光霽閣晚望

一閣納萬象，危欄俯渺茫。白沙難認月，黄葉易爲霜。宿鳥投煙嶼，歸樵趁野航。孤吟誰是伴，漁笛起滄浪。

興福寺

爲厭市喧雜，攜詩來此吟。鳥聲山路静，花影寺門深。樓閣莊嚴界，池塘清淨心。松風亦好事，送客出前林。

曉行山間

出門誰是伴，只約瘦籐行。一二里山徑，兩三聲曉鶯。亂峰相出没，初日乍陰晴。僧舍在何許，隔林鐘磬清。

春　感

春光元自好，我卻爲春愁。但見柳青眼，不如人白頭。一身浮似寄，百歲去如流。賴有芳樽在，花前日醉游。

春曉園中

綠陰留我立，清曉小闌東。林外一鳩雨，柳邊雙燕風。吟懷愁渺渺，春事去匆匆。莫恨芳菲盡，葵榴花又紅。

宋道士同游白雲關

扶攜方外友，來入白雲關。八九峰如畫，兩三人倚欄。棋聲敲竹外，簾影落花間。一曲瑤琴罷，翠陰生晝寒。

泊舟嚴灘

天色微茫入暝鐘，嚴陵灘上繫孤篷。水禽與我共明月，蘆葉同誰吟晚風。隔浦人家漁火外，滿江愁思笛聲中。雲開休望飛鴻影，身即天涯一斷鴻。

春曉山行

風掃連陰作快晴，瘦筇伴我出山扃。路從初日雲邊過，人在野花香裏行。古水殊無趨世態，幽禽懶作弄春聲。棕鞋踏遍山南北，只與白雲相送迎。

幽興

不賦千鍾賦一簞，天公有意養癡頑。書猶能看未曾老，詩亦莫吟方是閑。寬著庭除貪貯月，少栽竹樹要觀山。空階兩日無行迹，又上苔花幾點斑。

年少游春

錦袍朱帶玉花驄，著意追歡紫陌東。只道春風屬楊柳，不知楊柳有秋風。

三月晦日

九十風光能有幾，東風遽作遠行人。尊前莫惜今朝醉，明日鶯聲不是春。

九　日

懶把黄花插滿頭，正緣老大見花羞。年來頗恨儒冠悮，好倩西風吹去休。

醉餘再賦

堪嘆詩翁酒興豪，醉餘猶復一登高。西風抵死相搖撼，爭奈儒冠裹得牢。

山間早春

小桃枝上認年華，隨分紅開一兩花。將謂東風只城市，也吹春色到山家。案：以上山民集。

翁　泳補。

泳，字永叔，號思齋，建陽人。受業於蔡節齋。景定中上元縣尉，兼明道書院山長。

乙未秋登城北樓

脚底江南第一州，臺城北上小淹留。難忘故國千年恨，不盡長江萬古流。目斷中原誰擊楫，秋來多雨獨登樓。舉頭忽見長安日，一醉能消太白愁。

陪周溪園登賞心亭

建業城樓四面窗，賞心勝處冠南邦。石頭西峙雲藏寺，水面南浮月滿江。故國秋深人自老，新河夜遁虜誰降。高人登眺同懷古，忽有飛來白鷺雙。景定建康志。

徐　幾補。

幾，字子與，號進齋，崇安人。嘗與詹琦築静可書堂於武夷。景定間薦以布衣召對，詔補迪功郎，遷建寧府教授，兼典建安書院。撰經義以訓多士，稱曰進齋先生。度宗即位，授崇正殿説書。

靈巖一線天

石上煙消綠蘚班，幾人車馬此盤桓。誰知一線通天處，照見人心萬古寒。武夷山志。

詹　復補。

復，字仁仲，崇安人。景定間登第。知金華縣，因母憚遠涉，遂致仕。

小桃源

遠尋瑤草到仙家，衝破雲間一片霞。道士不知興廢事，又來溪上種桃花。武夷山志。

李　賈補。

賈，字友山，號月洲，光澤人。與嚴滄浪、戴復古唱和。

題式之詩卷後

矯首天地間，淒其望終古。前輩久零落，斯文日榛莽。戴君天台秀，忽向南方來。老氣橫九州，胸次何崔嵬。藻□晚更奇，崩騰豁高趣。疑是赤城霞，飄飄墮章句。白首一孤劍，誰人薦子虛。有時杯酒間，高論傾淮湖。既有四海名，何慚萬鍾樂。君看榮與賤，千載俱溟漠。石屏詩集附錄。

楊　梓補。

梓，長溪人。迪功郎悦堂先生楫之父。見後村集。

句

擊甌樓在碧江隈，樓下江聲寂寞迴。輿地紀勝。

劉　翼補。

翼，字蹥父，福唐人。有心游摘稿。

林鬳齋序云：蹥父與予同事樂軒先生，鄙夷場屋之技，獨力于詩。晚而傲世自樂，盡去繩墨法度，自爲樂軒一家之言。如娑羅林中最後説法，六師諸魔聞者益懼矣。

伯言見和拙作，以漢隸書之，謝以七韻

李潮善八分，求歌杜陵叟。有人和我詩，半紙餘科斗。風雲生其懷，劒戟出其手。石經中郎蔡，新様元和柳。元常文不傳，退之書何有。待我農隙時，載筆隨君後。袖手眼亦明，聊與之飲酒。

山寺聽雨

問道論詩也一宗，燒柴煨芋佛家風。要知真樂人間少，聽雨空山破寺中。以上心游摘稿。

方景絢補。

景絢，字武子，莆陽人。擢第，終于郡掾。

題壁

明月照齊州，玉龍棲欲起。壯士腸夜迴，寒衾潑秋水。劉後村題跋。

張仲節補。

仲節，建安人。有玉澗稿。

句

蝴蜨似知春夢熟，穿花飛度畫屏東。閨思。後村題跋。

鄭　震補。

震，更名起，字叔起，號菊山，連江人。所南翁，其子也。有倦游稿、清雋集。

餘杭道上

五年茲路上，頻往又頻還。歲月孤松老，風霜苦竹斑。溪流天目水，雲出洞霄山。馬上因閑眺，蜉蝣宇宙間。

歸　去

歸去豈不好，平田帶淺林。春猿鳴雪澗，晴日轉雲岑。世久無鳴犢，時當學展禽。吾生今老矣，梁甫豈能吟。

林桂龍補。

桂龍，三山人。

丁大全謫嶺外溺死

一柂中流欠把持，偏輕偏重失便宜。孤舟不是無人渡，身作風波問阿誰。移溪實壑誤明君，驚動沿江十萬軍。幸事不沈湘水死，有何面目見靈均。

稚子如何濟急流，一篙才錯便難收。當初把作尋常看，豈料中流解覆舟。浩然齋雅談云：丁大全丞相謫嶺外，至藤州溺死。三山林桂龍以詩嘲之云云。

陳以莊補。

以莊，字敬叟，號月溪，建安人。

劉後村跋云：敬叟才氣清拔，力量宏放，穀城黄子厚之甥也，故其詩酷似云。

春　興

輕衫短帽久塵埃，零落香篝媿麝煤。春半工夫花繡了，社邊消息燕銜來。豈無綠野供千騎，幸有黄封可一杯。明日清明能出否，憑誰先爲掃莓苔。詩林萬選。

黄　珩補。

珩，閩人。

和劉後村梅花絶句

豐鐘初散曉雲遮，我欲伸冤玉帝家。青女一身都是膽，年年隨下月偷花。

一雙白鶴騎焉往，十萬青蚨散即休。吟透何郎早春句，輸他占射得揚州。

句

真色果無描寫法，漢人枉自殺毛公。以上大全集。

魏慶之補。

慶之，字醇父，號菊莊，建安人。與玉林黄昇友善。有詩人玉屑。

過玉林

一步離家是出塵，幾重山色幾重雲。沙溪清淺橋邊路，折得梅花又見君。梅磵詩話。

余謙一

謙一，字子同，莆田人。咸淳元年登進士第。官國子博士，知化州。有文安家集。

挽陳郡倅用虎妻朱安人忠肅弟婦。

闔郡無男子，夫人可奈何。平生羞蔡琰，一死伴嫦娥。門盍來旌別，鄰應輟杵歌。潘郎家國恨，怪得鬢絲多。

城山國清塘

湖光山色酒杯中，此會那知一笑同。風暖空巖落松子，雨晴新漲没鳧翁。隔林村落微茫見，一徑禪房曲折通。老艾當年題品處，斜陽無語想高風。莆田縣志。

黄公紹補。

公紹，字直翁，邵武人。咸淳元年進士。隱居樵溪。有在軒集。

競渡櫂歌

望湖天，望湖天，緑楊深處鼓鼘鼘。好是年年三二月，湖邊日月看划船。

鬬輕橈，鬬輕橈，雪中花卷櫂聲摇。天與玻璃三萬頃，盡教看得幾吳舠。

櫂如飛，櫂如飛，水中萬鼓起潛螭。最是玉蓮堂上好，躍來奪錦看吳兒。建雲斿，建雲斿，土風到處總相猶。朝了霍山朝岳帝，十分打扮是杭州。蹋青青，蹋青青，西泠橋畔草連汀。撲得龍船兒一對，畫欄倚偏看游人。在軒集。

夢粱録云：二月初八日，錢塘門外霍山路有神，曰祠山真君。誕聖之辰，其日龍舟六隻戲于湖中。其舟俱裝十太尉、七聖、二郎神、神鬼、快行、錦體浪子、黄胖，雜以鮮色旗傘、花籃、鬧竿、鼓吹之類，其餘皆簪大花，捲腳帽子，紅綠戲衫，執棹行舟。帥守出城，往一清堂彈壓。令立標竿于湖中，挂錦綵、銀椀、官楮。有一小節級披黄衫，頂青巾，戴大花，插孔雀尾，乘小舟抵湖堂，横節杖，聲喏，取指揮。以舟回朝諸龍舟，小綵旗招之。俱鳴鑼擊鼓，分兩勢，划棹旋轉，遠列成行。再以旗招之，龍舟並進者二。又以旗招之，其龍舟遠列成行，而先進者得捷。取標賞，聲喏而退。餘者以錢酒支犒也。

阮秀實補。

秀實，號梅峰，興化軍人。早見知于趙昌甫，僑居吳門。遊賈秋壑之門最久，號「阮怪」。咸淳初攝蕪湖茶局。

景靈宫恭謝駕回，丞相以下皆簪花

宫花密映帽簷新，誤蝪疑蜂逐去塵。自是近臣偏得賜，繡鞍扶上不勝春。隨隱漫録。

洪德章

德章，字巖虎，號吾圃，莆田人。咸淳三年貢進士。授興化教授。有軒渠集。

蘭陔詩話云：吾圃與子汝質並能詩，俱司教本郡。汝質有名阿琦詩云：「我之先君子，琦也爲大父。丁卯鄉貢郎，名字登天府。」又傅氏館中觀咸淳丁卯榜帖詩云：「韓歐榜帖家聲舊，孔孟詩書教思新。」而郡志不載其父子名，足見缺略者多矣。

希文枕邊談詩，謂律詩易工。夢中與之辯詩，以折其非。既覺，忘數字，因足成之

七步成詩語近諧，壇荒李杜乏奇才。僧敲未敢一言定，鳥過曾安幾字來。

陳文龍

文龍，字志忠，一字君賁，興化軍人。咸淳四年廷對第一。累遷參知政事，乞歸養。益王立于福州，復拜參知政事，充閩廣宣撫使，即興化軍開閫。元兵攻城，通判曹澄孫降，俘至杭，餓死。訃聞行朝，謚「忠肅」。

案三柳軒雜識云：德祐末，歸守本州。北兵入閩，不屈，生縛之至杭，病卒于杭之猫兒橋巷。初文龍入太學，累試不利。太學守土之神，岳侯也。一夕夢神請交代，意必老死于太學，常悒悒不樂。

既而赴廷對第一，仕宦日顯，前夢不復記矣。及守鄉州，又夢神通書，閱書前面曰交代，後書年月至元，心甚愕之。未幾國亡，城陷家殘，身俘至杭，幽于太學之側。蘭陔詩話云：公被俘北去，即不飲食，拘于太學，其夕卒，葬知果寺旁。墓即生竹，竹皆有刺，人謂公爲武穆後身。岳墓樹不北枝，公墓竹盡生刺，如出二節。今游西湖者必謁岳墓，而公墓鮮有知者。黄忠裕岳墳詩云：「猶有孤臣埋骨地，淡煙荒草没荒村。」爲公發也。

元兵俘至合沙，詩寄仲子

斗壘孤危勢不支，書生守志定難移。自經溝瀆非吾事，臣死封疆是此時。須信纍囚堪釁鼓，未聞烈士樹降旗。一門百指淪胥盡，唯有丹衷天地知。興化府志。

方公權

公權，字道立，蒙仲子，莆田人。咸淳四年登進士第。官太常典籍。有石岩存稿。

城山拜林艾軒

履齋早歲及朱門，末後通家得艾軒。德義遠從王父父，典刊愧忝外孫孫。世無前輩吾安仰，師有傳人道始尊。欲問先生游歷處，庭前老樹或能言。

柯應東

應東，字德明，莆田人。咸淳四年登進士第。官羅源令。有壺山集。

蘭陔詩話云：德明幼聰慧，七歲隨其舅游龍紀寺，聞木魚聲。舅命賦詩，即口占云：「不作棟梁用，偏尋山寺居。但聞聲似鼓，誰識木爲魚。」

壺　山

方壺久伏海中洲，湧出高山不計秋。峰上今猶蠔帶石，穴邊時有蛎尋湫。雲飛巖岫來龍聚，風送潮聲入虎邱。景物無窮供眼界，一鈎新月促歸舟。

范師孔補。

師孔，字學大，崇安人。咸淳丁卯恩薦。充講書。有畫餅稿。

高　樓

高樓高登天，美人美如玉。美人作高樓，更彈天上曲。飛聲落人間，誰不注耳目。安知妾此心，長恐晝夜促。莫羨高樓高，莫羨美女美。樓頭瞻明月，樓下看流水。月明圓易缺，水流去如駛。獨愛山中蘭，幽香抱枝死。

武夷山

幾與溪山絶世緣，重來猿鳥只依然。懸崖野瀑飄成雪，近午嵐霏暗盡天。水尚未疏須識禹，山如深入定逢仙。洞中石鼎烹雲處，此夜還來借榻眠。以上四朝詩。

鄭德普補。

德普，字汝施，閩人。

句

山蒸雲氣晴能雨，泉挾風聲夏亦寒。靈巖。

石潤黏蒼蘚，澗高流白雲。齊雪峰。

雁斷風仍急，烏啼天正陰。南樓。

全閩詩話云：德普幼穎敏淹洽，刻意爲詩，與趙若楸、范師孔游，有詩云云。

李　瓘補。

瓘，興化軍人。咸淳戊辰進士。

挂冠詩

人言學古思入官，我謂學易而官難。平生透出夢覺關，本來面目只儒酸。吾親不俟若爲懽，不如歸去卧林間。殿前三策罄忠肝，多謝皇恩天地寬。戲衫卸了白衣還，扁舟飛過子陵灘。前修亦有逋與搏，聖世許之俱寬閑。何物种放太厚顔，山鬼移文伐其姦。此行無復出閩山，休音息影谷之盤。今朝釃酒酹雲壇，便向錢塘門挂冠。

古杭雜記云：度宗戊辰龍飛，狀元興化陳文龍，同郡李瓘太學、貫道齋上舍，係第三甲正奏名。于唱名之後，乞以本身官致仕，恩例盡以回贈父母。上書畢，辭先聖及三魁、同舍，出錢塘門，脱綠袍，挂于門之上，泛舟而去。時三魁、同舍皆送別，瓘有詩云云。

董師謙補。

師謙，號南江，三山人。咸淳辛未別院省試魁。仕爲平江府教官。

錢塘懷古

歷歷庚申事，分明在眼前。講和如有弊，飛渡定無船。北使三千里，真州十四年。釀成亡國恨，一部福華編。玉牀搖帝座，青蓋出都城。巷哭千家淚，燕歌四面聲。乾坤遽如許，風雪可憐生。清曉宫門外，猶聽打六更。衣帶一條水，靴尖三百州。市朝陳迹在，圖籍別人收。南渡衣冠盡，西湖歌舞休。久知事當爾，曾記五更頭。行人指新寺，云此舊宫城。坐殿幾朝帝，開山何處僧。日邊行塔影，天外送鐘聲。王氣元無了，何消鑿秣陵。翰墨大全。

倪文一 補。

文一，字元芳，福安人。咸淳間進士。安仁尉。峒蠻竊發，文一單騎撫之，陞清流縣。元兵南下，世祖徵之不起。隱居，以壽終。

句

編籬已種淵明菊，鑿沼還栽茂叔蓮。隱居。見福寧府志。

全閩詩話云：文一，咸淳間由進士知清流縣。元兵南下，遂隱居山林。世祖徵之不起。嘗作詩云云。

林霆龍補。

霆龍，一作雷龍，字伯雨，仙游人。宋咸淳鄉薦。官興化通判。著有春山集。

送徐殿院回鄉

三十年來人委靡，如今勁節似秋横。三條鯁亮爲時重，一葉翩翾去國輕。莘老不還司諫職，廖公應顯出臺名。遐衝尚賴精神折，未許林泉得隱聲。截江綱。

黄仲元

仲元，字善甫，號四如，莆田人。咸淳七年登進士第。除國子監簿，不赴。宋亡，改名淵，字天叟，號韵鄉老人。

蘭陔詩話云：公理學名儒，著述甚富。詩非所好。間有題咏，亦古奥奇警。

張天師正殿詩

至人學道師赤松，神姿逸氣心芙蓉。手五明扇腰雌雄，憑空架鐵超鴻濛。玉距痕深雕鏉工，巨迹千古鎮蜍峰。狂飈怒濤鏁魚龍，夜醒月涼水笙鏞。騎吏無鞍鸞鶴從，朝侍玉堂朵雲紅。天樂隱隱聲徹空，俗耳可聞不可逢。渺視齊州等蠛蠓，滄海有時揚塵風。獨此瓊館留人封，神仙之説非夢夢。士民尸祝社稷同，椒醑鞠飏瓜棗供。余非紫陽山人翁，若爲詩之銘新宮。

鄭鉞

鉞，字彝白，莆田人。咸淳十年特奏名。有雲我集。

哭陳丞相次被執原韻

大廈將傾一木支，登陴慟哭志難移。螳螂怒臂當車日，精衛銜沙塞海時。夢裏忽驚元主朔，軍中猶卓宋家旗。孤臣萬死原無恨，獨怪山翁總不知。

蘭陔詩話云：公嘗參陳丞相文龍幕，記丞相遺事，詞甚憤激。陳丞相募兵興化日，製「生爲宋臣」、「死爲宋鬼」二旗，又夢岳武穆貽書，後署至正年月。公此詩蓋紀其事，結句殆刺蒲壽庚耶。

熊　禾 一作鉌。補。

禾，字位辛，號勿軒，又曰退齋，建陽人。咸淳十年登第。授寧武州司户參軍。入元，隱居不仕。

贈筆生

東坡詠鼠鬚，山谷歌猩猩。微物豈足道，斯文頗關情。片言鈇鉞凜，一字華衮榮。化工運方寸，亦自芒中生。寄與管城子，所託甚非輕。

熊勿軒集原評云：有鈇鉞、華衮之任，自不得不託管城子發揮予奪。

贈琢硯

我聞銅雀瓦，只覆嬌屋姝。又聞端溪石，亦近貪泉夫。胡爲得貴重，置我几案隅。尚恐習氣膩，解使簡册污。我有一寸鐵，秉心與之俱。永矢磨不磷，千載明區區。彼哉瓦與石，飄擲付太虛。

熊勿軒集原評云：先生自矢不磷，不與瓦石同碎，居然節義。

趙若槸補。

若槸，字自木，號霽山，崇安人，魏王十世孫。咸淳十年進士。

武夷茶

石乳霑餘潤，雲根石髓流。玉甌浮動處，神入洞天游。高元濬茶乘。

即事

雲散春山出，人閑白晝長。禽聲答空谷，樹影畫斜陽。種果期秋實，澆花趁晚涼。行藏天已定，隨分且徜徉。

過樵川林時中

建水樵川隔幾重，相逢孰意大江東。客行芳草垂楊外，春在柔桑小麥中。細雨疏田流水碧，殘霞擁樹遠林紅。浮生聚散渾無定，有酒何妨一笑同。

暮春

香透蜂房蜨夢殘，一簾新雨又春闌。柳腰瘦得難禁舞，今夜東風莫更寒。以上崇安縣志。

劉應李補。

應李，字希泌，號省軒，建陽人，初名棨。登宋咸淳十年進士。調建陽主簿。入元不仕，退與熊退齋、胡雙湖講學於洪源山中者十有二年，所造益深。後建化龍書院於莒潭，聚徒講授，學者雲集。所編事文類聚、翰墨全書十集行世。

上陳縣尹二首

舊尹龔熊負令名，至今天日共清明。案頭未有人稱屈，村裏全無吏敢行。滿院茶香敲句穩，一簾花影韻琴清。後之學者誰其似，又說陳公政有聲。

溫公宅子富公池，并入堯夫户不知。百畝但添官裏賦，一編惟説橐中詩。自憐老去無能役，正恐兒成不了癡。有口尚能誇尹在，莫教白髮困行移。元詩癸集。

閩詩錄　丙集卷十六

侯官　鄭　杰原輯
　　　陳　衍補訂

鄭思肖

思肖，字憶翁，號所南，連江人。太學上舍，應博學宏詞科。元兵南下，叩閽上太后、幼主疏，辭切直，忤當路，不報。遂客吴下，寄食城南報國寺以終。有錦錢集、一百二十四圖詩集、咸淳集、中興集。

輟耕錄云：先生剛介有立志。會天兵南，叩闕上疏，犯新禁，衆爭目之。由是遂變今名曰「肖」、曰「南」，義不忘趙，北面他姓也。隱居吴下，一室蕭然，坐必南向。歲時伏臘，望南野哭而再拜乃返，人莫識焉。工畫墨蘭，不妄與人。邑宰求之不得，聞先生有田三十畒，因脅以賦役取。先生怒曰：「頭可斫，蘭不可得。」過齊子芳之書塾云：「此世但除君父外，不曾别受一人恩。」寒菊云：「禦寒不藉水爲命，去國自同金鑄心。」其忠肝義膽，于此可見。

遺民錄云：所南初名某，宋亡，乃改名思肖，即「思趙」。憶翁與所南，皆寓意也。坐卧不北向。

扁其堂曰本穴世界。以「本」之「十」置下文，則「大宋」也。精墨蘭，自更祚後，爲蘭不畫土，根無所憑藉。或問其故，則云：「地爲人奪去，汝猶不知耶。」

伯牙絶弦圖

終不求人更賞音，只當仰面看山林。一雙閑手無聊賴，滿地斜陽是此心。

逢陳宜之

行李苦役役，相逢古潤州。千金一夜醉，四海十年游。山静鬼行月，宵涼人夢秋。近聞邊事急，畎畝得無憂。

送友人歸

年高雪滿簪，唤渡浙江潯。花落一杯酒，月明千里心。鳳凰身宇宙，麋鹿性山林。别後空回首，冥冥煙樹深。

訪隱者

石竇雲封隱者家，一溪流水繞門斜。滿山落葉無行路，樹上寒猿剝蘚花。

春日登城

城頭啼鳥隔花鳴，城外游人傍水行。遥認孤帆何處去，柳塘煙重不分明。

春　詞

春氣喧妍御夾紗，玉釵雙裊綠雲斜。倚欄看偏庭前樹，盡是枝頭結子花。

春日遊承天寺

野梅香輭雨新晴，來此閑聽笑語聲。不管少年人老去，春風歲歲闔閭城。以上咸淳集。

隱居謠

布衣暖，菜羹香。詩書滋味長。

醉鄉

江潮初上玉船空，假道青州一水通。相去塵寰千萬里，不愁日夜不春風。以上中興集。

自題墨竹

萬頃琅玕壓碧雲，清風幽興渺無垠。當時首肯説不得，不意相知有此君。鐵網珊瑚。

謝翺補。

翺，字皋羽，長溪人，後徙浦城。咸淳中試進士不第。丞相文信國開府延平，署諮議參軍。有晞髮集。

鄧牧心謝皋羽傳略云：皋父性耿介，不以貧累人。所居産薪若炭，率秋暮載至杭，易米卒歲。少裕則資遊江海，訪前代故實，著宋史，補唐詩人無傳者三十餘篇，傳近世隱逸數篇。歲甲午，與杭人鄧牧相遇會稽，結爲方外友。牧因爲言：「杭大都會，文士輩出，余知若干人，盍往見之？」旬日别去。逮牧歸杭，君已挈家錢唐江上。問所從遊，皆前所聞者，其信好學也。乙未秋，牧薄游山水間。君病篤，望牧不至，懷以詩曰：「謝豹花開桑葉齊，戴勝芊生草藥肥。九鎖山人歸未歸。」蓋絶筆于此。

任公鄉謝處士傳略云：皋羽常布衣杖策，參人軍事。晚登子陵西臺，以竹如意擊石，歌招魂之詞曰：「魂來兮何極，魂去兮江水黑。化爲朱鳥兮，其咮焉食。」歌闋，竹石俱碎，失聲哭。何其情之悲也。

方韶卿謝皋羽行狀云：君遺稿在時，舊所爲悉棄去，今在者手鈔詩六卷，雜文五卷，唐補傳一卷，南史贊一卷，楚辭等芳草圖譜一卷，宋鐃歌、鼓吹曲、騎吹曲各一卷，睦州山水人物古蹟記一卷，浦陽先民傳一卷，東坡夜雨句圖一卷，浙東西游録九卷，春秋左氏續辨、歷代詩譜未脱稿。選唐韋、柳諸家及東都五體，在集外。

宋詩鈔小傳云：翱慕屈平，托遠遊，乃號晞髮子，天祥卒，亡匿。所至輒感哭，挾酒登浙江子陵釣臺，設天祥主亭隅，再拜號哭。詳西臺慟哭記。欲爲文冢，瘞之臺南。後往來杭、睦間，與方韶卿鳳、吴子善思齊等厚。乙未以肺疾死。囑妻劉，以文與骨授之。方有許劍録，其會友之所名汐社，取晚而信也。每執筆遐思，身與天地俱忘。語人曰：「用志不分，鬼神將避之。」古詩頡頏昌谷。近體則卓煉沈著，非長吉所及也。

花卿冢行

山谷云：花卿冢在丹陵之東館鎮，至今猶有英氣血食其鄉。

濕雲模糊埋秋空，雨青沙白丹陵東。莓苔陰陰草茸茸，上聲。云是花卿古來冢。花卿舊事人所知，花卿古冢知者誰。精靈未歸白日西，廟鴉啄肉枝上啼。緜州柘黄魂正飛。

效孟郊體

閑庭生柏影，荇藻交行路。忽忽如有人，起視不見處。牽牛秋正中，海白夜疑曙。野風吹空巢，波濤在孤樹。落葉昔日雨，地上僅可數。今雨落葉處，可數還在樹。不愁繞樹飛，愁有空枝垂。天涯風雨心，雜佩光陸離。感此畢宇宙，涕零無所之。寒花飄夕暉，美人啼秋衣。不染根與髮，良藥空爾爲。

閨中玻璨盆，貯水看落月。看月復看日，日月從此出。愛此日與月，傾寫入妾懷。疑此一掬水，中涵濟與淮。淚落水中影，見妾頭上釵。

憶梁禮部椅

閒庭芳桂叢，相憶曙雲空。文字能娛老，莓苔此興同。青山明月下，家口少微東。歲晚西莊路，柴門語自工。

拜玄英先生畫像

來此得公真，塵埃避隱淪。水生溪榜夕，苔卧野衣春。兩冢侵吳甸，荒祠侑漢人。微唫值衰世，爲爾獨傷神。

呈王尚書應麟

寒風吹髩影，客淚濕衣塵。千里見積水，滿城無故人。舩歌甌雪盡，劍舞越花新。獨憶絲綸老，相從話所親。

山陰道中呈鄭正樸翁

楊柳遠天色，野風來水涯。異鄉同夢客，今雨故人家。越樹夜啼鳥，禹陵冬落花。悠悠江海意，爲爾髩先華。

送毛耳翁之湘南

湘草碧於水，王孫尚此留。一身行萬里，雙鬢集諸愁。月落嶽雲曙，龍逃海雨秋。可能無事業，相見竟悠悠。

哭廣信謝公

自爾逃名姓，終喪哭水濱。海僧疑見貌，山鬼舊爲隣。客死留衣物，囊空出告身。他年越鄉值，賣卜有斯人。

雨夜呈韶卿

相看隴水雲，一夕幾回分。預恐今宵雨，他年獨自聞。野花同楚越，江靄雜朝曛。不得鋤芝术，逢樵卻寄君。

西臺哭所思

殘年哭知己，白日下荒臺。淚落吳江水，隨潮到海迴。故衣猶染碧，后土不憐才。未老山中客，唯應賦八哀。

哭肯齋李先生

落日夢江海，呼天野水涯。百年唯此死，孤劍託全家。血染楚花碧，魂歸蜀日斜。能令感恩者，狼籍慰荒遐。

遊釣臺

百臺臨釣渚，遺像在蒼煙。有客隨槎到，無僧依樹禪。風塵侵祭器，樵獵避兵船。應有前朝蹟，看碑數漢年。

韶卿住烏傷，寄劉元益

他日憶逢君，林中訪惠勤。鹿麛行處見，流水別時聞。草没秦人冢，山通越國雲。音書年歲失，莫訝白鷗群。

小元祐歌寄劉君鼎

前甲子，小元祐，句章祲黑權臣死。端平天子初改紀，龔芳泰陵種蘭芷。當秋淮甸枯草黄，彎弧北向射天狼。狐南星光天狗墮，入蔡生擒完顏王。是年南海無波浪，月濕珠胎君以降。只今六十空白頭，獨騎麒麟補春秋。天回星周美惡復，人世更傳蔡州錄。以上晞髮集。

過杭州故宫二首以下晞髮近稿。

禾黍何人爲守閽，落花臺殿暗銷魂。朝元閣下歸來燕，不見前頭鸚鵡言。
紫雲樓閣讌流霞，今日凄涼佛子家。殘照下山花霧散，萬年枝上挂袈裟。

重過二首

複道垂楊草欲交，武林無樹著淩霄。野猿引子移來往，覆盡花枝翡翠巢。
隔江風雨動諸陵，無主園池草自春。聞説就中誰最泣，女冠猶有舊宫人。

散　髮

乾坤一楚囚，散髮向滄洲。詩病多於馬，身閒不似鷗。因看東去水，都是夜來愁。晚意落花覺，殘枝香更幽。

友人自杭回建寄别三首

同來不同去，離别暗銷魂。閩浙若同水，扁舟送到門。

潮信到嚴瀨，水色過衢城。寄潮不寄水，潮去有回程。
水到衢城盡，梅花上嶺生。不如寄明月，步步送君行。

吳山謁祠

吳山坊頂戴高祠，禁地淒涼江水悲。卻是北人題記壁，迤南耆舊獨無詩。

梅　花

春過江南問故家，孤根生夢半槎牙。到無香氣飄成雪，未有葉來開盡花。
吹老單于月一痕，江南知是幾黄昏。水仙冷落瓊花死，秖有南枝尚返魂。

書文山卷後

魂飛萬里程，天地隔幽明。死不從公死，生如無此生。丹心渾未化，碧血已先成。無處
堪揮淚，吾今變姓名。

贈山中友

散策辭山雲，值此山林友。種松高及身，掃葉落隨手。斫盡松上枝，縛作山中帚。夜夜對西風，明月生户牖。

沙岸登舟

五里兒女步，虛沙映斷筇。雲支半山石，帆席上溪風。數雁憐身隻，聞鵑願耳聾。市橋東畔塔，側影夕陽中。

社前

無家借燕住，離別又經年。客館依山上，春分到社前。雨來換宿水，雲起暗晴川。颯颯吹衣帶，因風問去船。

詹本補。

本，字道生，建安人。丞相江萬里薦爲郎，先致書本，本方坐門前石上釣，使者至，問本居。本曰前，即持竿渡溪去，不知所終。

春日攜客遊武夷

山腳健枝梧，百里插蒼峭。粼粼石可把，曙色坐遠釣。風水真笙竽，歷落太古調。衣冠帶莽蒼，山鬼驚二妙。雲月正忘年，花鳥更索笑。迴船翠淩亂，吾道付長嘯。

閑　中

萬事問不知，山中一樽酒。埽石坐松風，綠陰滿巾袖。

宿天台

風泉隔西屋，獨夜寒自生。開窗失山色，白雲壓前楹。累盡得瀟灑，去住俱不驚。鼻息答僧鐘，霜露入殘更。以上谷音。

詹琰夫補。

琰夫，字美中，崇安人。南宋隱士。

止止庵即事

小結茅庵倚薜蘿，主人心事定如何。春風枕上邯鄲夢，夜雨燈前雲水歌。歲月不堪頻把玩，山林偏稱小婆娑。年來欲問長生訣，止止庵中養太和。武夷山志。

林　同補。

同，字子真，號空齋處士，福清人。以世澤授官，棄不仕。元兵至福州，監丞劉仝子糾義兵，即其家置忠義局。敵至，同死之。有孝詩一卷。劉後村跋云：「子真性純孝，父寒齋病，左右侍湯藥，至不忍入州應舉。嘗赴胄試，自里抵家，得詩一卷，十之九皆思親之言。年未四十，慨然罷舉。志尤潔，非躬耕不食。植梅百株，日哦其下。」

魏孝子役于大國。「陟彼屺兮，瞻望母兮。」狄仁傑登山望雲曰：「吾親舍其下。」

念母嗟陟屺，思親徒望雲。可憐魏孝子，不比狄參軍。

韓伯瑜母杖不痛，哀母力弱，對母悲泣。梁彥先使焦通觀其像，通感悟盡孝。

母力今衰矣，悲啼得杖輕。流風在繪像，猶足感焦生。

徐庶辭先主曰：「老母見獲，方寸亂矣。」王陵母曰：「爲語陵，毋以老妾故持二心。」

不勝方寸亂，豈暇二心持。忍矣王陵將，賢哉徐庶辭。

桓沖小字買德郎，母病，須羊以解，以身質羊。後爲江州刺史。

不辭身作質，只爲母須羊。此日江州牧，當年買德郎。

文中子汾水之曲，有先人之敝廬在，有田可以具饘粥。彈琴著書，不願仕也。

先人舊所理，汾曲有田廬。何意求聞達，彈琴自著書。

王悦導之子，有高名。事親色養，諸子莫及。導見，輒有喜色。

色養傾餘子，高名重一時。足爲丞相喜，豈計外人知。

木蘭古樂府云：阿爺無大兒，木蘭無長兄。願爲市鞍馬，從此替爺征。

謹勿悲生女，均之有至情。縈能贖父罪，蘭亦替爺征。以上孝詩。

高　鎔補。

鎔，字聲玉，號悦雲，三山人。宋官婺州教授。

春日田園雜興

已學淵明早賦歸，東風吹醒夢中非。鶯聲睍睆來談舊，牛背安閒勝策肥。時聽樵歌時牧笛，閒披道氅閒農衣。篇詩那可形容盡，何以忘言對夕暉。

月泉吟社第二十二名，自署騎牛翁，評云：「五六作意，就雜字上形容。略似爲氣格之累。第二句穎拔，末用淵明意尤佳。」

翁汝正補。

汝正，咸淳時崇安人。

黄亭鋪

落日荒荒下遠蕪，市橋官柳綠扶疏。沙頭一霎腥風起，沽酒老翁卻賣魚。崇安縣志。

安鏖補。

鏖，咸淳時崇安人。

舉富鋪

漠漠煙横草樹青，依稀風景似蘭亭。小橋疏竹人沽酒，曲徑落花僧掩扃。崇安縣志。

江梅補。

梅，咸淳時崇安人。

新陽鋪

梅花籬落菜花畦，春水平田釀燕泥。健事老翁頭雪白，一簑煙雨自扶犁。崇安縣志。

彭可軒補。

可軒，咸淳時崇安人。

楊莊鋪

芳草迢迢去路，垂楊脈脈長亭。野渡半篙水碧，斜陽數點山青。崇安縣志。

翁賜坡補。

賜坡，咸淳時崇安人。

梅溪鋪

村北村南春水，山前山後人家。野渡何處飛雨，流出碧桃數花。崇安縣志。

彭九成補。

九成，咸淳時崇安人。

界牌鋪

地僻人家早掩關，行人忙逐暮鴉還。急風花落隔牆樹，暗雨鳥啼何處山。崇安縣志。

李次淵補。

次淵，咸淳時崇安人。

乾溪鋪

蘆芽抽盡柳花黄，水滿田頭未插秧。客里不知春事晚，舉頭驚見楝花香。

分水鋪

青山北去連吳會，綠水東流到八閩。何必此中分界限，普天率土盡王臣。崇安縣志。

魏梅我補。

梅我，咸淳時崇安人。

大安鋪

又望前村里，深溪快渡槎。牛羊半山塢，雞犬幾人家。崇安縣志。

范雲山補。

雲山，咸淳時崇安人。

興田鋪

曲坡行盡處，雞犬兩三家。十里長亭路，青山道正賒。崇安縣志。

陳嘉言補。

嘉言，侯官人。仕爲建州司户。咸淳末築室台嶼，人稱書隱先生。

題太姥墓

太姥山在福寧州東。堯時有種藍老姥家於路傍，有道士求漿，姥飲以醪。因授丹砂，服之。七月七日乘龍上升，有虚墓存焉。

吾聞堯時種藍嫗，世代更移那可數。帝堯朽骨無微塵，此間猶有堯時墓。墓中老嫗知不知，五帝三王奚以爲。狼貪鼠竊攫尺土，窾木未枯已易主。君不見，仙人掌，分明指取青天上。騎龍謁帝大羅天，不逐華蟲挂塵網。又不見，石棋盤，人去盤空局已殘。當時勝負此何有，爭先劫奪摧心肝。請君絶頂試披寫，左望東甌右東冶。山川不見無諸摇，但見烽煙徧郊野。野老吞聲掩淚哀，茫茫滄海生蓬萊。名勝志。

馬子嚴補。

子嚴，字莊父，號古洲，建安人。

烏林行

荆州兒曹不足恃，何物老瞞欺一世。兵書浪語十三篇，不料烏林出奇計。隆準雲孫驅伏龍，紫髯强援要江東。戈船植羽蔽寒日，雪浪崩崖驚晚風。行間一卒如兒戲，持火絶江人不意。灰銷漢賊終老心，功入喬家少年壻。君不見，華容道旁春草生，魂銷不聽車馬聲。哀猿夜啼霜月冷，空餘野燐沙邊明。

詩人玉屑云：此詩辭意精深，不减張王樂府。惜世無知者，録遺後人共評之。

黄鵬飛補。

鵬飛，字桂隱，莆田人。

送陳隨隱遊廬山

天下廬山第一奇，西風楚楚送行時。晦菴白鹿書猶在，非是游山只愛詩。曾從圖畫識廬山，山好誰知畫亦難。畫好不如詩好讀，就煩詩筆畫來看。隨隱漫錄。

張子厚補。

子厚，長樂縣人。進士。

九日亭

九日亭成氣象高，宰君乘興幾回過。山憐峻極淩霄漢，路愛幽深入薜蘿。長恐泛杯籬菊少，不愁落帽海風多。香醪正熟芳時節，對此年年奈醉何。長樂縣志。

柯　舉

舉，字仲時，號竹圃，莆田人。德祐三年擢進士第，調朝陽尉，未赴，轉漳州教授。宋亡，改名夢舉。有夢語集。

次韻答李景陽

客有扣舷者，悠然太古音。風清來水面，月白滿江心。世既嘆途絶，君何愛我深。愧將瓦缶句，聊以答南金。

遊華嚴寺

舊遊曾記此山川，萬事回頭一夢然。蚤歲不知人易老，晚年方信世無禪。樵歌牧唱千村暮，鶯語花香二月天。人境了然描不就，山僧對我更談玄。

林　昉補。

昉，三山人。

送西秦張仲實遊大滌洞天

此時仙興發，九鎖訪名峰。玉洞晝飛鼠，石池春浴龍。異人花外見，道士酒邊逢。余欲采芳茗，白雲何所從。洞霄詩集。

廖衡補。

衡，順昌人。鄉舉不利，隱居終身。

句

淚多陳后愁離殿，浴出楊妃困倚闌。延平府志云：縣尉命詠雨中山茶云云。時年六歲。

林衢補。

衢，長樂人。

題廣州光孝寺

開池曾記虞翻苑，列樹今存建德門。無客不觀丞相硯，有人曾悟祖師幡。舊煎訶子泉猶冽，新種菩提葉又繁。無奈益州經卷好，千絲絲縷未消痕。藏內法華、蓮華諸經係益州本，故云。名勝志。

魏天應補。

天應，號梅野，建安人。疊山門人。

送疊翁老師北行和韻

先生心事炳丹青，顧影何曾媿獨行。商嶺芝能如橘隱，首陽粟不似薇清。綱常正要身扶植，出處端爲世重輕。安得寒泉來會宿，參同極論到天明。疊山集附。

陳達翁補。

達翁，建安人。

送疊山先生

流落崎嶇二十年，幾回灑血杜鵑前。一雙芒屩乾坤窄，萬古丹心日月懸。案上靈龜元不食，樊中孤鶴且安眠。逃名不得名終在，行止非人亦有天。疊山集附。

黄　蛾補。

蛾，羅源人。年十五，名播京師，上召試之御前。有吟新月詩。

新　月

初出如弓未上弦，分明挂在碧雲邊。時人莫道蛾眉小，十五團圓照滿天。羅源縣志。

陳公榮補。

公榮，字子華，長樂人。景炎元年元兵入寇，公榮破産募兵，與文天祥共圖興復，授福清知縣。

挽族子老成

邊城將星落，浩蕩煙塵黄。我亦在行陣，生死未可量。涕滂感永訣，激烈摧肝腸。昔爾仗雄劍，志在清八荒。神武埒頗牧，奇計如平良。遇賊奮英果，逐殺何其强。氣數乘人事，竟向鋒刃僵。忠魂薄日月，耿耿萬古光。雖云獲死所，國恥猶未忘。便應作厲鬼，虜酋罄殺傷。

全閩詩話云：公榮初遊太學。景炎元年，同子宗傳、族子老成募兵勤王。蒲壽庚作亂泉州，幼帝舟自泉趨潮。逾年，張世傑會師討壽庚，公榮兵赴之，老成戰没，詔贈御史臺簡法。公榮挽老成詩云。

陳宗傳補。

宗傳，長樂人，公榮子。蒲壽庚以城降元，宗傳隨公榮討之，戰死。事聞，贈提刑簡法。

軍中行景炎初募兵勤王作。

胡馬出幽燕，風塵起北陬。天兵偶不利，王氣黯然收。六龍守沙漠，誰復爲報仇。耿耿孤臣衷，長懷麥秀憂。回首望京闕，血淚相和流。安得梟猛士，盡如穰苴儔。戮力共斯殺，梟取可汗頭。掃清犬羊群，釐復舊神州。奇功勒燕石，芳名播千秋。長樂縣志。

蕭　炎補。

炎，字寬夫，號葛坡，三山人。

春歸二絶和高希遠韻

晴窗如暝樹雲遮，紅紫成埃減陌車。不信春歸無縮繫，尚存一架木香花。

厨供櫻笋上春盤，把酒留春少住難。衹是簷花前夜雨，明朝便作釀梅看。詩苑衆芳。

張　建補。

建，延平人。

鳳凰巖

盡把鉏犁鑄五兵，岐山無復鳳凰鳴。何人更解驅頑石，飛向中原頌太平。東甌金石志。

張清子補。

清子，字希獻，號中溪，宋末建安人。著有易本義通釋附錄集注十一卷。

靈巖一線天

一畫起于乾，先天至後天。靈巖天一線，想在伏羲前。武夷山志。

安　實補。

實，字子仁，崇安人。師事熊禾，得理學宗旨。三試南宫不第，乃絶意仕進，聚徒講學於里中。

中畬鋪

古樹斜陽噪暮鴉，小橋流水有人家。青帘白酒招行客，一路東風野菜花。崇安縣志。

句

竹林夜雨共清話，草閣春晴理太玄。
弱柳風含官舍静，寒枝懸月女牆低。崇安縣志。

邱　葵補。

葵，字吉甫，同安人。居海嶼中，因自號釣磯。治春秋學，親炙吕大圭、洪天瑞之門。宋末杜門勵學，著述甚富。

贈魏秀才

屋茅蕭索泣寒蟲，獨自吟詩學已工。敗葉能令溝水黑，亂雲不放夕陽紅。半生辛苦空儒服，一歲蹉跎又朔風。不意窮鄉有奇事，暮春得拜席門翁。

再用前韻

月淡蓬門掩候蟲，窮通底解問天工。茶烹粟面紛紛白，燈吐花心灼灼紅。屢改新吟添硯水，密糊舊稿護窗風。相逢莫道龐公老，覽鏡先慚似老翁。

全閩詩話云：有魏秀才者，逸其名，隱浯江之上。葵贈詩云云。其人頗有太上隱者之風，不可使泯泯也。

蔣粹翁補。

粹翁，宋末太學生。

滿月山龍見

千載聖人閩海出，喜看龍馬亦騰驤。首懸魚目星光燦，脊散虎文金線長。道統再傳天有意，素王重見世應康。惜哉靈物山中失，漠漠煙林使我傷。

全閩詩話云：九蓬山，其最高峰葱翠雄峙者，龍馬峰也。宋末太學生蔣粹翁，先世家此山之下，舍側有龍潭，所養牝馬與龍媾，生駒焉，龍首馬身，狀如河圖。父老語之曰：「此瑞物也。昔仲尼筆削六經而麒麟出。今晦翁表章四書而龍馬生，蓋其應乎。」粹翁先世聞之，養馬殊謹。後牧放林中，竟失所在。粹翁有詩云云。案此詩全閩詩話祇載首二句。全詩見福建通志。

劉　濟 補。

濟，字應徐，閩人。有日行辨、明德辨行世。

題梅花莊

莊後莊前千萬枝，元方題徧季方詩。何當把酒對花樹，坐到參橫月落時。

全閩詩話云：劉濟負詩名，嘗題趙必漣梅花莊云云。

詹　琦 補。

琦，字景韓，崇安人。隱身不出，築靜可書堂於武夷山南。著有滄浪集一卷。

遊山

弱齡秉末向，撰念遊蓬瀛。騰蓋玄圃臺，投轡赤霞城。紫府五香馥，丹邱四照縈。班龍何夭矯，青鳳來相迎。道逢王子喬，手曳芙蓉旌。靈風襲霓裳，邀我謁瑤京。天帝坐叢霄，群仙列兩楹。羽節自飄揚，衆樂鏘然鳴。授我金龜秘，錫我王室名。渴漱沆瀣漿，饑餌橘樹英。忘形思入玄，道在豈求贏。流覺神驅盡，逍遥雲翮輕。棗花千歲結，桃核萬年成。海水揚塵竭，天衣拂石平。祈年本無分，望仙徒自營。寄謝樊籠士，那知遺世情。

崇安縣志。

陳自新補。

自新，字貢父，號敬齋，寧德人。精易學理數，長于詩。宋末人。著有起興等集。

坐嘆

琴聲意似泉聲淡，劍氣威如霜氣雄。世事關心憂不寐，蕭蕭白髮月明中。

瑞迹寺

雨過山溪生虎迹，雲歸巖洞長龍威。煙鐘古寺敲殘日，長笛一聲江鳥飛。

瑞龍寺

寺外寒流玉一泓，白雲如練掛危層。青山遶屋柴門掩，只見梅花不見僧。以上寧德志。

哀　謙補。

謙，字彦先，崇安人。高亢不仕，耕隱縣東之黄洋，結庵其上，名曰玉泉。

句

時人不識田園樂，只羡相如駟馬車。玉泉。崇安縣志。

曾由基補。

由基，三山人。

與中朝故人

自憐骨相太邅迍，爲米折腰依舊貧。古史多看多警省，新詩愈改愈精神。與遊造物真知己，怕説天朝多故人。蘭菊有時忙不得，世間桃李幾番新。

題御愛牡丹

天香不數魏姚家，玉砌雕欄護絳紗。聞説弓旌遍巖穴，憐才應是勝憐花。江湖後集。

高　照補。

照，字雪崖，邵武人。舉進士，任虔州司理參軍。

金精山

金精寂寂真勝境，門鎖松杉風月冷。跨鶴仙姬去不來，白雲一片封丹井。宋詩拾遺。

徐壽朋補。

壽朋，長樂人。進士。

白雲亭

飛泉山腳水盈盈，溪會亭前就榜名。駐目合流尋異派，爽心臨眺勝登瀛。遊人暗認仙源景，清耳微傳玉佩聲。依約白蓮當日事，社中賢令有淵明。長樂縣志。

翁孟寅補。

孟寅，字賓暘，建安人。善吟咏，人多稱之。

夜泊

夜泊寒沙際，江風起舊愁。離情惟怕晚，歸夢又逢秋。建寧府志。

陳　璣補。

璣，字介行，永春人。

句

從此不除窗外草，要觀天地發生心。讀易。

須信生生是真易，疎籬依舊竹生孫。

全閩詩話云：陳璣學問該貫，尤長於詩，信筆立成，出人意表，嘗有讀易詩云云。

潘用中補。

用中，福建人。

郊遊書所遇

誰教窄路恰相逢，脈脈靈犀一點通。最恨無情芳草路，匿蘭含蕙各西東。

全閩詩話云：潘用中隨父候差於京邸。潘喜笛，每父出，必于邸樓凭欄吹之。隔牆一樓相距二丈許，畫欄綺窗，朱簾翠幕，一女子聞笛聲，垂簾窺望久之，或揭簾露半面。潘問主人，知爲黄府女孫。若是月餘，潘與太學彭上舍聯輿出郊，值黄府十數轎春遊歸。路窄，過時相挨。其第五轎，乃其女孫也。轎窗皆半推，四目相視，不遠尺餘。潘神思飛揚，若有所失，作詩云云。暮歸吹笛，時月明，見女捲簾凭欄，潘朗誦前詩數過。適父歸，遂寢。黄府館賓晏仲舉，建寧人也。潘明往訪，邀歸邸樓，縱飲横笛。見女復垂簾，潘因曰：「對望誰家樓也。」晏曰：「即吾館寓。所窺主人女孫，幼從吾父學，聰明俊爽，且工詩詞。」潘愈動念。晏去，女復揭簾半露。潘醉狂，取胡桃擲去，女用帕子裹桃復擲來。帕子上有詩云：「欄干閒倚日偏長，短笛無情若斷腸。安得身如輕燕子，隨風容易到君旁。」潘亦用帕子題詩裹桃復擲去，云：「一曲臨風值萬金，奈何難買玉人心。君如解得相如意，比似金徽恨更深。」女復以帕題詩，擲不及樓，墜于簷下，潘急下樓取之，爲店婦所拾矣。潘以情告，懇求得之，帕上詩云：「自從聞笛苦匆匆，魄散魂飛似夢中。最恨粉牆高幾許，蓬萊弱水隔千重。」遂令店婦往道殷勤。女厚遺婦，囑勿泄。且曰：「若諧，酬更不薄。」後竟諧伉儷云。

楊良臣補。

良臣，武夷人。

碧沼寺

薄蹤飄梗寄禪扃，偶到山間萬慮清。方愧軒裳奔走役，忽聞猿鶴怨啼聲。世情肯顧青衫老，公道惟均白髮生。事業不須頻覽鏡，幻身堪比羽毛輕。新城志。

林嘉仲補。

嘉仲，福清人。

虎溪

山澗青連海，溪長綠繞城。規模唐故郡，弦誦魯諸生。

白日經簷短，風霜吹客衣。梅梢驚歲晚，沙際看春歸。福寧府志。

戴忱補。

忱，晉江人。

蓮花峰

此石非頑石，因成浩劫塵。一蓮花不老，過盡世間春。福建通志。

趙永嘉補。

寶蓋山詩刻

青山吐出白龍開，我是地仙趙秀才。嘉善有魚餐得去，永嘉有虎喚能來。

福建通志云：寶蓋山詩刻趙永嘉，或曰宋時人，或曰元時人。虎岫僧有嘉善者，與永嘉相好，嘗網魚作食。永嘉刻詩石上云云。

閩詩録　丙集卷十七　閨閣

侯官　陳　衍補緝
長樂　梁鴻志校訂

謝希孟

希孟，字母儀，晉江人，景山之妹。嫁陳安國，早卒。

歐陽公序云：希孟之詩尤隱約深厚，守禮而不自放，有古幽閑淑女之風，非特婦人之能言也。

詠芍藥

好是一時豔，本無千歲期。所以謔相贈，載之在聲詩。

句

爲花雖可期，論德亦終鮮。牡丹。

句牽主人衣，一步行不得。薔薇。
薰薰麝臍烈，灼灼猩血殷。躑躅。
樹既摧爲薪，花亦落爲塵。凌霄。
豔陽一何好，零落千載冤。朱槿。
盜者得其便，掉頭笑且歌。曼陀羅花。
卞子真賞□，莊生夢還怯。蝴蝶花。以上歷代吟譜。

黄淑

淑，字致柔，適建寧進士王防。寡居後族議改適，因詠竹以見志。

詠竹

勁直忠臣節，孤高烈女心。四時同一色，霜雪不能侵。名媛璣囊。

連倩女

倩女，延平人，適鄰生陳彦臣。

題竹簾

綠筠劈破條條直，紅線經回眼眼奇。爲愛如花成片段，致令直節有參差。名媛璣囊。

暨氏女

暨氏，建安人。

句

多情樵牧頻簪首，無主蜂鶯任宿房。

春渚紀聞云：建安暨氏女子，十歲能詩，賦野花云云。觀者雖加驚賞，而知其後不保貞素。竟更數夫，流落而終。

案：七修類稿以爲元末人，誤。

閩詩録　丙集卷十八　道士

侯官　陳　衍補輯
閩縣　曾念聖校訂

黄希旦

希旦，字姬仲，邵武人，九龍觀道士。熙寧五年五福宫成，召至京師。著有支離集。

道峰山

屏列郡南隅，子真常此憩。雨欲澤人閒，雲霞先掩蔽。

越王臺

荒臺枕古邱，伊昔越王遊。輦路今何在，淒涼草樹秋。

西菴寺

勝刹幽深枕縣西，我來正值孟冬時。雖無慧遠門堪叩，幸有陶潛駕可隨。世態皆前朝槿色，歲寒雲外老松枝。緊余本是林泉客，到此寧慚漫賦詩。以上邵武府志。

馮觀國

觀國，號無町畦道人，邵武人。幼警悟，習儒業。既冠，遊方外，刻意神仙術，遇異人傳授，得導引煉丹之法，人呼馮顛。好吟詩，放蕩不羈。後寓宜春。紹興末端坐作偈而死。

題化龍坊酒樓壁

若問先生歸去來，此行直是到天台。碧桃瑤草紫芝熟，到日須容醉玉杯。

述　懷

落魄塵寰觸處然，深藏妙用散神仙。筆端間作龍蛇走，壺裏常挑日月懸。謾說人倫來混世，只將酒盞度流年。潛修功行歸何處，笑指瀛洲返洞天。以上江西詩徵。

閩詩録丙集卷十九 釋子

侯官 鄭杰原輯
陳衍補訂

省澄

省澄，仙遊人。乾德中賜號真覺禪師，初駐泉州招慶寺，後主龍華寺。

示執坐禪者

大道分明絶點塵，何須枯坐始相親。杖藜日涉谿山趣，便是煙霞物外人。

法周補。

法周，字元覺，同安人，王姓。八歲出家，住開元寺，日授楞嚴千餘言。凡三應詔，咸稱旨，賜章服，號慧大師。咸平中郡守宿翰至寺訪之，行殿墀，見其下數莖草，指問云：「舊謂『紫雲蓋地，凡草不生』，因甚今卻有此？」周應聲云云。翰深嘆服。天聖元年趺坐而化。

句

地因培客土，凡草有時生。泉州府志。

法　輝

法輝，泉州開元寺僧。禪餘以詩自娱，與呂縉叔、石聲叔、陳原道結爲同社。

題憲師壁

遠浸谿光碧，寒生松檜陰。漁舟驚暮雨，高吹入秋林。泉州府志。

惟　慎補。

惟慎，晉江人。戒行潔清，天聖中遊京師，至則徑歸。曾魯公問曰：「闕下無禪侶，如何住得君？」惟慎應聲云云。

句

敢言知己少，性本類孤雲。泉州府志。

有需

有需，陳姓，莆田人。崇寧中居雪峰東庵，創萬安院于何岩。後住福州鼓山，繼住雪峰。有語錄行世。與陳聘君易結草庵，同隱石門。

寄陳易一作寄陳聘君體常。

拂石跏趺樹影寬，定回霜月照人寒。此時况味誰知得，寫與秋藤居士看。案：見仙遊縣志。

蔡溪巖案：一作石門歌。

吾結草庵蔡溪側，四顧峰巒皆削壁。石門千仞鎖天津，來者欲登那措足。住此庵中是何緣，不詩不頌亦不禪。飢來苦菜和根煮，疊石爲床困即眠。日照諸峰煙藹藹，負暄孤坐情何適。馴伏珍禽趁不飛，猿猱捫我衣中虱。閑揞瘦筇六七尺，山行野步扶危力。披雲入草不辭勞，逢人打破修行窟。或停松，或坐石，靜聽溪泉漱鳴玉。源深洞邃來不休，聲聲奏盡無生曲。雜羽流商誰辨的，五音六律徒考擊。有時乘興上高峰，大笑狂歌天地窄。案：見補續高僧傳。

了　樸補。

了樸，號慈航，福州人，天童寺僧。淳熙五年，孝宗賜以「太白名山」四字。

上　堂

酷暑如焚不易禁，炎炎赫赫欲流金。夜明簾外無人到，靈水超然轉綠陰。天童寺志。

谷　泉補。

谷泉，號大道禪師，泉州人，爲僧於南嶽芭蕉庵。

參慈明禪師還而作偈

相別而今又半年，不知誰共對談禪。一般秀色湘山裏，汝自匡徒我自眠。泉州府志。

藏叟補。

藏叟，福建龍溪僧。

送客宿九日山

石竈斷苔紋，摩娑弔隱君。風吹游子袂，月照古人墳。舊事殘碑在，荒祠流水分。永懷山忽暝，黄葉墜秋雲。南安縣志。

閩詩録　丙集卷二十　妓女

侯官　陳　衍補輯
長樂　梁鴻志校訂

周氏

周氏，古田妓。

春晴

瞥然飛過誰家燕，驀地香來甚處花。深院日長無箇事，一瓶春水自煎茶。

贈陳筑

夢和殘月過樓西，月過樓西夢已迷。唤起一聲腸斷處，落花枝上鷓鴣啼。

夷堅志云：陳筑，字夢和，莆田人。崇寧初登第，爲福州古田尉。至官，惑一倡周氏。周能詩，嘗以詩贈筑，首句蓋寓筑字也。

閩詩錄　丙集卷二十一　藩屬

侯官　陳　衍補輯
閩縣　曾念聖校訂

陳日照

宋史云：昊昆卒，無子，以女昭聖主國事，遂爲其婿陳日照所有。

案：昊昆，李氏，安南國王。

元史安南列傳云：憲宗三年，烏蘭哈達兵次交趾北。先遣二人往諭之，不返。乃分道進兵，遂入其國。八年，日照傳國於長子光昺，光昺遂納款。

案：史作日煚。而齊東野語、安南傳皆作日照。

句

池魚便作鵾鵬化，燕雀安知鴻鵠心。

齊東野語云：安南國王陳日照，本福州長樂邑人，姓名爲謝升卿。少有大志，不屑爲舉子業。間爲歌詩，有云云。類多不羈語。

閩詩錄　丙集卷二十二　卟仙神鬼夢怪

侯官　陳　衍補輯
　　　黄　濬校訂

徐仙

徐仙，南唐徐温之二子知證、知諤，降神于閩。太宗皇帝遣使迎其神，祀京師，即洪恩靈濟宫也。閩人録其降筆詩文，名徐仙翰藻。

偶作

靜裏乾坤不計春，非非是是任紛紛。醒原醉白今何在，雲外青山山外雲。

方武裘

武裘，莆人。劉潛夫之友胡天放降仙求賦，自稱大陽洞主。

咏筆

貌出中山肯欲仙，何人拔穎縛尖圓。拙夫堪笑堆成冢，豪客曾聞掃似椽。窗下玉蜍涵夜月，几間雪繭湧春泉。當時定遠成何事，輕擲毛錐恐未然。志雅堂雜鈔。

福州社神

投蔡君謨

遠入青青疊疊峰，峰前真宰讀書宫。半巖泠落高宗雨，一枕淒涼吉甫風。煙鎖豹眠閑霧露，井凋鳳宿舊梧桐。九龍山下英雄氣，盡屬君家世胄中。

墨莊漫録云：蔡君謨作福守日，有一書生投詩來謁，君謨異之。尋令人伺其所歸，至一山下，忽不見。四顧無人，唯一社屋爾，意其社神也。

夢中宫女

抛毬曲

侍燕黄昏曉未休，玉階夜色月如流。朝來自覺承恩最，笑倩傍人認繡毬。

隋家宮殿鎖清秋，曾見嬋娟颺繡毬。金鑰玉簫俱寂寂，一天明月照高樓。此首見侯鯖錄。

堪恨隋家幾帝王，舞裀揉盡繡鴛鴦。如今重到抛毬處，不是金爐舊日香。

沈括夢溪筆談云：福州士人李慎言，字希古，嘗夢至一處水殿中，觀宮女戲毬。山陽蔡繩爲之傳，叙其事甚詳。有抛毬曲十餘，詞皆清麗。今獨記兩闋。

蔡京鶉怪

訴蔡京

食君廪中粟，作君羹中肉。一羹數百命，下箸猶未足。羹肉何足論，生死猶轉轂。勸君宜勿食，禍福相倚伏。

庚溪詩話云：蔡元長京既貴，享用侈靡，喜食鶉，每預蓄養之，烹殺過當。一夕，夢鶉數千訴于前。其一前致詞云云。觀此可爲饕餮而暴天物之戒。

閩詩録　丙集卷二十三　雜語謠讖

侯官　陳　衍補輯
長樂　梁鴻志校訂

蔡襄、陳亞謔語

陳亞有心終是惡，蔡襄無口便成衰。詩話總龜。

章詧、李士寧對語

脚踏西溪流去水，手持東岳寄來書。

東坡志林云：章詧，字隱之，本閩人，遷于成都數世矣。善屬文，不仕。晚用太守王素薦，賜號沖退處士。一日，夢有人寄書召之者，云東岳道士也。明日，與李士寧游青城，濯足水中。詧謂士寧云云，士寧答云云。詧大驚，未幾果死。士寧，蓬州人，語默不常。或以爲得道者。

永福古讖

天保石移，瑞雲來奇。龍爪花紅，狀元西東。

游宦紀聞云：永福古讖語云云。乾道間，福清天保瑞雲寺後，石崖横行，豁地成蹊。永邑東鄉石壁，松上産龍爪花。其年蕭公國梁果魁天下，次舉黄公定臚唱第一。蓋瑞花生處，蕭西、黄東，各三十五里。此「狀元東西」之應也。

羅源民謡

十里清溪流活水，連村緑稼有甘霖。羅村野叟千秋史，秋浦先生一片心。

羅源縣志云：庚午夏羅源縣旱，邑人鄭伯淵年七十餘，與鄉人徒步至福源龍潭禱雨。翌日果雨。明年又旱，亦如之。邑有南北中三溪，歲久壅塞。伯淵捐金倡衆力疏之。連城宰爲記於學。居民感其德，歌之云云。

閩詩錄　丁集卷一

侯官　陳　衍補輯
閩縣　曾念聖校訂

施宜生

宜生，字明望，浦城人。宣和末爲潁州教官，仕齊，仕金，官至翰林學士。自號三住老人。有集行於世。

中州集云：賦柳云：「朱門處處臨官道，流水年年遶禁宮。」草書云：「臨池翕忽雲霧集，舞劍浩蕩波濤翻。」山谷草書云：「行所當行止當止，錯亂中間有條理。意溢毫搖手不知，心自書空不書紙。」社日云：「濁澗迴湍激，青煙弄晚暉。綠隨春酒熟，分與故山違。社鼓喧林莽，孤城隱翠微。山花羞未發，燕子喜先歸。」又云：「割少詼諧語，分均宰制功。靈祇依古樹，醉叟泥村童。萬里開耕稼，三時順雨風。行春從此樂，著意酒杯中。」初在潁州日，從趙德麟游，頗得蘇門沾丐云。

金史云：宜生爲宋潁州教授，以罪北走。海陵召爲翰林直學士，遷翰林侍講學士，爲宋正旦使。宜生自以得罪北走，恥見宋人，力辭，不許。宋命張燾館之都亭，因間以首丘諷之。宜生顧其介不在旁，爲虔語曰：「今日北風甚勁。」又取几間筆扣之曰：「筆來，筆來。」於是宋始儆。其副使耶律闢離刺使還以聞，坐是烹死。先是，宜生困於場屋，遇僧善風鑑，謂之曰：「子面有權骨，可公可卿。而視子身之毛皆逆上，且覆腕，必有以合乎此，而後可貴也。」宜生聞其言大喜。竟從范汝爲於建劍。已而汝爲敗，變服爲傭，傭泰之吳翁家三年。翁異之，一日屏人，詰其姓名。宜生曰：「我服傭事唯謹，主人乃亦寘疑耶？」翁固詰之，則請其故。翁曰：「日者燕客，執事咸餕，而汝獨遜諸儕，且撤器有歎聲。是以識汝非真傭也。」宜生遂告之故，翁贐之金，夜濟淮以歸。試一日獲熊三十六賦，擢第一。其後竟如僧言。

貴耳集云：施宜生改名方人也，入大金。曾爲奉使來。館伴因語：「三十六熊賦云：『雲屯八百萬騎』，以『八百萬騎』對『三十六熊』，何其鮮哉？」宜生語塞。大抵南北二使皆不深書。司射所載，「熊」即「侯」也，非獸也。

癸辛雜識云：汴梁普賢洞記石碑甚雅。金皇統四年四月一日，奉議大夫行臺吏部郎中、飛騎尉施宜生撰並書。所謂方人也者，後爲金相字，步驟東坡。

金詩紀事云：案遼史：「興宗重熙五年九月癸巳，獵黃花山，獲熊三十六。冬十月壬子，御元和殿，以日射三十六熊賦試進士於廷。」則此賦乃遼時舊題，海陵朝適有此相同之事，故即用以試士耳。

柳

魏王堤暗雨垂垂，還似春殘欲別時。傳語西風且停待，黛殘黃淺不禁吹。

無題

唱得新翻穩貼腔，阿誰能得肯雙雙。天寧寺裏尊前月，分擘清寒入小窗。

盆池

盆池瀲灩蔭芭蕉，點水圓荷未出條。分得江湖好風景，斷雲飛去晚蕭蕭。

平陽書事

春寒窣窣透春衣，沿路看花緩轡歸。穿過水雲深密處，馬前蝴蜨作團飛。以上中州集。

題都亭驛

江梅的皪未全開，老倦無心上將臺。人在江南望江北，斷鴻聲裏送潮來。

晦庵詩話云：龍泉尉施慶之嘗舉宜生十數詩。内入使時題都亭驛云云。

案：此詩見晦庵詩話。又見耆舊續聞，題係題將臺，而首句「江梅的皪」作「梅花摘索」，末句作「征鴻時送客愁來」。

闕題

久坐鄉關夢已迷，歸來投宿舊沙谿。一天風雨龍移穴，半夜林巒鳥擇棲。賣菜無人求好語，種瓜何地不成畦。男兒未老中原在，寄語鵾雞莫浪啼。

嚴子陵釣臺

懸崖斷壑少人蹤，只合先生卧此中。漢業已無一抔土，釣臺今日幾秋風。

又

同學劉郎已冕旒，未應換與此羊裘。子雲到老不曉事，不信人間有許由。

黄州弔東坡

文星落處天應泣，此老已知吾道窮。事業漫誇生仲達，功名猶忌死姚崇。

題平沙落雁

江南江北八九月，葭蘆伐盡洲渚濶。欲下未下風悠揚，影落寒潭三兩行。天涯是處有菰米，如何偏愛來瀟湘。

案：全金詩闕首兩句，而餘亦小異。

感春詩

感事傷懷誰得知，故園閒日自暉暉。江南地暖先花發，塞北天寒遲雁歸。夢裏江河依舊是，眼前阡陌似疑非。無愁只有雙蝴蝶，解趁殘紅作陣飛。

錢王戰臺

層層樓閣捧昭回，元是錢王舊戰臺。山色不隨興廢去，水聲長逐古今來。年光似月生還没，世事如花落又開。多少英雄無處問，夕陽行客自徘徊。

題壁

君子雖窮道不窮，人生自古有飄蓬。文章筆下千堆錦，志氣胸中萬丈虹。大抵養龍須是海，算來棲鳳莫非桐。山東宰相山西將，莫把前功論後功。

耆舊續聞云：施逵，字必達，少負其才，有詩名。建炎間擢上第，爲穎州教官，秩滿而歸。時范汝爲爲寇，據建城。執逵而脅之，令書旗幟，遂陷賊黨。朝廷命韓世忠討之，城破。乃捕逵付軍帳，至臨安府獄，編隸湖外。離家之日，度此去必無生還，乃囑其妻，令改適。其妻悲泣，鬻奩具所有，以給行囊。及出獄，賂防送卒，使緩行，買一獲自隨。所至宿舍，縱其通淫。行至中途村舍，一夕，多市酒肉，令恣飲。中夜酣卧，手刃二卒及婢，乃變衣易姓名，竄於淮甸滁黄間。後朝廷捕之甚急，逵乃爲僧，行入邊界山寺中。主僧疑其必非凡人，一日以事役其徒衆，使出，獨逵在，呼而問曰：「朝廷嚴賞捕亡命之人，若是汝，可以實告我，爲汝尋一生路脱去。」逵感泣下拜，悉露情悃。僧作一書並白金數兩贈之，云：「可速入彼界，尋某寺僧某披之。」逵拜謝而去，遂至某寺。暇日，買北庭舉業習之。易名宜生，舉進士，廷試天子日射三十六熊賦，云：「聖天子内敷文德，外揚武功，雲屯一百萬騎，日射三十六熊。」遂冠榜首。仕金國，爲中書舍人，入翰苑。紹興庚辰，逆亮謀犯淮。先遣逵爲賀正使，憑狐倨慢。朝廷以張燾爲館伴使，每以「首邱」、「桑梓」之語動之。意氣自若。臨歧，顧張曰：「北風甚勁。」張因奏早爲備。逵小時嘗有詩云云。又嚴子陵釣臺詩云云。至黄州，弔東坡詩云云。至一寺中，爲僧題屏風八景，其平沙落雁云云。此詩已有異志。又感春詩云云。又感錢王戰臺詩云云，此詩是出塞作。又題將臺詩云云，此詩奉使本朝時作。又題壁云云。達嘗卜葬地。卜者曰：「若近裏葬，三紀後可出侍從，子孫綿遠。近前，一紀窮困，後方顯達，但不歸家鄉。」達曰：「子孫富貴，何預於我。」即從前葬。韓蘄王之孫枝嘗語余云：「後見趙左史再可云：『靖康之難，有族人陷於北境葉倅者，建寧人，仕於南京，亦留金國。』達爲其子葉寮執伐娶趙。後和好既成，金還河南地，於是陷金者皆得歸江南。寮今爲雜賣場監官，亦能言宜生之事。」達祖墳今在邵武建寧縣村。村土人猶能言其事，墓尚存。

贈道人

休論道骨與仙風，自許平生義與忠。千古已嘗窺治亂，一身何足計窮通。仰天只覺心如鐵，覽鏡猶欣髮未蓬。塵世紛紛千百輩，只君雙眼識英雄。

夷堅志云：邵武吳郛説其父頃當三舍時，居軍學，與郡士吳淑、黃鑄、施逵同舍。有道人者不知所從來，雅擅人倫風鑒之譽。四士共延致於齋閣。見施逵曰：「異哉君之相法也。今未可宣言，俟翌日無人時當來訪我。」如約而往，則座上客滿矣。次日復然。第三日天未明過之。道人執燭辨視，徐問曰：「君有父母妻子乎？」曰：「赤立一身耳。」又問：「有叔伯兄弟宗族乎？」曰：「只有一叔在。」道人曰：「君面有反相，鬢眉皆逆生。他時決背畔，不終臣節。」逵大笑，口占一詩贈之云云。味其詞意，崢嶸不律帖，頗似張元所賦。後卒降金，躋顯秩。

含笑花

百步清香透玉肌，滿堂皓齒轉明眉。褰帷跛客相迎處，射雉春風得意時。

詩藪云：楊用修詩話載施宜生含笑花詩云云。讀者多不知宜生何人。案桯史，宜生福州人，少遊鄉校不利。有僧鑑其相當大貴，然毛皆逆生，法必合此乃驗。因從范汝爲，敗入金。金主亮校獵國中，一日獲熊三十六。宜生獻賦，有「雲屯八百萬騎，日射三十六熊」之語。亮大喜，擢第一。驟拔至禮部尚書，來使宋。漏亮南侵策，歸而被烹。其爲人蹤迹奇甚，且於宋事有關，而史逸之，故節錄於左。詩亦頗佳。

閩詩録 戊集卷一

侯官 鄭 杰原輯
陳 衍補訂

連文鳳補。

文鳳，字伯正，號應山，三山人。結杭清吟社。

春日田園雜興

老我無心出市朝，東風林壑自逍遥。一犂好雨秧初種，幾道寒泉藥旋澆。放犢曉登雲外壟，聽鶯時立柳邊橋。池塘見説生新草，已許吟魂入夢招。

月泉吟社第一名，託名羅公福。評云：衆傑作中，求其粹然無疵，極整齊而不窘邊幅者，此爲冠。

月泉吟社序云：浦江吴渭，宋時嘗爲義烏令。元初，退食於吴溪，延致鄉遺老方韶父與閩謝皋羽、括吴思齊，主於家。始作月泉吟社，四方吟士從之。三子者乃爲其評較揭賞云。

又送詩賞小劄序云：預於丙戌小春望日，以「春日田園雜興」爲題，至丁亥正月望日收卷，月終結局。收二千七百三十五卷，選中二百八十名。三月三日揭榜。

送詩賞劄云：伏以月泉吟社，久盟湖海之交；春日新題，賸寫田園之興。得周南而正始，可冀北之空群。執事振響武林，舒翹文苑。種秧澆藥，已朝市之無心；放犢聽鶯，更池塘之入夢。杼機自別，冠冕爲宜。某心所甚欣，手之不釋。詩成奪錦，誦珠玉者翕然；禮以爲羅，愧瓊瑤則多矣。餘如元穎，並致篚筐。

回送詩賞劄云：讀淵明詩，久識田園之趣；從夫子學，願爲農圃之民。未敢望其下風，胡遽延之上座。執事雅懷月霽，清思泉寒。某羨珠玉之在側，忝糠粃之播前。舊擬秋聲，曾占桐江之風景；新題春日，又分婺女之星輝。豈好爲朱公之變易姓名，深恐蹈柳子之召鬧取怒。慙非重寶，俾獲與錦囊之榮；賜侈香羅，復喚起青衫之夢。受絲毫而皆感，與筆墨以忘言。謹述謝私，伏祈鑒在。

案：來往小劄各二十餘首。錄一首以概其餘。

劉汝鈞補。

汝鈞，字君鼎，號蒙山，三山人，寓杭。

春日田園雜興

年來夢斷百花場，安分農桑萬慮降。爲喜麥青行暖徑，因看蠶出倚晴窗。草坪閒見烏犍點，畬水飛來白鷺雙。滿飲茅柴拚爛醉，踏歌社下自成腔。

月泉吟社第十二名，託名鄧草徑。評云：「意圓語妥，五六善寫物態，用韻尤工。」

陳普 補。

普，字尚德，號懼齋，寧德人。爲恂齋韓氏門人，韓出于慶元輔氏，蓋考亭的派也。宋亡後三辟爲本省教授，不起。大德初建州劉純父聘主雲莊書院，能勿軒延講鼇峰。有石堂集。

元詩選小傳云：普生淳熙甲辰，鶻鳩百數繞屋。七歲時坐田間，有白鷺飛止。有士人語之曰：「汝能賦一詩乎？」應聲曰：「我在這邊坐，爾在那邊歇。青天無片雲，飛下數點雪。」士人奇之。

壬辰日蝕

憶昔度宗皇帝時，十年十三日食之。似道贔屭湖海曲，天子宫庭耽樂嬉。滿朝翕翕皆婦人，禍來照鏡方畫眉。北軍順流日食既，兩國正爾爭雄雌。興亡豈必皆有數，百年以來士氣衰。文臣髀肉不識馬，武士驚魄怕見旗。

贈清叟行

共君一夜話三生，語正投機君又行。溪柳效顰添別恨，岸花和意送離程。驚時莫問歸巢燕，贈別愁聞求友鶯。今夜夢中重聚首，雞聲茅店已三更。

邵武泰寧途間一路海棠

萬騎連接出襄國，趙石虎都襄國，作萬花騎，出入隨從。諸姨撩亂上驪山。唐明皇同貴妃每年十月幸綉嶺，諸姨別色隨從，望之如錦。道人不識紅妝面，何事扶笻過此山。

李廣、李陵

茂陵無奈太倉陳，槐里家傳本助秦。萬落千村荆杞滿，隴西桃李亦成薪。

賈　生

落日長沙被鵩驚，愁來强把死生輕。洛陽才子多流涕，太息沾襟過一生。

武帝三首

商車不足算緡來，桑孔咸陽悉茂材。一撮茂陵無覓處，建章門户至今開。

幾多愛子出蕭關，山積胡沙骨未還。好把望思臺上淚，隨風北去灑陰山。

五十餘年四海波，建元三載盡征和。中央寸土纔無血，沃日澆天瓠子河。

宣帝二首

不將法律作春秋，安得河南數國囚。莫道漢家雜王霸，十分商鞅半分周。
渭橋夾道上瑤卮，甲館畫堂開禍基。甘露三年造新室，不關飛燕入宮時。

野步六言

黃犢眠中荒草，鷺鷥立處枯荷。宦海風濤舟檝，故山煙雨松蘿。
紅葉林風颯颯，蒼苔徑雨斑斑。人迹石邊流水，樵歌鳥外青山。

自哂

鬭雞走馬醉高陽，今日歸來兩鬢霜。無限少年心上事，半簾豆雨語寒蛩。

顔杲卿

驪宮歌笑入青雲，曾識常山有戰塵。忠骨已澌餘髮在，因人得見夢中身。以上石堂集。

湘煙錄云：此詩蓋指杲卿見夢明皇，妻疑髮動之事。

趙　若補。

若，字順之，崇安人。元初屢辟不就。有澗邊集。

通仙井

石乳沾餘潤，雲根石髓流。玉甌浮動處，神入洞天遊。武夷山志。

毛直方補。

直方，字靜可，建安人。與同邑劉邊近道、虞韶以成、虞廷碩君輔並勤著述。宋咸淳癸酉以周禮領鄉薦。入元授徒講學。省府上其名，得教授，致仕，半俸終其身。所著有詩學大成、詩宗群玉府、聊復軒斐稿。

擬古二首

高堂列綺席，賓御何委蛇。粲粲金芙蓉，春葩照蛾眉。檀槽起清籟，鐵撥弦鵾雞。祇聞筵中曲，不聞曲中詞。蕭蕭青冢魂，化作秋雁歸。玉關去時淚，點點濕朱絲。豈知哀怨情，及此歡笑期。彈者錦纏頭，聽者金屈巵。但令今人樂，不惜古人悲。

野色倏已暝，零露沾我裳。行役悲險艱，仰愧歸鳥翔。羈愁浩難收，壯髮日已蒼。遠林煙火微，投宿扣村莊。居人畢刈穫，笑語井臼旁。問客來何疲，毋乃仕與商。所慎在出門，奚怨中路長。

雜怨二首

種蓮恨不早，得藕常苦遲。誰知心中事，久已各懷思。

花開能夜合，草發解宜男。對花今有恨，見草祇應慚。

秋感

宇宙百年身，江湖萬里心。世情高枕遠，詩味閉門深。白髮銷窮達，青山傲古今。情知秋亦客，何事感秋吟。

妾薄命

妾肌如玉顔如花，長眉窈窈青山斜。深閨學成新婦禮，鏡鸞不與留年華。昨朝東鄰裁嫁衣，今朝西鄰催結褵。自憐孤燈照春夢，年年風雨梨花時。不怨父母貧，不恨蹇修拙。妾生賦命自坎壈，底用閑情寫紅葉。千絲萬絲霜練光，與誰織作雲錦裳。千針萬針兩黼黻，與誰佩服朝明堂。吁嗟妾薄命，薄命可奈何。失時還自羞，失身羞更多。妾寧失時無失身，平生分定月下繩。但把貞心守貞色，肯信嬋娟解誤人。以上聊復軒斐稿。

劉　邊補。

邊，字近道，建安人。所著有自家意思集及讀史摭言。

林泉寺

采芳仍漱潔，散策到來遲。客坐自相語，僧禪了不知。疎風潛入户，暗水細鳴池。小作石牀夢，夢中還覓詩。

句

耕鉏曉雨有餘地，應接東風無暇時。春日田園雜興。月泉吟社。

劉濩補。

濩，字聲之，三山人。嘗以經學教授錢塘，鄜州劉汶師魯兄事之。歿後，門人瞿士弘集其遺文，師魯爲序。金華黄溍跋其後，推服甚至。

送鄭南仲赴昌化主簿

熙寧言利臣，官好面堪唾。偉矣鄭介公，直聲千古播。幾葉爲此孫，能倡衆莫和。湖學四五年，氈寒不禁坐。况投萬山中，瘦馬仍縣佐。試訝鸞栖林，何如蟻旋磨。傳聞邑父老，置酒預相賀。此士多讀書，愛人不可貨。今年秋風高，勿畏茅屋破。但慮執法家，需君驚貪惰。白雲繚山腰，窗竹累千箇。坐念老廣文，德尊猶坎軻。縣庭一分寬，百里減寒餓。苟無澤物心，卿相徒爾大。版牘焉足稽，絃歌故非過。起瞻東壁明，詎患南箕簸。時訪隱者廬，談餘曲肱卧。公田定幾何，適半種粳糯。

春日郊行書與鄧善之别五首錄三。

在山水非清，出山水非濁。泉源但無壅，滄海端可學。
風急低卷帆，潮來直扶柁。我舟如我心，鷗鳥亦忘我。
東風吹紙鳶，衆目看不眩。出處亦兒嬉，善收存一線。以上聲之集。

郭 隉一作鎧。補。

隉，字德基，長樂人。初補太學生，宋亡，居鄉教授。至元中郡舉遺逸，授泉山書院山長，遷興化路教授，卒。學者私謚曰純德先生。

元詩癸集小傳云：世以明經顯，號書櫥。郭家德基，素尚高潔，酒酣爲文，下筆不少休。每一篇出，爭相傳寫。鄭國史鉞曰：「先生之文，流出肺腑。詩有開元、元和風致。長短句妙處逼秦、晏。」程承旨鉅夫亦謂其詩若文「和平沈深，不琢鏤以爲工」。

鱸 魚

請君聽説吴江鱸，除卻吴江天下無。西風獵獵鳴菰浦，泠然乘風空太湖，舟人漁子紛相呼。横江截以網罟罛，四鰓端好充君厨。鬣鱗圓細紅粉皾，文理匀膩白玉膚。不腥不淰不太腴，吾以鐵石心腸麤。磨刀霍霍飛凝酥，雪花吹去千萼跗。橙齏釀辣香模糊，盤行箸埽傾百觚。

蟹出汾湖者佳，名紫須蟹。

請君聽説吴江蟹，除卻吴江無處買。豈無鬱州與上海，獨許汾湖十分倍。筐如負笈行披鎧，大者盈斗吁可怪。爬沙驚倒兒女駭，黄金填胸高塊磊。十月尖臍更精彩，玻瓈瑪瑙光璀璀。髓香骨脆味瀟灑，坐令華堂厭烹宰。和以糟邱與醯醢，醞藉風流無不改，介夫佳傳傳千載。元詩癸集。

曹知白補。

知白，字又元，一字貞素，别號雲西老人。

元詩癸集小傳云：其先閩人，後徙居湓之許峰，再遷華亭長谷之西。知白身長七尺，美鬚髯，家貲富盛，而文采有餘。至元甲午，詔遣中書左丞鑿吴淞江，知白以策從行。大德戊戌，庸田使柳公行水，復獻寘閼成隄之法，大府薦授崑山教諭，意甚不樂，遂辭去，隱居著易。善畫山水，師馮覲，亦似郭河陽。嘗築臺，以銀粉涂之，月夜攜客痛飲，名瑤臺。一時惟常州倪雲林、崑山玉山主人可相伯仲，其他貲富而文采不足者，不與焉。

秋林亭子圖爲月屋先生作

天風起長林，萬影弄秋色。幽人期不來，空亭倚蘿薜。

秋水釣舟圖

秋水泊湖魚正肥，釣舟還好趁斜暉。晚風拂面酒未醒，新月流光又上衣。

遂生亭與錢南金，陸伯翔，伯宏，邵復孺，曹安雅、世長，自聞熏師聯句

冰冬鼓天籟，極寒抑新陽。曹貞白。凍痕固封圻，暝色浮穹蒼。錢南金。斜暉射屋壁，嚴飈襲衣裳。曹世長。氣候洹斯夕，景物惟冰霜。陸伯翔。幽居絶蕭散，喬木相低昂。僧自聞。長林展圖畫，疎松奏笙簧。陸伯宏。經時歲云暮，撫事心亦傷。邵復孺。朋來溫重席，衆喜累十觴。曹安雅。窗梅弄疎影，盤蠟搖寒光。伯翔。竹爐榾柮火，柏子氤氳香。自聞。豆籩既無算，肴核復屢將。伯宏。野蔌雜鶉雉，溪腴間鰷鱨。世長。翠罌玉蛆凍，犀箸紅肉僵。安

雅。偉哉青雲彥，會此白石房。南金。盍簪意已洽，得酒氣亦强。伯宏。世道久澆薄，古意殊荒涼。復孺。真情悦親戚，嘉會非尋常。貞素。高才貴瑚璉，妙語鏘琳琅。南金。太原與五姓，燕山尊十郎。伯翔。阿翁正矍鑠，我輩俱頡頏。世長。宗族互有託，禮貌詎可量。安雅。舟車遠無間，雞犬遙相望。自聞。九世同安居，百年有餘慶。復孺。兒孫等鱗次，兄弟列雁行。貞素。賴有北道阮，况得共被姜。安雅。鳩杖祝勿咽，兕觥介無疆。伯翔。晨昏足甘旨，歲時謹烝嘗。安雅。臭味亡薰蕕，優劣何秕穅。自聞。躬勤樂耕釣，志儉忘膏粱。伯宏。招隱及巖谷，濯纓下滄浪。南金。清風起竹徑，朝陽耀梧岡。世長。歌長擊瓦缶，興酣據胡牀。貞素。秋花照籬落，春草生池塘。復孺。望重詩禮庭，志薄名利場。南金。學術本鄒魯，治化沾虞唐。貞素。百兩重聘國，千金戒垂堂。伯翔。雄觀局四海，壯志駛八荒。伯宏。恒鄙貨殖貢，豈羡干祿張。安雅。詞源尚屈宋，書法追鍾王。世長。奇材任犖犖，雅量須汪汪。自聞。心胸藴星斗，頭角嶄珪璋。伯宏。黄麻珍世賞，青氈寶家藏。伯翔。松柏抱貞秀，蘭桂含芬芳。世長。擬儕谷口鄭，弗媿商山黄。復孺。曳裾或混俗，衣錦寧忘鄉。南金。王掾元不癡，酈生乃佯狂。復孺。婉孌談論瀾，輾轉理義長。貞素。會合益膠漆，契濶毋參商。笑論寒稍弛，歡樂夜未央。南金。真性本寥廓，幻身且徜徉。自聞。聯詩出雅頌，看劒生光芒。世長。焚膏照無寐，瀹茗搜枯腸。自聞。人情笑失馬，世利嗟亡羊。伯翔。惟茲一餉樂，勝彼終日忙。安雅。所欲論文字，初不事酒漿。貞素。耆英固難繼，真率或可方。復孺。坐醉春滿席，起舞月在梁。南金。宿氛息廣漠，晴暾炫榑桑。伯宏。分袂重慷慨，驅車走康莊。安雅。猗歟紀宴集，斐然成文章。復孺。以上元詩癸集。

王載補。

載，字□□，建安人。官國子博士。

送尚書柴莊卿出使安南

金石丹忱動藻旒，馬諳舊路壯英遊。車無薏苡廉聲著，贄有包茅職貢修。指按地圖朝北闕，口傳天詔到南州。此行不待長纓請，好繼班生萬里侯。元詩癸集。

傅定保補。

定保，字季謨，號古直，晉江人。宋咸淳中禮部奏賦第四。時相沮抑新進，未令赴廷試。歸益力學，不仕。大德初，提舉吴濤薦授漳州路學正，改三山書院山長。三月辭歸，授徒養母。至治中以平江路儒學教授致仕。有四書講稿及詩文若干卷。

四賢祠次韻

四傑唐遺迹，千年此妥靈。草荒丞相冢，雲鎖隱君亭。助教衣猶綠，翰林山尚青。因懷水南令，愁思遶春汀。

泉州府志云：四賢祠祀唐姜公輔、秦系、韓偓、席相，按詩中「助教衣猶綠」句，疑所祀乃歐陽詹，非席相也。

翠光亭次韻

墨妙銷沈萬丈光，人間流落句文香。青山不管興亡事，暖翠浮煙竟日長。

案：泉州府志又有歐陽至四賢祠詩云：「唐像衣冠古，空山筆硯靈。老僧新棟宇，隱士舊池亭。茶竈雲根白，書燈鬼火青。殘碑蘚花碧，小篆雁書汀。」翠光亭詩云：「山翠浮林嚥日光，落花猶帶佛爐香。詩中野興道不盡，隔水棹歌聲短長。」是傅所次即歐陽韻。但未詳歐陽是否閩人。

陳帝用

帝用，字愚臣，號安素，莆田人。至元中布衣。

乙亥書事二首案：見謝承霖莆陽編。

胡馬披猖迫帝畿，時危到此咎誰歸。要君自詭邊功盛，召虜安知國事非。臣有福威經切戒，相無學術史深譏。中原未得平安報，徒使詩人淚暗揮。

廊廟經綸策自良，草茅憂愛慮尤長。五胡雲擾偏安晉，十國棊分末造唐。欲放耕牛歸隴畝，須防飢虎卧堂皇。開基乙亥江南誓，留在人心想未忘。補。

陳以仁補。

以仁，字□□，號復齋，三山人。

拜西山真文忠公像

仰止西山翁，千載祀不絕。文章立凖繩，青史施名節。世降風俗薄，人心多詭譎。遺像儼如生，再拜懷先哲。元詩癸集。

郭道卿

道卿，字景仁，莆田人。至大中布衣，旌表孝子。

亂後謁母墓

欲從泉下拜遺音，亂草及春零露侵。一抔荒山終歲土，百年貧子此生心。悲風動樹嗟無死，高屺望雲凍不沈。自是儒生多積戾，墓前帯甲未全禁。案：見莆風清籟集。

蘭陔詩話云：公與曾祖義重，子廷煒，稱郭氏三孝。祠在郡城北魏塘，雙闕巍然，門臨孔道，過者必立馬徘徊而後去。其亂後謁母墓一詩出自至性，可以感鬼神而泣風雨。

陳紹叔補。

紹叔，字克甫，莆田人，學者稱浮邱先生。有浮邱集。

案元詩癸集云：先世居大浮山之西，曰西陳。後有析居金沙者，故紹叔爲金沙人，而猶以浮邱爲號。幼好學，弱冠博覽群書，洞達性理，至老不倦。忽一日，思其親友，遍至其家。既而得疾，越七日卒，年七十一。邑人林以順誌其墓。

鄭冢詩

土堆埋玉起愁雲，立石栽松灑淚痕。敢效大夫題鄭冢，竟遺一女嫁陳村。石田茅屋誰爲主，麥飯茶杯外有孫。寄語耕鉏莫相及，免教過客見銷魂。莆陽全書。

林以辨

以辨，原名井，以字行，更字子泉，莆田人。皇慶中布衣。

過浮山贈陳克甫

偶一作「夜」。過浮邱月滿山，一樽相對夜一作「坐」。漫漫。門臨大海風濤壯，家有小天星斗寒。玉蛤吠田秧正綠，江豚吹浪荔初丹。懸知別後相思意，著就玄言幸寄看。

案閩書云：陳紹叔，字克甫，興化人，居靈川里浮山下。洞達性理，至於河圖雒書、太極通書、律曆制度，靡不研究。有外集百餘卷，題曰浮邱集。因與學者説璇璣玉衡，遂揉木像示之。既鑄銅，仿古制，又別製器象天體，虛中而鬃之。上刻周天度數，塡以鈿羸，揭南北二極，凡天河星宿，皆列其中。其制度精微，名曰小天。有友人贈詩云云。

蘭陔詩話云：子泉湛深經術，講學泉山，學者稱玉井先生。其贈陳紹叔一詩，莆陽全書逸其半，作「無名子詩」。今依林氏家譜正之。

鄭杓

杓，字子經，莆田人。皇慶中薦授南安教諭。蘭陔詩話云：公與陳衆仲、劉能静爲文字交。所著有春秋解義表義、覽古編、夾漈餘聲樂府，又有衍極五編、衍極載記五篇。宣撫使齊伯亨嘗採其衍極書上之，又爲築衍極堂，即今郡城中書倉也。

凝春小隱

一窗花氣襲人衣，窗底芳塵熌不飛。坐久研池生石雨，海棠枝上雪都稀。案：潘紉叔元詩選作陳衆仲詩。今依南湖家乘正之。

洪希文

希文，字汝質，德章子，莆田人。皇慶中以薦授興化教授。有續軒渠集。案元詩選小傳云：其父巖虎，號吾圃，與坐萬山中，朝晡盂飯、燒芋、咬菜相倡和，無愠色。巖虎有集曰軒渠，希文因自號續軒渠集。郡人林以順謂其詩「得意處皆自肺腑流出」。至于造語錬字之法，頗費工夫。

少睡

少睡多宵坐，占星看碧虚。病根常檢點，客氣久消除。清有焚香癖，臞因服藥疎。眼前書未讀，肘後看方書。

郊行

天亦自多事，一春勞應酬。哺雛銜雨燕，喚婦出林鳩。有累俱關抱，無生始斷愁。忽逢林下士，羞默但低頭。

新秋客中

一望澄江欲盡頭，鄉園斷絶使人愁。江山遼邈英雄志，河漢微茫天地秋。蛩助吟聲風淅淅，雁傳客信水悠悠。眼前有句懷王粲，煙樹重重倦倚樓。

幽居二首

柴門掩斷徑生苔，坐閲東君幾往迴。看盡牀書無客到，殘花風送過牆來。

投老安間世味疎，深深水竹葺幽居。牀頭昨夜風吹落，多是經年未報書。以上續軒渠集。

余　檝

檝，字宏父，號履園，莆田人。皇慶中布衣。

囊山松風閣

翠雲不改舊時峰，笑我重來鬢已翁。掉臂山林三友共，論心宇宙幾人同。酒醒小閣松風溜，燈暗疎窗竹月籠。最是三更清夢斷，一聲鐘裏萬緣空。案：見莆風清籟集。

楊　載補。

載，字仲弘，浦城人。延祐初登進士第。官至寧國路總管府推官。有仲宏集。

范德機序云：仲弘天禀曠達，氣象宏朗，開口論議，直視千古。每大衆廣集，占紙命辭，傲睨横放，盡意所止。衆方拘拘，已獨坦坦。衆方紆餘，已獨馳駿馬之長坂而無留行。要一代之傑作也。

黃文獻集云：年幾四十，不仕。賈戶部國英數言其材能於朝，遂以布衣召入，擢翰林國史院編修官。其文如長風怒帆，一瞬千里。至於崎岸之縈折，舷敧柁側，亦未始有所留礙。

詩法家數云：予於詩之一事，用工凡二十餘年，乃能會諸法而得其一二。

睽車志云：楊仲宏以下詩文，多殺機鬼氣。

元史本傳云：趙孟頫在翰林，得載所爲文，極推重之。由是載之文名隱然動京師。其文章一以氣爲主，博而敏，直而不肆。嘗語學者曰：「詩當取材於漢魏，而音節則以唐爲宗。」自其詩出，一洗宋季之陋。

宗陽宫望月分韻得聲字

老君臺上涼如水，坐看冰輪轉二更。大地山河微有影，九天風露寂無聲。蛟龍並起承金榜，鸞鳳雙飛載玉笙。不信弱流三萬里，此身今夕到蓬瀛。

西湖遊覽志云：宗陽宫本德壽宫後圃也，内有老君臺、得月樓。杜道堅號南谷，當塗人，風度清雅。嘗以中秋集儒彦登老君臺玩月，分韻賦詩。楊仲宏爲首唱。

紀　夢

海上垂綸有幾年，平居何事夢朝天。蒼龍觀闕東風裏，黄道星辰北斗邊。治世衹今逢五百，前程如此隔三千。揚雄解奏甘泉賦，應有聲名達帝前。

歸田詩話云：「蒼龍觀闕東風裏，黄道星辰北斗邊。日照九衢平似水，胡兒吹笛内門前。」此宋龐右甫過汴京詩也，甚感慨有味。仲宏作紀夢詩，乃全用其一聯，何也？

寄劉師魯

想君遊宦處，正值洞庭湖。落日波濤壯，晴天島嶼孤。舟航通漢沔，風物覽衡巫。天下文章弊，非公孰起予。

詩法正論云：此以興爲承，賦爲轉者也。

古牆行

建炎白馬渡江時，循王以身佩安危。疏恩治第壯輿衛，縮板載榦繇偏裨。下鍤江城但沙鹵，往夷赤山取焦土。帳前親兵力如虎，一日連雲興百堵。引錐刺之鐵石堅，長城在此勢屹然。上功幕府分金錢，讙聲如雷動地傳。爾來瞬息逾百年，高岸爲谷驚推遷。華堂寂寞散文礎，喬木慘淡棲寒煙。我入荒園訪遺古，所見惟存丈尋許。廢壞終嗟麋鹿遊，飄零不記商羊舞。王孫欲言淚如雨。爲言王孫毋自苦，子孫再世隳門户。英公尚及觀房杜，如君百不一二數。人生富貴當自取，況有長才文甚武。公侯之後必復初，好把家聲繼其祖。

次韻虞彦高遊陽明洞

憶昔神禹奠九州，兹山會計功始休。諸侯玉帛渺何許，但見萬水從東流。衣冠永閉陽明洞，夜聞鬼哭巖之幽。珠宫貝闕號龍瑞，天造地設非人謀。槎牙怪樹凍不死，化作千丈蒼玉虬。丹洞呀然仙掌裂，翠峰巧矣蛾眉修。梅梁飛去鐵鎖斷，往往雷雨生靈湫。軒轅神極祕怪，海上笙鶴時相投。平生閉門讀史謳，子乃探穴先吾遊。明當挾子期汗漫，題詩更在最上頭。不妨山水樂吾樂，豈有飢溺憂民憂。故家喬木尚可求，有子有孫百世留。卧横玉簫泛歸舟，吹散萬斛江南愁。

歸田詩話云：長篇如古牆行、梅梁歌皆爲時所推許。夫人瞿氏，予祖姑也，嘗以仲宏親筆草稿數紙授予。字畫端謹，而前後點竄幾盡，蓋不苟作如是。

題王起宗畫松巖圖

雲起重巖鬱浚亂，長松落落樹直榦。若人於此結茅屋，爽氣飄然拂霄漢。艤舟之子何逍遥，從者傴僂攜一瓢。山中無日不閑暇，跋涉相顧浚風飈。始知王宰用意高，使人觀圖鄙吝消。世間未必有此景，塗抹變幻憑秋毫。丹青遊戲固足樂，收絶視聽搜冥莫。向來爲政殊不惡，乃爾胸中有丘壑。

留別京師

囊衣託載道傍車，人事匆匆歲欲徂。風雨四更雞亂叫，關河千里雁相呼。蕪菁散漫根猶美，桑柘蕭條葉漸枯。卻向一作「上」。高丘重回首，五雲繚一作「飛」。繞帝王都。

遣興

庭樹號蟬日已涼，寒雲横雁夜何長。挾書萬里干明主，仗劍三年別故鄉。西北諸山連朔漠，東南衆水隔荆揚。淹留不去慚蘇子，莫遣貂裘厭雪霜。

贈同院諸公

詔編國史有程期，正是諸郎儤直時。虎士守門宫杳杳，雞人傳箭漏遲遲。窗間夜雨銷銀燭，城上春雲壓綵旗。才大各稱天下選，書成當繼古人爲。

次韻錢唐懷古

化人宮闕被層阿，棟宇高低若湧波。翠石文章書日月，寶珠光燄燭山河。空桑説法黄龍聽，貝葉繙經白馬馱。誰謂一無超衆有，只今塵土重來過。

歸田詩話云：楊仲宏以宗陽宮玩月詩得名。然他作如「風雨」云云，「挾書」云云，「窗閒」云云，「空桑」云云，沈雄典實，先叔祖每稱之。

莫春遊西湖北山

愁耳偏工著雨聲，好懷長恐負山行。未辭花事鬆鬆盛，正喜湖光淡淡晴。倦憩客猶勤訪寺，幽棲吾欲厭歸城。緑疇桑麥盤櫻筍，因憶離家恰歲更。

春晚喜晴

積雨俄經月，新晴始見春。蒼苔侵別墅，緑水過比鄰。性僻居宜遠，身閑景易親。無詩排世累，有酒縱天真。循圃花粘屐，憑闌柳拂巾。歌呼從穉子，談笑或嘉賓。漸喜漁樵狎，仍欣鳥雀馴。幽晴延薄暮，浩思集清晨。養拙元非病，爲文敢自珍。杜門緣底事，作計懶隨人。

寓長春道院春雨即事呈鄭尊師二首

南榮相距數尋閒，滿地春泥隔往還。夜雨暗添籬腳水，曉雲濃擁樹頭山。修篁夾逕宜增植，細草侵階莫謾删。世慮紛然無止極，敢求大藥駐衰顔。

客遊無賴阻重陰，院落蕭條逕術深。數畝林塘觀不厭，一窗風雨坐相侵。靈虬尚有蟠泥迹，老驥寧無越塊心。多謝西家賢太守，相招樂飲費千金。

舟次池陽，偕通守周南翁燕表姪陳和卿家，席上贈歌者

故人相見話綢繆，三日江干繫客舟。高燕未闌明月上，艷歌初轉彩雲留。光搖崖蠟寧知夜，字寫邊鴻已報秋。底事尊前能盡醉，爲伊肯展翠眉愁。

贈孫思順

天涯相遇兩相知，對榻清談玉屑霏。芳草漫隨愁共長，青春不與客同歸。薰風池館蛙聲老，落日簾櫳燕子飛。南浦他年重到日，湖山應識謝玄暉。此詩風雅作趙子昂，體要作楊仲弘。

悼鄰妓二首

西子湖邊楊柳花，隨風飄泊到天涯。青春遇著歸來燕，銜入當年王謝家。此一首體要作揭傒斯，誤。

一種腰肢分外妍，雙眉畫作月娟娟。春風吹破襄王夢，行雨行雲若箇邊。二詩鐵崖採入西湖竹枝詞，序云：「其詩傲睨横放，盡意所止。我朝詞人能變宋季之陋者，稱仲弘爲首，而范、虞次之。」

韓信同補。

信同，字伯循，號古遺，寧德人。受業石堂先生陳普之門。延祐四年應鄉舉不合，歸。著有四書標注、書經講義、三禮、易經旁注、書解、集史類纂，多不傳。

題岳王墓

妖星墜地芒角赤，劍龍悲吼風蕭瑟。中原王氣挽不回，將軍一死鴻毛擲。秦家小兒真戲劇，播弄造化搖樞極。指讐爲親忠且逆，隻手上遮天眼碧。九重茫茫隔天日，無由下燭臣愚直。臣愚萬死不足惜，國恥未湔猶憤激。古壙埋冤血空瀝，風雨年年土花蝕。我恐精忠埋不得，白日英魂土中泣。請將衰骨斲出荒苔痕，一本無「出荒」二字。獻作吾王補天石。

筆精云：古今題岳王墓者多矣。元季韓古遺一篇，岳集未收，差有溫、李之調。詩云云。

雷機補。

機，字子樞，建安人。薦爲邵武縣學教諭，登延祐五年進士第，官至翰林待制。所著有龍津稿、易齋稿、黃鶴磯稿、碧玉環稿、龍山稿、鄞川稿、環中稿。

元詩癸集小傳云：唐雷萬春之後，軀幹魁梧，方面美髯，見者聳然。所至發奸除害，燭見毫髮。人皆以「雷神」稱之。

幔亭峰

祖龍當日好仙靈，不異曾孫宴幔亭。海內蓬萊渠未識，漫勞徐福到滄溟。

天遊峰

俗鞅塵羈可自由，今朝始泛武夷舟。登高識得天游趣，三十六峰雲影秋。元詩癸集。

詹景仁補。

景仁，字天麟，崇安人。以文學辟二公府掾，延祐間出貳浙東憲幕，陞江西撫州路總管。元詩癸集小傳云：初景仁在京師，與清江杜本伯原友善。後本忤時相歸，景仁邀入武夷山，即平川之上築萬卷樓，日夕賡唱繙閱。宇内名流有過閩者，皆造廬請益焉。

焙芳亭

進火有文武，盈筐藹紫雲。遥知仙種别，秪覺異香聞。元詩癸集。

黄清老補。

清老，字子肅。其先固始人諱惟談者，徙居邵武，五子各治一經，人號黄五經。清老少治春秋，泰定三年浙江鄉舉第一，明年登李黼榜進士。曹尚書元用、馬學士祖常請留館閣，授翰林典籍。尋陞應奉翰林文字，同知制誥，兼國史院編修官。出爲湖廣行省儒學提舉。學者稱樵水先生。有樵水集、春秋經旨、四書一貫行世。

張呂寧志道序云：子肅之於詩，天稟卓而涵之於静，師授高而益之以超。由李氏而入，變爲一家，其自得之髓，則必欲蜕出垢氛，融去渣滓，玲瓏瑩徹，縹緲飛動，如水之月、鏡之花，如羚羊之挂角，不可以成象見，不可以定迹求也。

古詩六章送王君冕歸陜西錄三。

麥熟天乍熱，開軒理瑤琴。兹晨有客至，一逕蒼苔深。日出樹影倒，曠坐分緑陰。清談落餘花，松風雜幽禽。君子希道德，永言結同心。

園林步春曉，芳徑澹已開。日出露未晞，孤吟池上臺。虚閣納翠光，硯寒欲生苔。清坐契心賞，白雲時入來。君子晚相識，南山碧崔嵬。

西山三月春，萬物好顔色。鳥啼自宫商，花開各紅白。滔滔東流水，千里在頃刻。風雨入遠林，苔痕有新籜。雞鳴潮欲上，山月遲歸客。

訪子威都事不遇

清曉抱緑綺，來就夫君彈。夫君久已出，野水流花間。石澗度微雨，秋生湖上山。松陰坐永日，心與雲俱閒。人事有離合，白鷗聊共還。

招友人

晨雨洗餘花，塵慮日蕭散。芳草綠如茵，空林坐春晚。遥思江上客，尊酒媿折簡。臨流擷嘉蔬，共此林下飯。

送楊信父歸臨江

自别武夷君，海水落幾丈。當年尊俎地，顛倒疊横嶂。君從山中來，應見桃花開。秦人笑相語，媿我非仙才。茫茫八極中，雲月秋徘徊。苦吟不出門，孤負黄金罍。劃然西風生，拂我琴邊埃。願從雙白鶴，去去不復回。

山行二首

愛山不知倦，緩步成幽尋。觀泉度疊嶂，攜日穿僧林。睠彼枝上鳥，少憩松間陰。蕭然清風來，發我松下琴。白雲邀我飲，流泉永我吟。

曾謂塵中人，不知君子心。采采巖下菊，菊老花壓地。泉露飄我衣，擷英不盈袂。錚然松子落，林下遠風至。沈吟不成詩，支笻領山意。

送人之金陵答贈張質夫

林塘殘月曉，松露滴清聲。此日佳人別，空山碧草生。江湖雙白鳥，風雨一啼鶯。解纜春花發，悠悠萬里情。

福山菴

晨光海上來，雲氣升萬壑。雞鳴落花中，殘鐘度城郭。菴僧戴星出，我自飯藜藿。寧知天地心，但有山水樂。書燈夜搖動，霧氣侵几閣。開扉得新月，欲掩見棲雀。煙霞暫相違，筆硯庶有託。但留松間雪，付與雙白鶴。庭柯換故葉，林竹脱新籜。何日芝草開，挐舟赴前約。

友人見訪不遇

君乘白鶴下青雲，我入春山聽曉鶯。可惜小樓風雨過，無人收拾萬松聲。以上樵水集。

林泉生補。

泉生，字清源，晚號謙牧齋，永福人。天曆庚午登進士第。官至翰林直學士，知制誥，同修國史。卒謚「文敏」。著有春秋論斷及覺是集。

弔岳王墓

岳王墳上褒忠寺，地老天荒恨尚存。介冑何堪投獄吏，衣冠無復望中原。青山能掩萇宏血，落日空悲蜀帝魂。遼鶴不歸人事別，吳宮青草又黄昏。

誰收將骨葬西湖，已卜他年必沼吳。孤冢有人來下馬，六陵無樹可栖烏。廟堂短計慚嫠婦，宇宙惟公是丈夫。往事重觀如敗局，一龕燈火屬浮屠。

輟耕錄云：弔岳王墓詩最膾炙人口者，如高則誠、潘子素、林泉生云云。

落花怨

落花怨東風，情薄不可託。紅顏爲君開，衰顏爲君落。願落流水中，隨君遠漂泊。

贈永陽黄子邵和文丞相韻

贈君以幽藍，棄之不如草。古來溝壑間，將見壯士老。憂君君不知，慷慨爲君歌。歌竟欲痛哭，言辭不能多。但願江海水，水化作杯酒。傾倒入君懷，得不一回首。

白鶴寺聽琴樓

青山如横琴，雙瀑爲之絃。何人作此曲，一奏一作「彈」。三千年。上有倚天拂雲之喬松，下有伏波步月之蒼黿。松今未凋黿未老，人間此曲何時了。我來十月溪水銷，古木萬壑風蕭蕭。飛流向我作宫徵，使我聽之心寂寥。臨軒再拜問此水，巢由去後誰知己。我今賸有兩耳塵，不敢向此溪中洗。山僧煮茗樵父歌，吾亦無如此水何。

題高尚書夜山圖

善畫尚書高彦敬，能書學士趙子昂。兩翁秋興江海動，一尺夜山吴越蒼。雲松霧塔參差見，野水寒沙渺漭長。山窗撫卷應惆悵，卻憶東坡賦雪堂。

方廣巖紀遊

上方樓閣倚空明，磴路如天鳥亦驚。屋頂石巖常欲墜，簷前瀑雨不能晴。龍湫千古風雷氣，山殿六時鐘磬聲。最愛白雲飛不去，半山飄泊伴人行。

寄題大龍湫和李五峰韻

雁蕩峰頭春水生，無邊木葉作秋聲。六龍捲海上霄漢，萬馬嘶風下雪城。春盡不知陽鳥去，巖高惟許白雲行。故人家住青山下，野竹寒流亦有情。以上覺是集。

林以順

以順，字子木，莆田人。與盧琦、陳旅、林泉生俱以詩名于閩中。任浦江縣尹，歷官江西儒學提舉。

鄭氏義門詩

稽古神聖，明德修身。首念九族，一身之分。族不易睦，睦之以親。族不徒叙，叙之必惇。惇惇親親，民變俗淳。比屋可封，孰專美名。蓋聞其風，降自華勛。昔之所親，今爲塗人。昔之所惇，今反少恩。後聖繼作，建極叙倫。汩没之中，善端或明。義夫節婦，孝子順孫。有一于此，朝上夕旌。矧自祖父，至于後昆。緦功以降，娣姒異姻。内外執役，千指孔群。同牢共食，爰及犬豚。堂奥之内，惇睦風存。節義孝順，百行具聞。義孰大焉，宜書其門。余長浦陽，邑有鄭君。華其五世，八世復新。躅徭之命，自天申之。鄭君曰噫，曷亦稱之。聚骸有土，聚穀有囷。將廣此義，卹荒惠貧。敢曰自佚，以病鄉鄰。吾忍安之，惟義是遵。余謂鄭氏，堯舜之民。世世勿替，用徵斯文。元詩癸集。

陳天錫補。

天錫，字載之，號晉齋，福寧州人。任本州學正。至順初擢建陽尹，知福清州，致仕。與王薦等十人爲耆英會。所著有鳴琴集，王政都中爲之序。子五人。有棣萼詩五卷。

偶　題

修竹千竿萬卷書，水明沙淨稱幽居。春風架上吹殘簡，時復晴窗落蠹魚。鳴琴集。

閩詩録　戊集卷二

侯官　鄭　杰原輯
陳　衍補訂

陳旅

旅，字衆仲，號荔溪，莆田人。趙世延薦除國子助教。元統二年爲浙江儒學副提舉，官至國子監丞。有安雅堂集。

案元史本傳云：爲閩海儒學官，適御史中丞馬雍古祖常使泉南，一見奇之，謂旅曰：「子館閣器也，胡爲留滯於此？」因相勉遊京師。旅平生於師友之義尤篤，每感虞集爲知己。其在浙江時，集歸田已數載。歲且大比，請於行省參知政事，親奉書幣，請集主文鄉闈，欲爲問候計。乃衝冒炎暑，千里訪集於臨川。集每於學者語，必以旅爲平生益友。一日，夢旅舉杯相向曰：「旅甚思公，亦知公不忘旅，但不得見爾。」既而聞旅卒。

案山堂肆考云：游京師。翰林侍講學士虞集見其所爲文，嘆曰：「此所謂我老將休，付子斯文者矣。」

案春明夢餘錄云：元人董宇定杏花園在上東門外，植杏千餘株。至順辛未，王用亨與華陰楊廷鎮、高安張質夫、莆陽陳衆仲讌集。是日風氣清美，飛英時至巾袖杯盤之上。皆有詩，虞集爲之記。

案輟耕錄云：陳衆仲先生嘗題樂全堂，有「能守不成三瓦戒」之句，人多不知所謂。按史記龜筴傳云：「天尚不全，故世爲屋不成三瓦而陳之。」注：「陳，猶居也。」

蘭陔詩話云：馬祖常使閩，奇其文，作續雲辭贈之。

明妃出塞圖

昭君北嫁呼韓國，巫山更有昭君村。黃金鏤鞍玉驄馬，分明載出巫山雲。涼風吹動釵頭雁，一曲琵琶寫幽怨。沙草遙連雞塞庭，野花不種鴛鸞殿。内家日日選娉婷，淚痕滿袖空多情。漢庭自此恩信重，美人身比鴻毛輕。

友人記余少作因錄之

溪村積水生寒煙，匡牀睡起清明天。隔溪暮哭人飯鬼，塍間燒殘野風起。酒棋山前雨紛紛，來禽花底飛鵰鴣。荒墳纍纍出新草，草長如人人又老。東門大道青楊間，可憐車馬無時閒。

江城即事

江城十日九風雨，騎馬出門行紫苔。春草綠時猶作客，雲山多處忽登臺。青青野竹題詩去，小小吴姬喚酒來。漠漠侯車乘早發，城東昨夜杏花開。

題虞伯生詞後

憶昔奎章學士家，夜吹瓊琯泛春霞。先生歸卧江南雨，誰爲掀簾看杏花。

案歸田詩話云：虞邵菴在翰林，有詩云：「屏風圍坐鬢毿毿，銀燭燒殘照暮酣。京國多年情盡改，忽聽春雨憶江南。」又作風入松詞云：「畫堂紅袖倚清酣，華髮不勝簪。幾回晚直金鑾殿，東風軟，花裏停驂。書詔許傳宫燭，輕羅初試朝衫。御溝冰泮水拖藍，紫燕語呢喃。重重簾幙寒猶在，憑誰寄、錦字泥緘。報導先生歸也，杏花春雨江南。」

次韻毘陵吴寅夫見寄

季子江海居，勝友園池賞。臨水咏新詩，輕飈送流響。丹花陽林吐，綺翼幽竹上。雲瀾阻塵躅，離思徒浩漭。杪秋辭京邑，寒郭艤吴榜。宗兄念行役，旨酒勞鞅掌。承子共清悰，論文發豪爽。我貧久僑棲，所至類樂廣。願得陽羨田，寧慚五湖長。夙昔詒約言，遲暮嬰世網。衆仙諒超遥，樓觀滿方丈。餘霞散文席，斜月生翠幌。芳夕令人思，思之不能往。晨興即高岡，引睇寫孤想。

題天台桃源圖

天台一溪緑周遭，溪南溪北都種桃。東風吹花開復落，遊人不來春水高。錢塘道士張彦輔，畫圖送得劉郎去。昨夜神鵲海上來，洞裏胡麻欲成樹。

題胡氏殺虎圖

沙河野黑秋風驫，棗陽戍卒車載孥。道旁老虎夕未餔，車中健婦不見夫。倉皇下車持虎足，呼兒授刀刺其腹。夫骨已斷不可續，泣與孤兒餐虎肉。

題班婕妤題扇圖

層城柘館重徘徊，坐見瑤階長緑苔。紈扇秋來定無用，君王方築避風臺。

題韓伯清所藏郭天錫畫

往年京口郭天錫，學得房山高使君。畫省歸來人事少，煙岑閒向客樓分。林扃暝落青楓雨，水郭寒生白屋雲。歲晚懷人增感慨，晴窗展玩到斜曛。

題耿氏所藏黼畫

五月風生水殿涼，綠楊深處奏鸞簧。佳人偏愛臨池坐，欲與荷花鬭晚妝。

題楊氏所藏畫圖

山光濃淡雨初晴，曲曲江清樹色明。若買草堂江上住，盡開窗户看雲生。

縉溪道士

縉雲溪上縉雲山，春水流出桃花灣。白頭道士鶴爲馬，月明騎過居庸關。案：以上安雅堂集。

鄭稑

稑，號宗湖，莆田人。元統三年鄉薦第一。

有感案：見莆風清籟集。

暴嬴吞六合，自謂功無前。罷侯立郡邑，開陌廢井田。詩書付烈燄，法律爲真筌。一旦成瓦裂，貽笑今猶傳。於今踵其轍，泥淖故忘旋。諱名不諱實，赤子誠可憐。

黄鎮成補。

鎮成，字元鎮，邵武人。築南田耕舍，隱居著書。至順間屢薦不就，後政府奏授江西儒學副提舉，卒集賢院。定號曰貞文處士。有秋聲集。

元詩選小傳云：嘗歷覽楚漢名山，周流燕趙、齊魯之墟，浮海而返，登普陀觀日出，慷慨賦詩，翛然有蟬蜕塵囂之志。

乘涼

借屋依喬木，乘涼慽病身。日回山有影，風遠竹無塵。除地平施榻，攀條側挂巾。應攜龐老宅，真作鹿門人。

南山紫雲山居五首錄二。

一宿南山頂，仙凡此地分。河明疑有浪，天近更無雲。月色初秋見，泉聲徹夜聞。紅塵飛不到，甘與鹿爲群。

樹老秋仍露，山空晚更蟬。雨添春藥水，雲濕種瓜田。對榻僧長坐，聞鐘客未眠。自應麋鹿性，疎散愛林泉。

舟過石門梁安峽

書畫船頭載酒迴，滄洲斜日隔風埃。一雙白鳥背人去，無數青山似馬來。天際雨帆梁峽出，水心雲寺石門開。同遊有客如高李，授簡惟慚賦峴臺。

送憲幕陳時中分題得平章河

海國猶傳利澤功，滄溟縹緲百蠻通。潮來估客船歸市，月上人家水浸空。析木星辰三島處，榑桑宮殿五雲東。河梁此日重攜手，目遂靈槎萬里風。

春夜聽雨有懷

孤客曾聽夜雨眠，一生江海已華顛。吟懷不與春風隔，謾憶簷聲五十年。

石橋山

散策南山下，逶迤登石橋。五涉曲澗水，兩山鬱岧嶢。夤緣度絶壁，攀蘿俯山椒。懸瀑瀉層崖，水華垂空飄。盤行上石磴，天梯颭回飈。廁足得平地，聳身凌丹霄。入谷煙霞深，松竹聲蕭蕭。會當發天秘，翦此荆榛條。結屋棲白雲，覽矚千峰遙。土沃既宜耕，山深仍可樵。因之習天遊，已足遠世囂。悠然萬物表，我隱誰能招。

題墨菊

江南九月秋風涼，秋菊采采金衣黄。近時丹丘出新意，卻灑淡墨傳秋香。青城學士曾題藻，散落人間共傳寶。卷舒造化入毫端，回首東籬自枯槁。東陽傅君心好奇，何處得此秋霜枝。湖湘衲子遠相貺，筆勢迥與丹丘齊。香英細蹙玄玉屑，老榦拗斷烏金折。不隨粉黛學時妝，自與幽人同志節。淵明已逝屈子沈，晚香縱有誰知心。感君畫圖三歎息，爲君長歌楚天碧。

南田耕舍

離離南山田，采采山下綠。茲晨涼風發，秋氣已可掬。美人平生親，零落在空谷。顏色不可見，何由踵高躅。我耕南山田，我結南山屋。下山交桑麻，上山友麋鹿。還肯過鄰家，鄰家酒應熟。以上秋聲集。

句

王孫不歸怨芳草，山鬼欲啼牽女蘿。
鐵檄召雷秋雨足，瑤壇謁帝夜雲高。
遊山採藥辭家早，掃石看雲出洞遲。
青山盡處海門濶，紅日上來天宇低。
花竹一家巢絕頂，煙塵九點認齊州。
潮來估客船歸市，月上人家水浸空。

筆精云：元季詩人輩出，而邵武有黄鎮成，詩多奇警。秋聲集十卷，佳句疊出，如云云。惜梨棗朽腐，尠有覩其全篇者。

王都中補。

都中，字元俞，一字邦翰，福寧州人。幼從許衡學，自號本齋。父積翁，宣諭日本，遇害，世祖給驛券南還。元統初官至江浙行省參知政事。卒謚「清獻」。

題如鏡山林清氣集

不作西湖夢，歸吳愜素知。山林有清氣，泉石到新詩。花落曉風靜，鳥啼春日遲。孤吟最佳處，猶在□□時。

題叉魚亭

昌黎曾此賦叉魚，披棘尋碑考郡圖。重築草亭存古意，雙浮畫舫倣西湖。激輪爲磨供官費，隔水分塘笑我愚。寄語後來賢太守，相承無似此慵迂。以上本齋集。

王　畛補。

畛，字季野，都中子。官至成都路判官。至正間與弟畦流寓吳中，與陳叔方、鄭明德並以文行著於時。

放慵

愁到心常結，事過心自涼。幽憂漫成疾，慵放且何妨。籠鶴聲難出，牀龜息穩藏。浮生付天地，澄慮博山香。

王　畦補。

畦，字季耕。

寄倪元鎮六首錄三。

茅屋柴門少市人，時看麋鹿走踆踆。風前忽見飛花墮，想是山中又一春。

洞庭月色夜蒼茫，欲駕扁舟獨擅場。爲問林間倪外史，古今塵世幾興亡。

種朮耕雲不厭勤，林間著我作閒人。漁磯沙渚江洲上，極目天涯總是春。以上二人均附見本齋集。

陳陽至補。

陽至，字子善，天錫長子。舉賢良，累官汀州知事。

南禪禪寺

水南山寺逢秋社，幾樹芙蓉未著花。薄暮涼風漸吹急，月明山路接溪沙。

陳陽盈補。

陽盈，字子謙，天錫次子。以父蔭，官至泉州税課副使。至正中草寇攻州，遇害。贈敦武校尉。

北山尼寺

客中無事强登山，爲愛清空壓市寰。壞榻火寒茶竈靜，古祠香冷石爐閒。風生春水起龍甲，雨落晴階點豹斑。松牖不扃人不到，時看巢燕自飛還。

陳陽復補。

陽復，字子初，天錫第三子。

靈泉寺

上方野馬隔囂紛，山接靈源一派分。夜靜錫閒孤墖月，日高禪定半窗雲。翠紗籠壁詩難續，玉罌流香酒易醺。爇柏煮茶清不寐，松風吹籟隔溪聞。

陳陽純補。

陽純，字子正，天錫第四子。

華巖寺

千層金碧翠雲翻，樹滿招提竹滿山。十里清溪無覓路，水流花片到人間。

陳陽極補。

陽極，字子長，天錫第五子。舉文學，任侯官山長。

靈泉寺

白雲深處寂無譁，香積惟餘飯一麻。出定不知春已過，浄瓶花落點袈裟。

南屏寺

禪心不動法堂空，日影斜侵半榻紅。一卷楞嚴看未了，篆煙香散竹窗風。以上五人均附見鳴琴集。

彭炳補。

炳，字元亮，崇安人。至正中徵爲端本堂説書，不就。有元亮集。

元詩選小傳云：詩倣陶、柳，喜與海内豪傑游。聞昌平隱者何得之名，遂往謁，由是知名。駙馬烏谷孫事以師禮。

相重

申韓掃淳風，秦呂有天下。九圍無建侯，經國棄王霸。相權重丘山，四海自陶冶。李斯至不仁，驅民納機擭。忽如楚火炎，咸陽半天赭。漢朝相有功，蕭魏古人亞。王陵聊可師，平也騁奇詐。元后資大奸，操威變劉社。董凶誰召之，東京解如瓦。大盜工竊攘，神器陷曹馬。下民何命窮，皇天武侯捨。六朝吾厭之，無屑論王謝。李唐雖寡珍，房杜鳳凰炙。彼勳成武殃，誅夷豈天假。向非狄張才，廬陵恐菹鮓。開元藉姚宋，天宇耿光射。林甫披劍腹，清陽竟長夜。後來鍊赤心，何由補天罅。宋田膏雨深，鉏耘長靈稼。李韓諸大臣，聲光泝風雅。氣機春樹花，風雨易瀟洒。天津愁杜鵑，安石亂王化。沈痾蘇未蘇，妖狐舞秦賈。有元元氣舒，京國鳳麟舍。昂昂天馬來，長風九州跨。金根承五雲，矯矯六龍駕。弭弓休虎貔，弦歌滿華夏。比年天寡情，兵塵湧岷華。大風掀海空，烈日悴中野。股肱非不良，干戈幾時罷。春山雖晏如，憂心靡紓寫。安得起夔龍，與之爲御者。

劉有定

有定，字能静，莆田人。元統中布衣。

原範吟

天地不愛寶，出此圖與書。至哉百奇偶，誨我何勤渠。十爲夫婦始，九爲君臣初。龜龍發天賾，萬化皆權輿。禹圖順而實，羲畫逆以虚。知來豈損益，數往寧乘除。皇極即太極，合散由卷舒。云胡三代下，讖緯徒紛拏。太玄用踦贏，潛虚置元餘。去之二千歲，此道今何如。乾君倦于老，家事當誰傳。豈無一索者，庶孽不可言。大明出乎震，繼照行中天。坎者離之對，内助稱其賢。主器必長子，故遣司春元。所配非少女，生育何由蕃。震移艮斯代，兑去巽以遷。乾居少陽位，坤退西南偏。如何反對者，次序乃不然。連山既首艮，歸藏亦坤乾。安知後天位，不在文王前。吾觀七廟制，乃與後天會。易中有太極，生此覆與載。巍然正東向，太祖取諸兑。三昭與三穆，以次各相配。乾坤具純體，天地乃交泰。美哉文武功，世室莫敢廢。坎離得中道，水火本相逮。親盡或以祧，功成則身退。艮者震之反，巽者震之退。親親故近東，尊尊故居外。震爲孝曾孫，主祭祭如在。至如宗有德，于以昭後代。十六三十二，不在七世內。若以後天求，位次必有礙。設位故面東，三廟必依背。所以都宮成，太廟乃居北。先天即後天，體用不相悖。四時祫之小，三年祫之大。悉陳祧廟主，于以盡敬愛。由八而八之，三畫加一倍。又如祖自出，天造方草昧。太極本無極，無廟禘於太。我思古人心，萬世宜永賴。禘法非不知，夫子有深誨。莆風清籟集。

吳性傳云：能靜原範吟推闡圖書之意，發揮象畫之妙，究極先後體用之所以然，乃知此老胸中有一部全易也。

陳楠老補。

楠老，字良材，政和人。後至元元年乙亥由鄉貢備榜出身。授興化路涵江書院山長，轉本路建陽縣雲莊書院山長。至正間棄官歸老于家，壽七十餘。

題萬竹菴

青山迴望合，萬竹淨娟娟。寶殿晴光冷，瑤階翠色妍。龍吟明月夜，鶴舞早秋天。坐聽涼風發，軒櫺響澗泉。元詩癸集。

盧琦補。

琦，字希韓，號立齋，惠安人。登至正二年進士第。官至永春縣尹，調寧德。有圭峰集。

元史良吏傳云：稍遷至永春縣尹。始至，賑饑饉，止橫斂，均賦役，減口鹽一百餘引，蠲包銀榷鐵之無徵者，訟息民安。乃新學宮，延師儒，課子弟。鄰邑仙遊盜發，琦在邑境，盜遙見之，迎拜之曰：「此永春大夫也。爲大夫百姓者，何幸之大乎？吾邑長乃以暴毒驅我，故至此耳。」請縛其酋以自新。安溪寇數萬人來襲，琦召邑民喻之曰：「汝等能戰則與之戰；不能，則我當獨死之。」衆皆感憤曰：「使君父母，我民赤子。其忍以父母畀賊耶？」因踴躍爭奮，大敗之。

漁樵共話圖

樵夫初上山，漁父纔泊船。邂逅即相問，生涯兩堪憐。我渴魚可羹，爾歸突未煙。爾魚莫索價，我薪不論錢。惟將薪換魚，一笑各欣然。

憂村氓

世道日紛紜，人人自憂切。路逢村老談，呑聲重悲噎。我里百餘家，家家盡磨滅。休論富與貧，官事何由徹。縣帖昨夜下，羈縻成行列。鄰里爭遁逃，妻兒各分別。莫遣一遭逢，皮骨俱碎折。朝對狐狸嘷，暮爲豺虎齧。到官縱得歸，囊底分文竭。仰觀天宇高，綱維孰提挈。但恨身不死，抑鬱腸中熱。南州無杜鵑，訴下空嘷血。

遊吳廷用南莊

公事多餘暇，看山到遠村。雲莊依竹見，樵逕過橋分。野水晴舂碓，巖松晝掩門。所忻花縣近，歸路任黄昏。

重遊蓬壺因呈諸公一笑

我來作縣已三載，偏愛毗湖春酒香。溪上畫橋朝繫馬，雨中茅屋夜連牀。多情黄鳥短長曲，無數桃花濃淡妝。欲學淵明歸種柳，不栽桃李滿河陽。

汀州道中

七閩窮處古汀州，萬壑千巖草樹稠。嵐氣滿林晴亦雨，溪聲近驛夜如秋。雲間僧舍時聞犬，兵後人家盡買牛。但得龔黄爲太守，邊方從此永無憂。

至正己亥六月遊壺山，宿真淨巖，訪忠門西江陳公江亭

樹下松扉絶點埃，何須海上覓蓬萊。十年客鬢塵中改，六月襟懷酒後開。雲影不隨飛鳥沒，江聲偏逐晚潮來。干戈滿眼風塵暗，欲别西山首重回。

福清平南道中

輕輿五月歷郊坰，萬事都非舊典刑。省檄一番新繕甲，民兵十户半抽丁。雨餘野水村村白，海上煙岑點點青。只合早尋邱壑去，年來鬢髮已星星。

題全安莊

野寺尋真幽更幽，老僧敬客客來遊。疎鐘幾杵江山暮，落雁一聲天地秋。山鳥有情憐我去，燭花濺淚爲誰愁。而今惆悵江頭别，不識重來有日不。

錢舜舉木芙蓉

紅妝初映酒杯酣，斜倚西風轉不堪。霜後池塘秋欲盡，令人惆悵憶江南。以上《圭峰集》。

句

嵐氣滿林晴亦雨，溪聲近驛夜如秋。
潮生遠浦孤帆小，雨過蒼崖古木寒。
小橋跨澗村春急，老樹吹花野店香。
暮雲松徑僧歸寺，夜雨蓬窗客在船。
門掩落花春去後，夢回殘月酒醒時。
梧葉幾番深夜雨，梅花一樹短籬霜。

筆精云：盧圭峰所著有圭峰詩集，歲久弗傳。近惠安莊户部徵甫蒐而梓之，誤入雁門薩天錫詩六十餘首。薩詩世有傳本，校者一時未之考耳。亟當釐正，不然恐以圭峰爲齊邱之盜化書也。盧詩自佳，如云云，清典可詠。元詩多纖弱，若圭峰者，實有唐調者也。

鄭旼補。

旼，字德華，浦城人。歷翰林國史院檢討。至正中爲福建行中書省左丞。

徐彩鸞貞節詩詳閨閣徐彩鸞下。

河可塞，山可移。志不可奪，義不可虧。妾生徐門女，適爲季氏妻。升堂拜舅姑，入室盡姆儀。嗈嗈鸞鳳和，瞬息三載期。生女方七月，乳哺嬌且癡。青田賊塵起，嘯聚南浦涯。逋逃遭擄掠，能以禮自持。兒夫中槍血淋漓，阿爺被執命如絲。重嗟祖母年及稀，苟無我父將疇依。桂林之水清漣漪，妾代以死焉敢辭。忠肝義膽昭白日，皇天后地實鑒之。天高地厚不我知，後來青史寧忍欺。噫吁嘻，緹縈木蘭彼爲誰，赤龍白兔交騰飛，萬古日月揚天輝。忠臣烈婦概氣義，綱常攸叙懷民彝。噫吁嘻，婦人貞烈有如此，男子當爲天下奇。元詩癸集。

陳駭補。

駭，字元甫，閩縣人，居方山。至正中以學行薦，補勉齋書院山長，改潯渼場司丞，辟行中書省職官掾。西域那兀納等據泉州，行省辟爲護軍，參謀軍事。那兀納就縛，檻送行省。調晉江縣尹，兼分督鹽課。陞廣東鹽課提舉兼參潮、惠、循、梅諸州軍事。既而歸田，道由泉州，父老固挽留之，遂家焉。晚築南湖墅，杜門謝事，黃冠野服，種蒔自給。卒年七十。有方山堂稿。

鰲峰

爲愛溪山趣，朋簪訪舊遊。久拚黄菊辭，況被白雲留。木落千山曙，潭空萬影秋。坐來飛鳥盡，歸思共悠悠。

彌陀巖

城南野寺遠凄凄，老去登臨興不迷。黄菊有情留客醉，青猿何事向人啼。長江落木孤帆遠，古道寒蕪匹馬嘶。願得相從休物累，頻來此地共幽棲。

靈秀峰

靈秀峰前日欲斜，尋山因到梵王家。年來不及登臨思，獨倚寒梅歎落花。元詩癸集。

楊稷補。

稷，字宗璉，長泰人。好古慕學，隱居不仕。至正間邑庠缺官，令林幹兒强聘攝學事。所著有田家樂歌，人能誦之。

田家樂

田家樂，田家樂，樂在堯天事耕鑿。大兒北隴種白雲，小兒南澗飲黄犢。婦姑談笑課蠶桑，深夜寒機響茅屋。元詩癸集。

危德華

德華，字□□，光澤人。至正中儒士。有觀海集。

閩中録云：先生博覽經史，闡明理學，教授諸生，善屬文，精於詩。與翰林危太樸、考功郎葛元喆友善。不慕榮達，累徵不起。隱於北溪，號爲北溪先生。

崇安寺飛瀑

千丈垂流落遠峰，紫煙照日見長虹。銀河直向天邊下，應與廬山絶頂同。

萬竹

叢篁密蔭互縈迴，埜翠冥濛隱殿臺。夜半啓窗看月色，只疑疎雨隔山來。

元宵雜咏九首錄一。

光澤杉關聚兵戰守。自至正壬辰之後十有八年，民罹饑饉，城市蕭然。己酉歲，劉克明宰於茲邑，元宵復有放燈之樂，賦此以紀其事。

杉關兵寢不傳烽，花縣元宵樂事同。記得漢宮祠太乙，綵樓銀燭絳綃籠。

張　禮

禮，字未詳，仙遊人。至正中以薦授仙遊教諭，陞興化路判官。

九鯉湖

勝日訪仙子，支筇過此山。層峰飛鳥亂，流水落花閒。犬吠白雲外，人歌翠黛閒。明朝衣更換，攜手人躋攀。

郭　完

完，字維貞，號滄洲，莆田人。至正中布衣。

錢受之云：維貞元末隱于壺山，以教授生徒爲業，與方時舉等二十二人結社。完卒，自爲壙誌，方用晦與吴源、王孟寬爲營葬。又有陳誠中輓以詩云：「有妻正斜被，無子紹殘篇。東野詩名在，樊川佚稿傳。」

蘭陔詩話云：壺山文會共二十二人。初會九人：宋貴誠、方樸、朱德善、邱伯安、蔡景誠、陳本初、楊元吉、劉晟、陳觀。續會者十三人：陳維鼎、李苾、郭完、陳必大、吴元善、方烱、鄭德孚、黄性初、黄安、陳熙、方坦、葉原中、釋清源。月必一會，賦詩、彈琹、清談、雅歌以爲樂。滄洲舊隱，在壺山白雲院後澗邊，基址已荒。所著詩無全稿，惟見壺山文會集中評者謂「置許渾、薛能集中，未易辨也」。

方士志耕隱

雨衣製青荷，雨笠編新籜。斯人沮溺流，日晏猶耕作。今年擬有秋，烹羊祭先穡。招我食力徒，斗酒聊取樂。酣歌擊瓦盆，昨晚牛生犢。

過游洋宿吴原輝后定山居

妙畫延陵子，冥心今幾年。溪雲移榻坐，山雨下簾眠。李愿今盤谷，王維舊輞川。滄洲吾亦愛，那有此林泉。

次韻答方用晦兼柬王伯明

庭空山宛宛，客去雨纖纖。乳犬眠深户，慈雅戲短檐。故交貧亦減，新曆歲還添。試就神巫卜，家人報吉占。

山中即事

數日別江渚，抱琴過竹溪。山深黄耳遠，日落畫眉嘛。識字今何補，懷家計亦迷。明年與妻子，春雨學扶犂。

綬溪漁隱爲黄原清賦

漁郎家住清溪曲，買斷徐潭作釣軒。自製蓑衣眠別渚，故移茶竈上輕航。荔支林塢水煙煖，鸂鶒桃花野岸長。日暮醉歸魚滿笱，樵青敲火倚疎篁。

蘭

澄浦生蒼玉，幽蕤得露多。採芳將有贈，不奈遠人何。

送興化縣尹馮西美歸三山

桔仙巖下曾相見，沙合橋頭杜宇啼。白髮故人官滿去，一簑寒雨上春犂。案：以上莆風清籟集。

吴文讓補。

文讓，號遜齋，將樂人。爲龍溪縣尹。至正十五年漳寇李志甫叛，文讓散儲帑，募義兵，往擊之。賊勢方熾，兵力不振，力戰而死。子克忠，誓不共戴天，罄家資，率衆血戰，敗之，盡殄其醜類。事聞，授福建宣慰司都元帥府元帥。文讓賜謚「毅愍」。

戊寅雪後和謝提舉韻

鏞城正月雪初霽，賸得官閑吟嘯中。萬國山河開壽域，九霄風日播春融。竹依柏樹增新翠，梅與桃花間小紅。王化盡無偏黨處，故教冷暖總相同。元詩癸集。

方炯

炯，字用晦，號杏林，莆田人。至正中布衣。

林懋揚云：杏翁有恒長者，急於濟人，詩亦沈著。

蘭陔詩話云：杏林初學醫於蜀人虞仲文。嘗有一僧暴死，口已噤矣。杏林視之，以爲可治，乃以管吹藥納鼻中，少頃，吐痰數升而甦。歲大疫，設鼎於大道，有來求療者，先使其徒診視，相與審訂施治，活人甚多。人德之，多酬以貲，輒散與貧交，或造橋砌路，囊橐蕭然。尤工書法，詩亦清逸無俗調。

社會紫雲巖，予以病不赴，用韵擬作，呈諸同志四首

朝覽紫雲景，夕憩紫雲山。天陰月微明，露下几席寒。美人幽興發，取琴爲我彈。靜聽水雲吟，不知秋夜闌。

平日未到處，今日遊蓮峰。雲深不知路，隔嶺聞疏鐘。上人煮清茗，宿客寺樓東。何處臨絶頂，刻石留山中。

登臨恣追歡，眺望窮幽絶。山寒雪意濃，客至主人悦。閉閤留白雲，開樽吸明月。長夜酒未醒，披襟散華髮。

雲林一閒人，清源知有自。何事期不來，日夕蓮峰翠。後會竟何如，約我瑞龍寺。卧病想清遊，一月心如醉。

人日會瑞龍寺得發字

侵晨出郊坰，草徑行路滑。古澗溜寒澌，新晴鳥聲悦。興從虎溪起，思繞龍山發。愛此人日嘉，遲留坐林樾。酒酣作尊羹，詩狂踏松雪。對景當盡歡，瑤草恐衰歇。毋爲輕薄交，相期在華髮。

哭郭滄洲

破屋滄洲上，清貧獨可憐。書存無子讀，詩好有僧傳。葬卜中元夜，墳隣北際邊。窮交空白首，莫贈買山錢。

莒溪耕隱

莒溪環翠入瓢湖，古木雲莊即舊居。每種秫田秋釀酒，剩收桐子夜觀書。雪晴度嶺閒騎犢，客至沿溪旋打魚。老我塵中無隱處，借君餘地著茅廬。案：以上莆風清籟集。

方坦

坦，字履道，莆田人。至正中布衣。

石門清隱補。見元詩癸集。

鄭子石門隱，石門長晝開。了無俗客到，時有白雲來。谷暖耕春雨，窗虚聽瀑雷。徵賢有明詔，林下豈遺材。

宿鵝湖寺

鵝湖清勝地，兩度振衣塵。路入珠林曉，山環碧殿春。碑存多宋刻，僧老半閩人。語久鐘聲絶，松關掩白雲。案：見莆風清籟集。

方瀾

瀾，字叔獻，莆田人。至正中布衣。

蘭陔詩話云：叔獻流寓吴門，授徒自給，少年不娶，人比之林和靖。其集中如咏樂天云「以詩爲佛事，隨地學山居」，臨平道中云「煖容時借酒，寒力曉侵綿」，夜雨云「萬緒集雙鬢，百年堪幾愁」，錢塘紀事云「江流拍岸濶，海氣入城涼」，秋夕云「疎鐘出煙寺，新月入人家」，皆佳句。

石門夜泊

積雨暮天豁，炊煙隔林起。人喧落帆處，野語新月裏。桑徑綠如沃，麥風寒不已。一夕舟相銜，擾擾利名子。

石門曉行

風高木葉脱，從此曉寒新。積雨見初日，遠山如故人。煙村一葦渡，野寺數家隣。獨念行藏異，沙鷗未我馴。

淵　明

鄭聲與雅樂，今我并無絃。尚不歸蓮社，誰能愛秫田。青山栗里宅，白髮義熙年。嵇阮能逃世，終非出自然。

方繼祖

繼祖，字士志，號桔庵，莆田人。至正中布衣。

郭滄洲貽予耕隱詩，依韵答之

蘿薜製衣裳，如意編冠簪。入山恐不深，桑田服東作。漉巾熟醇醪，抱甕勤稼穡。松團曲曲青，壤擊烏烏樂。好雨棼如絲，安排早驅犢。案：見莆風清籟集。

朱德善

德善，字原道，莆田人。至正中布衣。

木蘭陂

萬頃狂瀾越壑低，中流砥柱卧龍棲。二神共饗東西廟，一水平分南北溪。雨過木蘭瑶草長，秋深松柏翠雲齊。仁波千載流滂沛，春雨蒲田足一犂。案：見莆風清籟集。

陳有定

有定，一名友定，字安國，福清人。至正間以明溪鎮驛卒起兵，據守全閩，累官福建行省平章政事。洪武元年執送京師，不屈，被誅。

列朝詩集云：有定爲元守閩，招致文武士，長樂鄭定輩在幕下。以行省郎中廬州王翰德望，表授潮州路總管。元末張士誠據吴，方谷真據慶元，皆能禮賢下士，而閩海之士歸于有定。一時文士，遭逢世難得以苟全者，亦群雄之力也。有定起傭伍，目不知書，卒能通曉文翰。其子宗海，善騎射，佐有定據閩十年，亦能賓禮文士。有定被執，宗海自將樂死。父子稱完節焉。

送趙將軍

縱横薄海内，不愴别離顔。幾載飄零意，秋風一劍寒。

被收後作詩

失勢非人事，重圍戟似林。乾坤今已老，不死故臣心。

案筆精云：陳有定元末倡義勤王。太祖恨其不歸附，置之重辟。有定雖起行伍，而亦能詩。送趙將軍云云。及被收之後，作詩云云。

吴　海補。

海，字朝宗，閩縣人。爲貢尚書師泰、林學士泉生所推重。慕鄒魯之風，自號魯客，扁其齋曰「聞過」。與永福王翰友善，翰死節後，爲經紀其家，撫孤偁，教之。爲文嚴整雅奥，偁爲編次，曰聞過齋集，邑人邵銅重爲刊行。

遊郎官峰

連山如波濤，高峰盪雲日。萃然孤杓聳，其勢孰可匹。危攀將欲飛，俯瞰覺自失。羅田幾聚落，端坐見纖悉。南延川源深，北望海水出。處高視益遠，縮地豈有術。大寒霜露交，收穫事已畢。仍年蝗旱餘，民物盡蕭瑟。遘兹得非幸，惆悵寧具述。聞過齋集。

鄭　基補。

基，字本初，三山人。

同王原吉逢訪吳庠鄭明德教授、元祐俞叔鉉學正鼎。教授留飲齋中。是夕雪，因與聯句，以紀一時清會

中吳泮宮古，廣文官舍敞。佩衿方休誦，逢。冠帶駢憩鞅。歲晏雲四合，祐。雪暮霰交響。飛廉勢簸揭，基。滕六影下上。汙邪畢潔淨，鼎。坱軋周滌蕩。若將混端倪，逢。無復別封壤。颯沓竹未俯，祐。突兀木本强。漏壺咽銅龍，基。城柝卧素蟒。冰澌盡膠研，鼎。顥氣深排幌。香乾芸散帙，逢。味永齏凍盎。擁褐肩獨聳，祐。擊鉢技正癢。詩盟得寒郊，基。茗飲失粗鄶。路迷梁園邈，鼎。地邇程門杖。殊憐蹻驢背，逢。頗快衣鶴氅。沈寥度郢曲，祐。浩漾泛剡槳。流風心注存，基。叔世人紆想。戍遙皸瘃苦，鼎。野曠爪牙攘。好音懷鴟梟，逢。怪物絶魍魎。願追文正躅，祐。不辭慶曆黨。層甍度諸經，基。直道擴群枉。新知春蘭藹，鼎。舊游曙星朗。謙虛側皋比，逢。欲寡賤熊掌。張燈初筵秩，祐。舉爵朋酒饗。黄羞登俎柑，基。白薦作羹羮。叙齒先一飯，鼎。探錢罄餘帑。清宜禪僧分，逢。滯許賢守賞。螟蠓殊無類，祐。來牟屬有象。陰褰天光發，基。陰復履道長。高視吞八九，鼎。獨立配叁兩。幸敦君子交，再極尼丘仰。逢。

余日强補。

日强，字伯莊，其先古田人。父與可，號藍溪先生，爲武夷書院山長，來居崑山。日强奉母以孝聞，有隱操。周流經史，號博雅。一日，以和楊鐵厓詩來見玉山主人，其所學雲升川增，不覺驚歎。晚稱淵默叟。所著有尚書補注、淵默叟集。

奉同鐵篴相公賦王粲登樓圖

建安文章應劉陳，通侻亦有王公孫。長安西行白日匿，漢陽人依劉俊君。漢陽偷安無遠略，王孫坐覺荆州窄。英雄固當擇所歸，作掾終慙座上客。北風蕭蕭吹素心，北望杳隔荆山岑。魏官牽車出關遠，銅華蝕風鶩春深。秋來滿眼生禾黍，江山重感非吾土。憑軒作賦抑何心，猶是黄初非典午。君不見當時奴視賣履翁，矯矯文舉真如龍。

四韻奉答大章貢士見寄

臘日放船歸泖上，蒼灣遲子眇愁余。河東有賦煩傳送，此月無冰又可書。老鐵一經能取紫，庾郎三非豈忘魚。明歲門生求座主，相看喜色動皇居。

上鐵厓先生

揚子十年官不調，才高白首尚爲郎。因觀禹迹多留越，爲愛西湖又入杭。仕宦豈無三語掾，風流誰似四明狂。水南山北題詩遍，猶憶吳中錦綉坊。

陳惟正補。

惟正，字□□，莆田人。善草書。

壺山寺

上方臺殿靄蒼蒼，及此春游興倍長。看竹解題高士句，尋山還宿遠公房。徑花故點青苔色，潭雨新經細草香。欲問虛空身外性，鷓鴣啼處又斜陽。

呂佛生補。

佛生，字子善，一字善父，建陽人。習舉子業，兩舉不第，以詩名世。

東陽懷古

東陽昔日好山川，山色川光豁眼前。西岸水流東岸水，南橋煙接北橋煙。錦江酒味香千古，雲谷書聲歇幾年。不信令威時解語，至今城郭獨依然。

陳自新補。

自新，字貢父，號敬齋，福寧州人。

瑞迹山

雨過山谿生虎迹，雲歸巖洞長龍威。煙鐘古寺敲殘日，樵笛一聲江鳥飛。

王　禋補。

禋，字□□，三山人。

題徐良夫耕漁軒

太湖湖上結茅廬，盡日耕漁樂有餘。釣罷一簑春雨足，歸來南渚帶經鉏。

林世濟補。

世濟，字□□，三山人。

漫興一首奉懷草元先生

噬牙不可摩，頷鱗不可嬰。所以明哲士，婉孌逃其生。埳蛙既聒聒，陵苕亦榮榮。懷哉一壺酒，南山最高層。

鐵厓評曰：三月不見石室生，忽得此詩，如渴沃甘露，有數日餘味。第末句所懷，老夫不足當也。

敬和草元内翰先生臺字韻，並呈世壽堂賢喬梓過目

鐵史新移淞上屋，子雲住蜀小亭臺。窗涵九朵山尖出，門對百花潭水開。月下文簫騎虎去，雲間青鳥送書來。高年自得養生術，正似嬰兒初未孩。

鐵厓評曰：末句道家語也。

吳　昞補。

昞，字□□，延平人。

贈畫師朱叔重

揮毫落紙妙通神，筆底自有無邊春。他日丹書九重下，肯將巧思畫麒麟。

王　舉補。

舉，字□□，閩中人。

植芳堂詩

高堂何渠渠，衆芳列前楹。羅生雜蘭芷，碧葉間紫莖。蘇井誰可比，董林安足稱。若人休文孫，揚芬藹簪纓。厥子誰云搆，樹德承家聲。羌吾事姱節，採秀擷蘭英。托根一失所，不如蕭艾榮。薰蕕世莫辨，君子匪攸寧。良時難驟得，捐珮緬余清。

徐　疇補。

疇，字□□，劍江人。

竹深處詩

公家種竹一萬個，已喜此中堪結茅。珊瑚戛玉天籟動，翡翠蔽空雲氣交。呼童去尋化龍杖，留客坐看棲鳳巢。何當開徑延益友，共論大易明羲爻。

陳　潤補。

潤，字□□，閩中人。

竹深處詩

金臺名宦姑蘇客，客里相逢見顔色。手持詩卷錦離離，珠玉聯篇光耀日。自言平昔愛此君，手栽十畝吳江濆。蒼龍起舞淇園夕，彩鳳長鳴湘水春。客來倒屣邀偕去，擊筑彈碁不知暑。紅塵半點飄不來，好鳥一雙向人語。逍遥深處深復深，等閒忘卻樊籠心。何時買櫂東歸去，願借繁陰事討尋。

江　輻補。

輻，字□□，三山人。

竹深處詩

萬玉深中構草堂，風清幽致逼瀟湘。群龍垂影秋無際，獨客高吟興正長。雲壓四簷飄翠雨，暑消三伏隕玄霜。清芬不許紅塵入，寒溢苔花滿石牀。

黄介翁補。

介翁，字□□，建安人。

題趙榮祿水村圖

古木蕭疎蔽草廬，好山重疊水縈紆。先生自得漁樵趣，無限秋光入畫圖。

陳士奇補。

士奇，字□□，三山人。

題錢玉潭瓜蔓圖

秋風展蔓熟平原，翠葉金花密更妍。憶昔邵平侯去後，青門聲譽至今傳。

陳　玖補。

玖，字□□。其先福建人。父典教德清，任解，不能歸，因之占籍。玖幼嘗學問，性敏而勤。久之遂以詩鳴。其句法清便脆麗，與同時邱大祐輩相伯仲。字體結構則宗趙文敏。游江湖間，所居停之家，雖婦人婢使亦呼陳玖先生。笑言溫溫，望而知爲隱德也。後以壽終。

耦耕圖

避世何須復避人，驅牛耕破綠蕪春。滔滔天下煙波在，溪上相逢莫問津。

李古補。

古，字□□，閩人。登進士。

涼軒

古國遮雷首，幽軒擁縣堂。何煩犀辟暑，不待草迎涼。瀟灑松筠地，清虚水石鄉。牛刀無所用，高枕傲羲皇。以上十六人均見元詩癸集。

盧昭補。

昭，字伯融，閩人，僑居東滄。從明師爲舉子業，詩文尤有法，縉紳先生器重之。

酬楊子固

我愛三山楊子固，能詩似是謝惠連。兩家通好只青眼，十年不來今白巔。故園春色煙塵際，清夜好懷風雨前。可耐明朝還欲别，楊花飛送渡江船。元人才調集。

閩詩録　戊集卷三　閨閣

侯官　陳　衍補輯
黄　濬校訂

吴氏

氏，昭武人，吴伯固女。貌美聰慧。其夫詣闕上書稱旨，送太學，三年不回，吴氏作詩寄之。未幾，天子幸學，夫受職，東歸故里。

寄外

昔君曾奏三千牘，凛凛文風誰敢觸。鄉老薦賢親獻書，邦侯勸駕勤推轂。馬頭三控登長途，謂君此去離場屋。整頓羅裳出送君，珠淚盈盈垂兩目。枕前一一向君言，馬頭猶自丁寧囑。青衫寸禄早榮歸，莫遣妾心成局促。秋天冬暮風雪寒，對鏡懶把金蟬簇。夢魂夜夜到君邊，覺來寂寞鴛鴦獨。此時行坐閒窗紗，忍淚含情眉黛蹙。古人惜别日三秋，不知君去幾多宿。山高水濶三千里，名利使人復爾爾。昔年曾撥伯牙絃，未遇知音莫怨天。去年又奏相如賦，漢殿依前還不遇。時人不知雙字訛，平川倏忽起風波。當時南宮罷揵音，教妾沈吟杵中心。爲君滴下紅粉淚，紅羅帳里濕鴛衾。憒憒調琴蟬鵲噪，默默吟詩怨桂林。千調萬撥不成曲，爭那胸中氣相搊。千思萬想不成詩，心如死灰自得知。料得君心當此際，已拚拋卻閒田地。朝朝暮暮望君歸，日在東隅月在西。碧落翩翩飛雁過，青山切切子規啼。望盡一月復一月，不見音容寸腸結。又聞君自河東來，夜夜不教紅燭滅。雞鳴犬吠側耳聽，寂寂不聞車馬音。自此知君無定止，一片情懷冷如水。既無黃耳寄家書，也合隨時寄雁魚。日月逡巡又一年，何事歸期竟杳然。堂上雙親髮垂白，用盡倚門多少力。孟郊曾賦遊子行，陟岵如何不見情。室中兒女亦雙雙，頻問如何客異鄉。異鄉知是育才處，人情不免且契慕。低頭含淚告兒女，遊必有方况得所。八月涼風滿道途，好整征鞍尋舊路。吾鄉雖多俊秀才，往往怕君頭角露。聖朝飛詔下來春，青氈早早慰雙親。飛龍公道取科第，男兒事業公卿志。筆下密密爲君言，書中重重寫妾意。秋林有聲秋夜長，願君莫把斯文棄。元詩癸集。

徐綵鸞

綵鸞，字叔和，浦城人。

被掠詩

萬水千山去路賒，青鞋踏破幾層沙。登山絶頂重逢嶺，渡水尤深又復涯。雁字只傳夫與子，魚書難寄母和爺。回頭遥望鄉關處，雲下峰前是我家。

草木子云：至正乙未，青田寇侵浦城西北隅，徐嗣元女爲所掠，嘗作詩云云，寫顛沛流離之狀。

句

惟有桂林橋下水，千年照見妾心清。

浦城縣志云：徐綵鸞，字叔和，浦城人，徐嗣元之女，李文景妻。略通經史，每誦文天祥六噫歌，欷歔泣下。至正十五年，青田賊寇浦城，氏從父逃山谷間，俱爲賊所掠。賊持刀欲害其父，氏直前願代父死，賊乃釋父而縶氏。氏顧語父曰：「兒義不受辱，必死。父可速去。」賊拘氏至桂林橋。氏拾炭題詩壁間云云。遂厲聲駡賊，投橋下。賊競出之。既而乘間復投水死。

閩詩錄　戊集卷四　道士

侯官　陳　衍補輯
長樂　梁鴻志校訂

王與敬

與敬，號秋崖，三山人。武夷山道士。

句

依然拂袖歸山去，止止庵前伴白雲。

武夷山志云：嘗遊雲州，求雨，大應。城中有妖，治之頓滅。當事薦於朝，授號至道元應通妙法師。至大間乞還山，有句云云。

彭日隆

日隆，別號隱空，崇安人，居沖佑觀。遇異人，授以雷法，祈禱皆驗。後師黃雷囦，傳清微道法。

創室九曲溪上，天師張真人扁曰「清微太和宮」，虞學士集爲之記。一日無疾而化。嘗纂集清淨經注行於世。

武夷山志云：信口吟詠，頗有理致。嘗自贊云：「五五二十五，只管從頭數。到底一也無，松梢月當午。」卒時正七十五歲。

武夷山

兩眉如雪照平川，歌罷香雲滿玉田。桂樹西風山月白，一瓢黃露嚥秋天。武夷山志。

閩詩錄　戊集卷五　釋子

侯官　陳　衍補輯
曾念聖校訂

德　豐

德豐，三山人。

重　陽

戰盡今秋見太平，西風多作北風聲。不吹烏帽吹氈帽，籬下黄花笑不成。山房隨筆。

自　如

自如，建溪人。

游九鎖山

巍巍峨峨天柱峰，地靈人傑神秀鍾。羊腸百折路杳杳，龍蟠九鎖山重重。巉岩古洞深且險，勢與海眼潛相通。崖奇石怪巧穿鑿，變態倏忽難形容。瓊脂的皪燦星斗，雲骨破碎隳玲瓏。或如殘棊散楸局，或若飛蓋旋虛空。或森如劍氣凜凜，或擊如鼓聲鼕鼕。飛冲或若走麟鳳，躋攀恍覺登虬龍。迺知造物亦戲劇，作此勝槩藏巖叢。洞門無鎖白日黑，山精木怪俱潛迹。我來盤桓叩靈蹤，搜剝衆妙窺神功。出門一笑天地濶，千巖萬壑鳴松風。

舊游未足，偕空遠、石壁二上人復理杖屨

昔年登紫府，山暝雨廉纖。已去高情在，重來逸興添。秋清猿應谷，晝永鶴窺簾。五色煙霞外，相逢笑語廉。洞霄詩集。

大圭

大圭，字恒白，姓廖氏，晉江人。

開士續傳云：資性敏慧，博究群書，兼精青烏學，入開元寺爲僧。嘗賦詩云：「不讀東魯書，不知西來意。」自號夢觀。爲文章簡嚴高古，無山林枯槁氣。元詩選小傳云：「晉江有金釵山，其募修石塔疏云：『山勢抱金釵，聳一柱擎天之雄觀；地靈侔玉几，覩六龍迴日之高標。』一時傳誦。同時有守仁，字一初，富陽人，亦號夢觀，有夢觀集六卷，洪武間徵授右善世，詩見列朝詩集中。而曹能始石倉詩選合爲一人，誤也。

造唐山人居

行行野田盡，荒蹊入秋水。何人有新屋，鬱鬱松林裏。欣然造其門，晤言乃君子。解衣坐微涼，超遙適閒美。日澹疎雨晴，山色散窗几。石上聞鳥鳴，林端見雲起。平生事外心，即此胡不喜。少暇同飲泉，幽期自今始。

次韻詹生，懷陳衆中、阮信道

舊遊陳與阮，不見獨成吟。無復此聯璧，爲誰重鼓琴。朔方文字老，南國酒杯深。今日風流遠，令人恨滿襟。

湖月簡閒中

秋近清波荷葉圓，葉陰疎處見青天。偶臨湖坐得佳樹，欲傍花行無小船。林院鶴歸山色外，水亭人去夕陽前。深知碧玉壺中樂，一笑臨風揖地仙。

桐下井

曉風吹銀牀，蕭蕭古桐樹。時有新汲人，缾攜落花去。

江晚

長天鳥飛盡，兩岸蘆花發。何處一舟來，清江上秋月。

謝檄

謝檄歸〔一〕來卧白雲，衹今心事與誰論。故人不似蒼苔好，歲晚青青一到門。以上夢觀集。

廣漩

廣漩，字空海，晉江蘇氏子。開元寺如照徒。

句

尋光來佛後，竊食犯僧殘。

開士傳云：所爲頌揭，語皆警策。嘗詠鼠，有云云之句。

良震

良震，字雷隱，三山人。有詩名江湖間。住上虞之等慈寺，嗣法徑山元叟端禪師。

題定水見心和尚天香室

上界金銀開佛宮，六時鐘磬渡溪風。空王宴坐寒巖下，天女散花明月中。石几爐煙秋澹澹，碧窗香霧曉濛濛。幾時乘興登鳴鶴，與子夷猶桂樹叢。元詩癸集。

和西湖竹枝詞二首

郎去東征苦未歸，妾去採桑長忍飢。養蠶成絲不肯賣，留待織郎身上衣。
六月七月生晚涼，大樹小樹臨幽窗。枯槎行蟻過無數，晴空好鳥飛一雙。
西湖竹枝集云：愛吟唐人七字詩，而不爲律縛，如云云。

至剛

至剛，閩縣人，居羅山，人稱石門和尚。能詩，有「菖蒲葉瘦黃花老，白虎黃猿自往來。砂鍋常煮和根菜，不與人間氣味同」之句，皆爲人所稱道。著有石門語錄，其徒姚少師道衍爲之序。

山居二首

門外青山知幾堆，白雲閑鎖不曾開。嶺梅也似憐孤悱，時送暗香窗外來。
春染百花紅爛漫，煙凝千嶂碧嶙嶒。目前一段天機巧，縱有丹青畫不成。元詩癸集。

文靜

文靜，字默堂，閩中人，住越之天章寺，嗣法金山即休了禪師。天香室一詩爲時傳誦。慈溪雙峰曰：定水禪寺自唐以來，主僧往往知名。宋盧陵僧德璘，與楊文節公爲方外交。寺有古桂二章，至秋花最蕃。德嘗蒸花爲香，以餉公。公酬以詩，有「天香來月窟」之句。見心來主是寺，念前輩之流風，辟室而名之曰天香。一時題詠者甚多，緇流惟默堂、雷隱二人。如左丞周伯溫云：「仙桂本是菩提樹，根在廣寒雲霧中。」四明桂懷英云：「金粟秋蒸雲滿屋，鉢衣夜定月當空。」金陵燕叔誼云：「曉攀每覺雲生袖，夜賦何妨月到筵。」燕山阿魯溫沙云：「談經花雨飄金地，入定天香滿翠微。」皆佳句也。

天香室爲定水見心和尚賦

天香蘭若倚高岑，雙桂花開秋正深。鶴唳空山涼月白，龍歸古洞碧雲陰。一窗風雨高僧定，滿壁珠璣好客吟。拄杖何時問幽寂，旃檀林下遠相尋。元詩癸集。

【校勘記】

〔一〕「歸」，原作「掃」，據臺灣商務印書館景印文淵閣四庫全書本夢觀集卷五改。

閩詩録戊集卷六 流寓

侯官 陳 衍補緝
長樂 梁鴻志校訂

元 淮

淮，字國泉，别號水鏡，臨川人，徙于邵武。官至溧陽路總管。有金囦吟。

元史類編云：以軍功顯閩中，官至溧陽路總管。嘗有詩云：「截髮搓繩聯斷鎧，搾旗作帶繫金創。卧薪嘗膽經營了，更理毛錐治溧陽。」溧陽爲金陵上邑，至元十三年陞爲溧州，繼改溧陽府，已陞爲路。淮到省，乞改作直隸州，少蘇民力。及去任，作詩云：「問歸行李輕如羽，沿路吟詩有一船。」其廉退之風可想見。

春詞

繡被春寒掩翠屏，家常只繫石榴裙。鮫綃誤落花磚上，旋向沈香火上薰。

春 閨

杏花零落燕泥香，閒立東風看夕陽。倒把鳳翹搔鬌影，一雙蝴蝶過東牆。

賞春樓書懷

醉盡春風興未闌，飲豪惟恐玉杯乾。狂風横雨春能幾，卧酒吞花意自寬。役役奔名腰似沈，區區競利鬢如潘。人生最是閑爲貴，不待三年即挂冠。

郊 行

城東一簇野人家，門枕清流淺帶沙。籬角欲晴喧燕雀，門前過雨濕桑麻。橋因春水三番斷，柳礙東風一向斜。景物似知寒食近，村村開徧野棠光。

水竹軒乃余退居之所，政與熙春樵嵐相鄰。朝暮之間，雲煙變態；四時之景，氣象萬千。其畫工吟筆之所不能盡者，皆致吾書窗几席之間。因賦樵嵐閑居水竹軒土字韻，邀好事者和之

水鏡得閑居，修竹蔭軒廡。樵嵐城市外，迥有山林趣。幽窗宜習靜，孤坐忘百慮。風枝正韻秋，寒葉更飛雨。茲來息奔走，即此成燕處。道勝物自輕，權勢皆糞土。水鏡容膝坐小軒，野興厭廊廡。潺潺水竹幽，寓此得佳趣。憂道輕黃金，身外何足慮。瑩無塵，竹圃自煙雨。幽栖雖寡徒，筆硯可同處。更喜芋區旁，尚有種瓜土。

黄文德

文德，號尚文子，汴中人，僑居閩之昭武。讀書能文。

贈錢洞雲

玉峰古洞多白雲，中有學道癯仙人。問言盡日説空有，一朝興入廬山春。香爐峰高虎溪遠，石上秋深長苔蘚。白蓮不老秋月明，萬里浮雲自舒卷。

寄玉山草堂

玄圃仙人吾未識，聞説玉一作「吳」。山種春色。昨夜洞雲天際來，明月空齋坐相憶。自題云：「余家汴中，僑居閩之昭武。甫官玉溪，適洞雲錢居士過我，得覿仲瑛揮玉。詞翰兼美，雖未能識荆，有不能忘情者，賦廿八字附卷末。他日洞雲歸淛，當出此爲顧君一笑，且以期後會云。」以上見玉山雅集。

王　翰

翰，字用文，晚寓永福。有友石山人遺稾。

元詩選小傳云：翰，靈武人。先世本齊人，没於西夏。元初賜姓唐兀氏，從下江淮。以領兵千户鎮廬州，家焉。翰初名那木罕，領所部有能名。薦除廬州路治中，改福州路，尋以同知升理問官，綜理永福、羅源二縣，擢江西、福建行省郎中。平章陳有定據守全閩，居幕府。表授潮州路總管，兼督循、梅、惠三州。陳氏敗，屏居永福之觀獵山十年，自號友石山人。入明，辟書再至。賦詩見志，遂自引决。

題　菊

我憶故園時，繞籬種佳菊。交葉長青葱，餘英吐芳馥。别來二十載，粲粲抱幽獨。豈無桃李顔，歲晚同草木。及茲覩餘芳，使我淚盈掬。離披已欲摧，瀟灑猶在目。雨露豈所偏，歲月不可復。歸去來南山，湌英坐幽谷。

龍山月夜飲酒分韻得樹字

薄暮清興嘉，涼風集高樹。須臾明月生，清光在尊俎。池空河影涼，石冷苔色古。列坐當前墀，杯行不煩舉。野庖具山蔬，稚子薦雞黍。晴峰餘靄收，密竹殘露湑。驚鵲翻夜巢，流螢墜前户。良時念暌離，觸物感所寓。坐待河影流，疎鐘繞林曙。

山居春暮偶成

水氣掩蒼扉，蘿香織翠微。洞迴雲到少，地僻客來稀。野鳥傷春去，楊花作雪飛。祗因飄泊久，對此也沾衣。

夜宿洪塘舟中次劉子中韵

勝地標孤塔，遥津集百船。岸迴孤嶼火，風度隔村煙。樹色迷芳渚，漁歌起暮天。客愁無處寫，相對未成眠。

晚眺次林公偉韻

偶信東山屐，尋幽到翠微。白雲空野樹，紅葉戀斜暉。岸落潮初滿，天寒雁未歸。風塵江海徧，不上野人衣。

春日雨中即事

京洛繁華事已違，懷人竟日掩空扉。望迷楚岫聞啼鴂，思入秦川怨落暉。野館蕭條芳草合，寒江寂寞暮雲飛。落花片片隨流水，惆悵關河淚滿衣。

題敗荷

曾向西湖載酒歸，香風十里弄晴暉。芳菲今日凋零盡，卻送秋聲到客衣。

閩詩録戊集卷七 頌歌謡

侯官 陳衍補輯
閩縣 曾念聖校訂

頌程雪樓

閩中有雪方爲貴，天下無樓如此高。

草木子云：程雪樓爲閩守，任滿歸，民有獻箭旗者以百數。公於内取其一聯云云。

頌興化縣尹

游洋小邑，山高水清。蔡侯作宰，號稱神明。不貪以昧，如壺貯冰。不反以側，如衡斯平。田野以闢，學校以興。盜賊以息，獄訟以清。綽楔謂何，先賢是旌。義廩謂何，窮餓是矜。磨厓有石，我鑴我銘。彼嗣來者，監兹典型。

弘治興化府志云：蔡真，元興化縣尹也，不知何許人。仁宗延祐中來任，德政及人，士民刻石頌之云云。

閩清民歌

彼寇來讎兮，得吾侯而蒙休。彼寇遠遁兮，吾侯錫我室家之無憂。

福建通志云：蔡嗣宗由閩縣簿遷閩清尹。邑有外寇，嗣宗募民兵卻之，百姓安堵，乃歌云云。

江西福建怨謠

九重丹詔頒恩至，萬兩黃金奉使回。

奉使來時，驚天動地。奉使去時，烏天黑地。官吏都歡天喜地，百姓卻啼天哭地。

官吏黑漆皮燈籠，奉使來時添一重。

輟耕錄云：至正乙酉冬，朝廷遣官奉使宣撫諸道，問民疾苦。明年，江右儒人黃如徵邀駕上書，指數散散、王士宏等罪狀。上喜，特授江西等處儒學提舉。其書略曰：「江西、福建一道，地處蠻方，去京師萬里外，傳聞奉使之來，皆若大旱之望雲霓。而散散、王士宏等不體聖天子撫綏元元之意，鷹揚虎噬，雷厲風飛，聲色以淫吾中，賄賂以緘吾口，閭閻失望，田里寒心，乃歌云云，又云云，又云云。如此怨謠，未能枚舉。」

福寧州謡

至正十七年春正月，諸部各起團社，呑并田土，民怨，有謡。

吾儂生長莆山曲，三尺茅簷四尺屋。大男終歲食無鹽，老婦蒸藜淚盈掬。阿郎辛苦學弄兵，年年販鹽南海濱。擔頭有鹽兵一束，群行大隊驚四鄰。邇來紅巾掠州縣，沃野平民不知戰。賢哉太守死作灰，勇矣林僧命如線。林僧一戰功業單，策馬東走來莆山。山人躑躅喜相遇，邀我鄰社東南旋。我鄰我社輕死士，苦竹長槍兼丈五。自從行劫出社來，社甲吹螺整行伍。時維癸巳夏五月，暍暑微民正愁絶。螺聲隱隱入郭門，白旆央央下林樾。饑兒寡婦常諮諮，老弱奔走趨道隅。鷙鶻翻羽動天哭，虎豹掉尾何時需。空城一炬灰燼後，車蓋歸來仍白授。阿娘垢面迎相公，西鄰椎牛喚新酒。酒酣拍掌浩浩歌，天地雖大如吾何。女兒朝餐饜粱肉，走卒出市陳干戈。市人纍纍喪家狗，路上相逢盡纏首。儒巾驚駭迎先鋒，小兒號哭畏郎吼。老翁再拜乞見憐，自從亂後無一錢。舍人官買雞豕盡，有田未種蠶未眠。先鋒拔刀倍瞋怒，縛得家翁出門去。妻兒哭泣投社官，願獲生全拜君賜。社官點頭兒始歡，年來錢鈔交莫慳。爾田儻入莆社籍，爾屋老稚從居安。我田我廬不足惜，應當門户誰出入。生男願作社中吏，生女願作先鋒妾。胡然太府亶不聽，有書輒上莆社公。柏臺主人任刀筆，札札按覆皆相同。向來壤地方萬里，比屋豪華皆武士。五侯同封不足誇，一家十輪未爲易。匹夫勢轉千乘强，驅役百姓如驅羊。編民貢税入私室，小大驅合無邊方。手提文印緑衣者，饑食無魚出無馬。流離安集無定期，蓬蒿玁玁故城下。道旁遺老問行人，泰安有社民未貧。行人蹙額皆相語，我聞公社吏更仁。前年泰安挹城邑，未曾入城先報捷。前師失利後師奔，一市横尸更稠疊。至今大廈環州營，一門公相皆弟兄。豺狼盤踞食人肉，一叱一咤風雲生。我聞有命不敢告，俯首未言膽先破。老翁聞此雙淚垂，風雨洗天何人到。

又

至正二十一年冬十月，太安社築城。是時凡橋道墳墓盡毁掘，莫敢誰何。民作吟傷之。

袁君袁君誠兒嬉，東山之下築城池。掘人冢石疊牆塹，占民田土開營基。欲謀於此胚漢業，井蛙尊大情何癡。役民荷鍤任犂穴，無骸不露堪欷歔。前人盡辭長夜室，天陰露泠涼啾悲。山中獨存袁氏墓，若堂之封何巍巍。又見若坊若夏屋，芙蓉築城芳飛飛。無歸之鬼欲託處，游目一見動所思。鬼靈相率語其下，主人肅入安便宜。衆鬼夜深苦啼哭，主人慰勉甘其辭。惟桑與梓焉有舊，顛危自合相扶持。兒孫祭埽同爾享，佳城爽塏同爾歸。且叙平生受苦語，又奚深夜啼悲爲。衆鬼致詞恤久遠，天地循環何所期。城池恐爲他人得，他人又嫌牆塹卑。發號令民更增築，吾家已破牆無基。恐人掘石及君墓，嗟余與君俱無依。

又

至正二十四年，開王埕田，令人四方射矢之所及，悉爲社田。民怨，有謠。

山巍巍兮無麥原，白麵細粉常盈盆。林森森兮無桑柘，錦繡綾羅色相亞。出門見嶺不見江，案前羅列皆鱸魴。兒童吼鬨南山下，剩逐牛羊與驢馬。山妻嘻笑臨堂前，滿頭珠翠垂翩翩。自言獲功始三載，勝如仕宦數十年。但願魁寇未殄滅，與我增財廣置山間田。

元詩癸集。

圖書在版編目（CIP）數據

閩詩錄／（清）鄭杰，（清）陳衍輯；陳叔侗點校. -- 福州：福建人民出版社，2023.3

（八閩文庫 · 要籍選刊）

ISBN 978-7-211-09010-5

Ⅰ. ①閩… Ⅱ. ①鄭… ②陳… ③陳… Ⅲ. ①詩集—中國—古代 Ⅳ. ① I222

中國國家版本圖書館 CIP 數據核字（2023）第 022811 號

閩詩錄

作　　者：［清］鄭杰　［清］陳衍 輯
　　　　　陳叔侗 點校
責任編輯：張輝蘭
出版發行：福建人民出版社
電　　話：0591-87533169（發行部）
網　　址：http://www.fjpph.com
電子郵箱：fjpph7221@126.com
地　　址：福建省福州市東水路 76 號
經　　銷：福建新華發行（集團）有限責任公司
印刷裝訂：雅昌文化（集團）有限公司
地　　址：深圳市南山區深雲路 19 號
電　　話：0755-86083235
開　　本：890 毫米 ×1240 毫米　1/32
印　　張：31.25
插　　頁：8
字　　數：564 千字
版　　次：2023 年 3 月第 1 版第 1 次印刷
書　　號：ISBN 978-7-211-09010-5
定　　價：138.00 元（全二册）